JESSICA MÜLLER
Leberkäs und Hackebeil

AF177832

Weitere Titel der Autorin:

Eisenhut und Apfelstrudel
Weihnachtsgans und Krippenmord (Kurzkrimi)
Edelweiß und Heckenschere
Enzian und Trüffeltod
Sauerkraut und Starkbiertod
Tannengrün und Semmelmord

Über die Autorin:

Jessica Müller, geboren 1976 in München, verbrachte ihre Kindheit im Dachauer Land, wo auch der fiktive Ort Krindelsdorf liegt. Nach einem abgeschlossenen Übersetzerstudium folgten Auslandsaufenthalte in England und Irland. Derzeit lebt sie in Bonn und studiert Geschichte an der Rheinischen Friedrich-Wilhelms-Universität.

JESSICA MÜLLER

Leberkäs und Hackebeil

EIN BAYERN-KRIMI

Lübbe

Vollständige Taschenbuchausgabe
der bei Bastei Lübbe erschienenen E-Book-Ausgabe

Copyright © 2020 by Bastei Lübbe AG,
Schanzenstraße 6 – 20, 51063 Köln, Deutschland
Bei Fragen zur Produktsicherheit wenden Sie sich bitte an:
produktsicherheit@bastei-luebbe.de

Umschlaggestaltung: U1berlin / Patrizia di Stefano
Unter Verwendung von Motiven von © shutterstock:
MIGUEL GARCIA SAAVEDRA | stockcreations | CL Shebley |
canadastock | 5 second Studio und © bazilfoto / istockphoto
Satz: 3w+p GmbH, Rimpar (www.3wplusp.de)
Druck und Verarbeitung: Druckerei C.H. Beck, Nördlingen
Printed in Germany
ISBN 978-3-404-17978-7

4 6 8 7 5

Sie finden uns im Internet unter luebbe.de
Bitte beachten Sie auch: lesejury.de

Für Carmen und Chris

Prolog

Der Winter hielt die bayerische Landeshauptstadt in seiner eisigen Faust und drückte kräftig zu. Verkehrschaos und Unfälle suchten München seit Tagen heim. Wie immer kam der Schnee Anfang Dezember für Bus, Bahn und Bewohner viel zu überraschend.

Renate Piero-Schuster setzte einen winterbestiefelten Fuß zaghaft vor den anderen. Mit einem unterdrückten Fluchen klammerte sie sich an eine Straßenlaterne, als ihre Füße unter ihr davonschlitterten. Die Kapuze ihrer Winterjacke rutschte ruckartig nach hinten, und winzige Schneekörner rieselten auf ihr schwarzgefärbtes Haar. Sie presste ihre knallrot geschminkten Lippen aufeinander, während sie verzweifelt um Bodenhaftung rang. Hitze schoss in ihre Wangen, und ihre Nasenflügel blähten sich. Sie kniff die Augen zusammen, als eine eisige Windböe ihr ins Gesicht schnitt.

Sie war wütend. Der erste Morgen als geschiedene Frau war ein böses Erwachen gewesen. Ihr Ehevertrag war nach Meinung des Richters hieb- und stichfest. Auch ihr überbezahlter Anwalt bedaure, aber die Vereinbarung könne nicht angefochten werden.

Massimo Piero speiste Renate also gerade einmal mit der gemeinsamen Dachterrassenwohnung ab. Hätte Renate gewusst, dass er nach dem Tod seines Onkels in den Genuss eines stattlichen Vermögens kommen würde, hätte sie die Papiere niemals unterschrieben. Stattdessen hätte sie im Scheidungsverfahren den letzten finanziellen Lebenshauch aus ihm herausgepresst.

Renate wollte sich nicht eingestehen, dass sie in ihrem Liebesrausch einfach jedes Dokument unterschrieben hätte. Nun aber wurde die Erinnerung an ihre heiße Wirbelwindromanze vom eisigen Sturm der Ernüchterung hinweggefegt.

Seit Renate ein kleines Mädchen gewesen war, träumte sie von einem virilen Jäger und Sammler, der ihr ein sorgenfreies Leben bescherte. Und nun kaufte sich ihr Schweizer Exmann einfach so frei und machte sie wieder zu einer alleinerziehenden Mutter. Eine Rolle, die nicht zu ihr passte, wie Renate fand.

Doch die Vorsehung schien es gut mit ihr zu meinen. Eine alte Pforte, die sie für immer verschlossen geglaubt hatte, tat sich nun aus düsterem Himmel vor ihr auf. Und die klemmende Tür wartete nur darauf, von ihr aufgestoßen zu werden.

Sie streifte sich die Wollhandschuhe von den Händen und kramte in ihrer Handtasche nach dem Hausschlüssel. Der Briefkasten war wie jeden Tag überfüttert mit Werbung. Ein unbeschriftetes weißes Kuvert erweckte ihre Aufmerksamkeit. Neugierig riss Renate den Umschlag auf und erstarrte, als ein Foto zum Vorschein kam. Die Erinnerung an den Sommertag an der Isar schoss wie ein glühender Pfeil durch ihren Kopf. Ein dickes schwarzes Kreuz zog sich über ihr lächelndes Gesicht.

Renates Magen verkrampfte sich. Der Presslufthammer in ihrem Brustkorb malträtierte ihre Rippen. Ihre Hände zitterten. Sie hatte einen seit Jahrzehnten schlummernden Hund geweckt und musste nun zusehen, wie sie ihn zähmte.

Es dauerte einen Augenblick, bis Renate sich gefangen hatte und sich auf den Weg nach oben machen konnte. Ohnmächtige Wut überkam sie. Sie war kein

Mensch, der sich so einfach einschüchtern ließ. Sie würde schon an ihr Ziel kommen, schwor sie sich. Hunde, die bellten, bissen schließlich nicht.

Renate hängte ihre Winterjacke achtlos auf einen Kleiderbügel an der Garderobe und ging mit raschen Schritten in die Küche. Sie betrachtete ihr bleiches Gesicht im Spiegel an der Garderobe und schenkte sich selbst ein zuversichtliches Lächeln – wie sie es immer tat, wenn die Dinge nicht liefen wie geplant.

In der Küche griff sie entschlossen nach dem Feuerzeug in der Besteckschublade. Die hungrigen Flammen zerfraßen die Fotografie in Windeseile.

Renate Piero-Schuster ließ sich auf einen Küchenstuhl fallen und goss sich einen großzügigen Schluck Grappa ein. Sie blickte sich in der edel eingerichteten Küche um, und ihr wurde schlagartig klar, dass ihr bisheriges Leben als Ehefrau eines wohlhabenden Geschäftsmanns für immer vorbei war. Renate schüttelte den Kopf. Sie konnte nicht länger in der glamourösen Kulisse ihrer gescheiterten Ehe vor sich hinleben. Die vier Wände, die sie einst so geliebt hatte, drohten nun, sie zu ersticken. Und auch die hämischen Gesichter ihrer Nachbarn waren eine Demütigung. Renate wusste, dass sie sich hinter ihrem Rücken das Maul über sie zerrissen. *Wer den Schaden hat, braucht für den Spott nicht zu sorgen*, schoss es ihr düster durch den Kopf. Sie seufzte. Es war an der Zeit loszulassen und zu neuen Ufern aufzubrechen.

Renate Piero-Schuster griff kurzentschlossen nach der Zeitung auf dem Küchentisch und schlug den Immobilienteil auf. Sie erstarrte, als ihr Blick auf die unscheinbar anmutende Annonce fiel. Das konnte kein Zufall sein, dachte sie bei sich und griff aufgeregt nach dem Telefon. Sie hatte ein neues Zuhause gefunden, und das zu einem Spottpreis!

1.

Hauptkommissar Alexander Hirschberg öffnete die Tür zu seinem frisch renovierten Haus in Krindelsdorf und streifte sich die Winterjacke von den Schultern.

Lars Baumann und Martin Schreiber war das schier Unmögliche geglückt. Der Architekt und der Bauunternehmer verhalfen dem einst modrigen Gemäuer seines Großonkels zu neuem Glanz und machten es zu einem gemütlichen Heim für ihn und seine Frau Susan. Auch die vielen luxuriösen Extras ließen keine Wünsche offen. Nach einer kurzen Phase des Schmollens konnte sich auch Isobel Burton, die Patentante seiner Frau, für das neue Domizil erwärmen. Selbst wenn mit der Entscheidung des jungen Paares, nach Krindelsdorf zu ziehen, die Pläne von Isobels Verlobtem Vincent scheiterten. Es würde hier am Ort kein Filmstudio für Erwachsenenfilme entstehen, Vincents erotische Machwerke mussten nun andernorts produziert und gedreht werden. Doch Sauna und Whirlpool im Keller versetzten Isobel in höchste Verzückung, und sie betonte, das Haus sei ihres Patenkindes durch und durch würdig. Freudestrahlend verkündete sie, ihre Stadtvilla in London Chelsea entsprechend nachrüsten zu lassen. Dort weilte sie derzeit, und hoffentlich blieb das noch eine Weile so, dachte Hirschberg.

Der Hauptkommissar schlenderte in die Küche, um seinen wohlverdienten Feierabend mit einem Glas Rotwein einzuläuten. Ein harter Arbeitstag lag hinter ihm. Der Sohn eines wohlhabenden Unternehmers war am vergangenen Sonntag in seinem Arbeitszimmer mit seiner eigenen Waffe erschossen worden.

Zwei gutbetuchte Ehemänner hatten Sybille Hassler bereits zur Witwe gemacht, und nun starb auch ihr dritter Ehemann und hinterließ ihr ein stattliches Erbe.

Hirschberg nahm einen Schluck Wein. Eine plötzliche Witwenschaft war ein Unglücksfall. Eine zweite vielleicht noch ein tragischer Zufall. Wenn dann aber noch eine dritte hinzukam, hielt er es für ein mörderisches System.

In einer zweiten Befragung brach Sybille Hasslers Freundin schließlich zusammen und ließ das Alibi der frisch Verwitweten platzen. Zudem konnte die Spurensicherung ein Paar von Sybilles Lederhandschuhen sicherstellen, auf denen sich Schmauchspuren befanden. In diesem Fall schien sich das Klischee, dass es letzten Endes doch immer die Ehefrau war, zu bestätigen.

Kam man stets mit unschuldigen blauen Augen davon, wurden Mörder unvorsichtig, dachte Hirschberg ironisch. Sybille Hassler schien auch diesmal alles auf ihre schauspielerischen Fähigkeiten zu setzen. Das Gericht aber war kein Laientheater.

»Susan?«

Mit dem Glas in der Hand machte er sich auf den Weg ins Wohnzimmer, wo die werdende Mutter mit einer Tasse Tee vor dem prasselnden Kaminfeuer saß.

Susan Waters-Hirschberg wirkte angespannt. Ein Schatten verdüsterte ihre blauen Augen. Sie brachte ein müdes Lächeln zustande, als er sich neben sie auf die Couch fallen ließ.

»Wie war dein Tag?«, erkundigte sie sich und erinnerte ihn daran, ihr das Weinglas nicht direkt unter die Nase zu halten. Seit Beginn ihrer Schwangerschaft ertrug sie nicht einmal den Geruch von Alkohol. Der Verzicht fiel ihr also leicht, betonte sie. Die Geburt ihres ersten Sohnes stand kurz bevor, und Hirschberg wusste, dass seine Frau es kaum erwarten konnte, endlich ihre Füße wieder zu sehen.

»Anstrengend«, entgegnete er und fuhr sich durch sein dichtes Haar. Er streckte seine langen Beine in Richtung Kamin. Seine dunklen Augen musterten seine Frau prüfend. Irgendetwas bedrückte sie so sehr, dass sie sich nicht einmal an ihren langen blonden Locken störte, die ihr ungebändigt in die Stirn fielen. »Aber zumindest haben wir Hasslers Frau festnehmen können. Wir haben Indizien, sie aber kein Alibi.« Er nahm einen Schluck Wein. »Und du siehst alles andere als glücklich aus«, stellte er besorgt fest. »Was ist los, Susan?«

»Frau Dachshofer war heute hier«, begann sie seufzend und prostete ihm mit ihrer Teetasse zu. Die Naturheilpraktikerin und selbst ernannte Kräuterhexe des Ortes, Marianne Dachshofer, kümmerte sich rührend um die werdende Mutter. »Sie hat mir wieder ihre Schwangerschaftsspezialmischung gegen die Übelkeit gebracht. Und sie hat mir erzählt, dass unser Noch-Bürgermeister tatsächlich vorhat, das Angebot dieses Privatsenders anzunehmen.« Sie warf ihm einen vielsagenden Blick zu.

»Das kann doch nicht sein Ernst, oder?«, stöhnte Hirschberg und legte den Arm um ihre Schultern. »Nach allem, was letzten Sommer passiert ist, will Seitlbach ausgerechnet hier jugendliche Straftäter mithilfe des Fernsehens resozialisieren?« Der Mord an der Frau des Bürgermeisters und der darauffolgende Medienrummel steckten dem Ort noch immer in den Gliedern.

»Morgen will der Gemeinderat abstimmen«, nickte Susan und streichelte ihren Bauch.

Hirschberg konnte sehen, wie winzige Füße gegen ihre Bauchdecke stießen. Langeweile schien sich im

Fruchtwasser breitzumachen, wenn Mama zu lange faul herumsaß und ihren Sohn nicht in den Schlaf wiegte. Er schmunzelte.

»Frau Dachshofer meint, dass er das Okay bekommen wird«, fuhr Susan fort, »denn die Gemeinde braucht dringend Geld. Der Sender übernimmt tatsächlich die vollen Kosten für die Sanierung und Renovierung der alten Gaststätte und Brauerei. Und kein Geringerer als Roman Rangler wird sich am Krindelsdorfer Herd die Finger verbrennen«, kam es ironisch über ihre Lippen. »Offensichtlich rechnet man mit immensen Einschaltquoten.«

»Das gefällt mir nicht, Susan«, schüttelte der werdende Vater skeptisch den Kopf.

Günther Seitlbach, der mit anderthalb Füßen schon im Landratsamt stand, plante offenbar, sich mit einem Feuerwerk aus dem Krindelsdorfer Rathaus zu verabschieden. Die kleine Gemeinde war ein emotionales Pulverfass. Jugendliche Straftäter konnten es allein mit ihrer Anwesenheit zum Explodieren bringen, fürchtete der Hauptkommissar.

»Und das ist noch nicht alles.« Susan beugte sich schwerfällig nach vorne, um die Tasse auf dem Couchtisch abzustellen. »Sophie hat heute Nachmittag angerufen. Du erinnerst dich doch an Renate Piero-Schuster?«, vergewisserte sie sich. Er nickte, und ein flaues Gefühl machte sich in seiner Magengegend breit. Sophie Rösner unterrichtete am selben Gymnasium wie seine Frau, und die beiden waren schon seit einigen Jahren eng befreundet. »Ihr Sohn Bruno muss das Gymnasium verlassen, was zwar gut ist, weil sie uns dann nicht mehr auf die Nerven gehen kann, aber leider hat sie es sich allem Anschein nach in München mit ihrer ganzen Nachbarschaft verscherzt. Sie ist diejenige, die das alte Spukhaus gekauft hat, das Schreiber gerade renoviert. Sie hat vor, mit ihrem Sohn dort schon in den nächsten Tagen einzuziehen.« Susan seufzte.

»Dann bin ich mal gespannt, wie lange es die beiden dort aushalten«, entgegnete Hirschberg trocken. Mitte der Zwanzigerjahre des vergangenen Jahrhunderts war das Haus Schauplatz eines grausamen Verbrechens geworden. Den Mordfall fand der Kriminalist in ihm sehr interessant, doch Hirschberg glaubte keineswegs, dass es in dem Gemäuer spukte. Auch wenn viele Krindelsdorfer glaubten, die Seelen der Getöteten fänden keine Ruhe und vertrieben jeden Eindringling aus ihrem Haus.

»Glaub mir, diese Frau könnte selbst den hartgesottensten Poltergeist aus ihrem Haus vertreiben. Sie ist die reinste Pest! Und da Schreiber so schnell und effizient arbeitet, kann sie auch schon einziehen.« Susan seufzte und blickte ihren Mann eindringlich an. »Alex, ernsthaft! Diese Frau macht nur Ärger. Sie ist ungeheuer streitsüchtig.« Sie warf verzweifelt die Hände in die Luft. »Und wir kennen den Ort doch inzwischen gut genug. Jugendliche Straftäter, das Fernsehen und dann noch dieses Miststück, das sich mit jedem hier anlegen wird. Ich habe kein gutes Gefühl, Alex. Ich rechne mit dem Schlimmsten.« Susan runzelte missmutig die Stirn. »Uns stehen chaotische Wochen bevor. Frau Dachshofer sagt, dass der Herr Pfarrer schon lautstark gegen das Projekt und die Jugendlichen wettert. Und es gibt einige hier, die ihm zustimmen …«

Hirschberg flüsterte ein paar zuversichtliche Worte in ihr Ohr, doch auch ihm war nicht wohl bei alledem. Er fragte sich, ob Bürgermeister Seitlbach wusste, was er tat.

2.

»Wir haben das doch nun zur Genüge besprochen«, wiederholte Seitlbach ungeduldig. Der Krindelsdorfer Bürgermeister warf einen demonstrativen Blick auf die Uhr an seinem Handgelenk, bevor er den versammelten Gemeinderat eindringlich anstarrte und seine Krawatte lockerte. Der Konferenzraum im Krindelsdorfer Rathaus war stickig.

»Ich bin gewählt worden, um das Beste für unsere Gemeinde herauszuholen. Mir ist es schließlich auch zu verdanken, dass wir nun endlich den langersehnten S-Bahn-Anschluss haben!«, erklärte er den Anwesenden großspurig. »Und ich muss euch sicher nicht daran erinnern, dass die Morde im letzten Sommer nicht gerade gut für unser Image waren, geschweige denn für die gesamte Region.« Seitlbach zog seine Augenbrauen vielsagend nach oben. Dass ihm der Mord an seiner eigenen ungeliebten Frau, die ihn durch ihr Auftreten bei offiziellen Anlässen stets blamiert hatte, nicht so ganz ungelegen gekommen war, las er deutlich auf einigen der ihm zugewandten Gesichter. Er ignorierte die Häme. »Aber mit dieser Sendung können wir unter den Augen der Zuschauer nicht nur unsere soziale Ader unter Beweis stellen, sondern bekommen auch noch ein vollständig saniertes Restaurant mit angegliederter Brauerei obendrein. Und dass diese Sozialfälle auf der Baustelle und in der Küche mithelfen und dadurch mit ihrem Leben besser zurechtkommen sollen, ist ja schön und gut. Aber vor allem werden uns die Gourmets aus München und

Umgebung die Tür einrennen!«, prophezeite Seitlbach. »Immerhin wird kein Geringerer als Roman Rangler am Herd des Restaurants stehen! Und außerdem ist es längst an der Zeit, Bayern und auch ganz Deutschland zu zeigen, dass Krindelsdorf durchaus einen Besuch wert ist. Und eben nicht nur, weil es Schauplatz von zwei Morden war.«

Es würde einfach sein, einen Pächter zu finden, wenn das Restaurant und die Brauerei erst einmal saniert und sie die Jugendlichen wieder losgeworden waren, kalkulierte er unbarmherzig. Diese verlotterten Gestalten hielten eine ehrliche Arbeit niemals auf Dauer durch.

Aber Ranglers Name und die Aussicht, ein ihm ebenbürtiger Koch würde das Restaurant nach Ende der Dreharbeiten übernehmen, waren Musik in Seitlbachs Ohren. »Das Geld des Senders und ein Gourmetrestaurant hier am Ort sind ein Glücksfall für Krindelsdorf! Und wir alle wollen doch das Beste für unsere Gemeinde!«

Die tragischen Morde im vergangenen Sommer hatten Krindelsdorf in seinen Grundfesten erschüttert. Günther Seitlbach war deshalb wild entschlossen, seiner Gemeinde ein neues, positives Image zu verpassen. *Meine letzte Amtshandlung als amtierender Bürgermeister*, schoss es ihm zufrieden durch den Kopf. Schon in wenigen Wochen war Wahltag, und Seitlbach war sich sicher, dass er danach auf einem bequemeren Sessel im Landratsamt saß.

»Ich weiß immer noch nicht so recht, Günther«, meldete sich Jochen Wiesner, Sprachrohr der Ökopartei, zu Wort.

Seitlbach seufzte innerlich. Dem Bürgermeister war klar, dass der Veganer grundsätzliche Vorbehalte gegenüber dem geplanten Edel-Fresstempel hegte. Vor ihm auf dem Teller lag sein mitgebrachter Snack. Ein fleisch- und in Seitlbachs Augen auch genussfreier Tofuburger, der vermutlich für seinen missmutigen Gesichtsausdruck verantwortlich war.

Seit seiner Ernährungsumstellung vor knapp zehn Jahren hatte Wiesner fünfzehn Kilo verloren. Sein Rollkragenpullover, der noch aus der Zeit vor der Gewichtsabnahme zu stammen schien, schlackerte sackartig an ihm herab. Seine Frau, die er vor eben zehn Jahren auf einer spirituellen Ichfindungsreise in Indien kennen und lieben gelernt hatte, wie er stets betonte, nannte sich seither nicht mehr Gerlinde, sondern Indira. Sie war eine feurige Verfechterin der Rohkost und nahm niemals gekochte Speisen zu sich. Ein weiteres Speiselokal, in dem Menschen tote Lebewesen verzehrten, war Wiesner daher ein Dorn im Auge.

Vermutlich hing der Haussegen in der »Villa Freudlos« schief, wenn er dem Projekt zustimmte, schoss es Seitlbach abfällig durch den Kopf. Er dachte an die stets mürrisch dreinblickende Indira Wiesner, die ihren skelettartigen Körper einmal im Monat mit einer mehrtätigen Kur aus giftgrünen Smoothies von jeglichen Giftstoffen reinigte.

»Selbstverständlich bin ich grundsätzlich für das Projekt. Ich finde es durchaus lobenswert, wenn etwas für die auf die schiefe Bahn geratene Jugend getan wird. Aber was ist, wenn einige dieser Jugendlichen nicht zu resozialisieren sind und die Gegend unsicher machen? Es gibt durchaus hoffnungslose Fälle«, erinnerte Wiesner den Noch-Bürgermeister, der es nicht erwarten konnte, sein Büro im Landratsamt zu beziehen. Seitlbach kniff ungehalten die Augen zusammen. Sein Nachfolger auf dem Sessel des Bürgermeisters war nicht zu beneiden.

Einige andere Mitglieder der ökologischen Partei teilten Wiesners Bedenken und stimmten ihm zu. Von der Reaktion seiner Ökofreunde ermutigt, fuhr dieser fort.

»Ich bin mir zwar sicher, dass die meisten der Jugendlichen diese einmalige Chance zu nutzen wissen, aber wenn nun doch einer aus der Reihe tanzt ... Vielleicht würde es uns alle beruhigen, wenn Indira zumindest vorher die Auren der Jugendlichen lesen ...«

»Das Wohlergehen unseres Ortes und seiner Bürger liegt mir trotz unserer politischen Differenzen genauso am Herzen wie dir, Jochen«, unterbrach Seitlbach ihn mit höflicher Ungeduld. »Aber das Projekt ist todsicher. Die Jugendlichen sind ständig unter Aufsicht. Und sie werden so viel zu tun haben am Herd und mit Herrn Schreiber, dass sie gar nicht erst auf dumme Gedanken kommen können! Zwei Sozialpädagogen und Herr Rangler werden gemeinsam mit den Jugendlichen bei Herrn Brandl leben.« Der hiesige Gastwirt hatte sich zu Anfang wenig begeistert gezeigt, die Konkurrenz zu beherbergen. Nachdem Seitlbach ihm aber in Aussicht gestellt hatte, Brandls Sohn, der als Bierbrauer gern sein eigener Chef wäre, womöglich mit der Leitung der frisch renovierten Brauerei zu betrauen, hatte er den skeptischen Gastwirt für das Projekt gewinnen können. Außerdem sei Brandls Gaststätte eine feste Institution am Ort, der doch ohnehin niemand den Rang ablaufen könne, hatte Seitlbach jovial hinzugefügt und so ein Lächeln auf das Gesicht des Gastwirts gezaubert. »In zwei Wochen beginnt die Renovierung der Brauerei, denn bis dahin, meint Herr Schreiber, werden die Arbeiten am Restaurant abgeschlossen sein. Er und seine Mitarbeiter haben schon den alten Festsaal im oberen Stockwerk renoviert, und auch die Küche ist bereits fertig und hochwertig ausgestattet. Herr Rangler kann also mit den Jugendlichen jederzeit loslegen. Ihr müsst euch wirklich nicht die geringsten Sorgen machen! Ihr alle wisst, dass die Sicherheit hier in Krindelsdorf für mich oberste Priorität hat!« Seitlbach hoffte inständig, die Bedenken der anderen zerstreut zu haben. Er hegte keinesfalls die Absicht, Wiesners verrückte Frau in die Nähe des Fernsehteams und der Jugendlichen zu lassen! Auch würde Pfarrer Schmalzengruber, der sich sehr gegen das Projekt sträubte, weder die Gelegenheit bekommen, Beichten abzunehmen, noch Exorzismen durchzuführen, schwor er sich grimmig.

»Und wir können das Geld wirklich sehr gut gebrauchen«, setzte er sicherheitshalber hinzu. Wie vielerorts in Deutschland gab es auch in Krindelsdorf Baustellen, für die bislang das Geld fehlte. Das erhöhte Verkehrsaufkommen machte den Bau einer Umgehungsstraße erforderlich, der Kindergarten benötigte dringend eine Renovierung, und das historische Klostergemäuer musste von Grund auf saniert werden. Das Projekt mit diesem Sternekoch bescherte der Gemeinde nicht nur einen unverhofften Geldsegen, sondern lockte gleichsam Besucher an den Ort, die sich womöglich auch für das Heimatmuseum und nicht nur für Verbrechensschauplätze interessierten. Dieses Projekt war ein Gewinn für den Ort. Trotzdem konnte er noch immer Bedenken auf einigen der ihm zugewandten Gesichter sehen. Es war an der Zeit, dass er der kommunalpolitischen Finsternis des Ortes entkam!

»Ich finde, Günther hat recht.« Gabriele Kolbhuber aus den Reihen der Sozis nickte in Richtung Seitlbach. »An allen Ecken und Enden mangelt es uns an finanziellen Mitteln. Wir dürfen nicht außer Acht lassen, dass uns der Umbau des Feuerwehrhauses auch noch eine Stange Geld kosten wird.« Sie machte eine ausladende Handbewegung, und Seitlbach frohlockte innerlich. »Wir sollten dem Projekt und den Jugendlichen eine Chance geben. Krindelsdorf soll doch offen und progressiv sein und nicht als das kleinkarierte, bayerische Kaff, in dem zwei Menschen umgebracht worden sind, in Erinnerung bleiben.«

Zu seiner Erleichterung sah der Noch-Bürgermeister nun die Köpfe parteiübergreifend nicken.

Auch die Mitglieder der anderen Parteien konnten schließlich rechnen. Die Einnahmen für die Dreherlaubnis und die zu erwartende positive Publicity waren dann doch zu verlockend.

»Dann sind wir uns also einig?« Er blickte prüfend in die Runde. »Ich kann Herrn Preston anrufen und zusagen?« In Gedanken griff Seitlbach bereits zum Telefonhörer. »Außerdem haben wir ja mittlerweile das LKA am Ort, wie ihr alle wisst«, fügte er grinsend hinzu. »Sollte also tatsächlich der unwahrscheinliche Fall eintreten, dass einer der Jugendlichen sich nicht benehmen kann, dann wird Hauptkommissar Hirschberg bestimmt schnell zur Stelle sein«, versprach er dem versammelten Gemeinderat.

Aber was sollte denn schon passieren?

»Mein lieber Herr Rangler!«

Jo Preston, der Produzent von »Ranglers Leibgerichte« kam mit jovial ausgebreiteten Armen auf den Sternekoch zu. Der argwöhnische Ausdruck in Ranglers Augen entging ihm nicht. Preston war sich nicht sicher, ob das Vorhaben des Senders dem Star der Kochshow schmecken würde. Sein Fingerspitzengefühl war gefragt.

Roman Rangler hatte die Gaumen der Nation im Sturm erobert. Sein Antlitz zierte mittlerweile die Verpackungen überteuerter Fertigprodukte, deren Palette von Omas Apfelküchlein bis hin zu pseudospanischer Paella reichte. »Ranglers Leibgerichte« war zudem ein Quotengarant, und seine Fangemeinde wuchs von Woche zu Woche. Dumm nur, dass Rangler dank seines Höhenflugs an Bodenhaftung verloren hatte. Nun brodelte es nicht mehr nur am Herd, sondern auch hinter den Kulissen. Prestons Warnungen, es sei nur noch eine Frage der Zeit, bis das gesamte Team gegen den Koch meuterte, verhallten ungehört. Die Küchenmesser wetzte schließlich immer noch er, hatte Rangler Preston nach einem Streit mit seiner Assistentin erklärt.

Vor wenigen Monaten aber war der Sternekoch dann doch zu weit gegangen. Mit Restalkohol, deutlicher Verspätung und offener Hose war er eines Mittags im Studio erschienen. Als er sich zu allem Übel auch noch in den bereitgestellten Schnellkochtopf erbrechen musste, hielt sich die Begeisterung für den Tafelspitz à la Rangler in Grenzen.

Der Vorfall wurde eilends und mit äußerster Diskretion – im wahrsten Sinne des Wortes – vom Tisch gefegt. Ranglers Position war dennoch gesichert, wusste Preston. Immerhin garantierte er dem Sender Einschaltquoten, beachtliche Marktanteile und den Mitarbeitern der Kochshow einen sicheren Arbeitsplatz.

Allerdings musste sich der Star der Show auf Anweisung des Senders einer diskreten Blitzentziehungskur in einer Schweizer Klinik unterziehen. Die offizielle Version seiner Reha-Pause lautete »Starkoch Rangler unterzieht sich komplizierter Hüftoperation«.

»Sie wollten mich sehen, Preston? Was ist so dringend? Ich habe noch einen Termin bei meinem Therapeuten«, knurrte der Sternekoch. Sein Widerwillen war ihm anzusehen. Preston wusste, dass der Entzug ihm sehr zu schaffen machte. Zudem befürchtete er, dass Rangler seine Finger noch immer nicht vom Hochprozentigen lassen konnte. Oftmals roch sein Atem ein wenig zu minzfrisch, schoss es dem Produzenten mulmig durch den Kopf. Der Sender aber unternahm alles in seiner Macht Stehende, einen etwaigen Rückfall des Sternekochs zu verhindern und den Schein vor seinen Fans aufrechtzuerhalten. Das Studio war nach Ranglers Zusammenbruch daher zu einer alkoholfreien Zone geworden. Vor der Kamera wurden nun weißer und roter Traubensaft zu Wein, wenn es das Rezept erforderte.

Rangler seufzte und ließ die Schultern hängen. Trotz all seiner Fehltritte konnte sich Preston eines gewissen Mitgefühls für den Sternekoch nicht erwehren. Vielleicht aber war ja ein neues Projekt genau das Richtige für ihn, sagte sich der Produzent hoffnungsvoll. Ablenkung und Beschäftigung waren sicherlich die beste Therapie!

»Nehmen Sie doch bitte Platz, Herr Rangler.« Preston deutete auf den Stuhl vor seinem Schreibtisch.

»Wir haben Großes mit Ihnen vor.« Preston zog seine Mundwinkel zu einem, wie er hoffte, verheißungsvollen Lächeln nach oben.

»Ich bin ganz Ohr.« Rangler warf ihm einen gequälten Blick zu. »Soll ich auf eine kulinarische Frustreise durch Deutschland gehen und in erkalteten Restaurantküchen das Feuer neu entfachen?« Er verschränkte die Arme vor der Brust und presste seine Lippen aufeinander.

»Aber nicht doch, Herr Rangler. Wo denken Sie hin?« Ein joviales Lachen entfuhr Prestons Kehle. »Wir haben eine viel bessere Idee. Der Sender findet, es sei längst an der Zeit, dass wir nicht nur den genialen Sternekoch

Rangler vor die Kamera holen, sondern auch den Wohltäter. Dem Sender ist wichtig, dass die Menschen nicht nur fleißig Ihre Rezepte nachkochen, sondern auch das soziale Gewissen eines Roman Rangler wahrnehmen und schätzen lernen. Sie wissen ja, dass Sozial-TV gerade in diesen Krisenzeiten, wo nur noch gehartzt und gejammert wird, die Einschaltquoten in die Höhe schnellen lässt. Und gerade die Erziehung von Lebensunfähigen ist noch immer ein Quotengarant!« Er machte eine auslandende Handbewegung. »Die Leute wollen sehen, wie Messies plötzlich stubenrein und aggressive Kinder erziehungsunfähiger Eltern zu Musterschülern werden. Das spendet Hoffnung, Herr Rangler. Und das Fernsehen ist zudem längst zu einer Institution geworden, die unterprivilegierte Menschen wieder auf den rechten Pfad bringt, sie mit helfender Hand wieder auf die Beine hievt und ihnen neue Perspektiven fernab des Amts und der Justizvollzugsanstalt eröffnet. Und auch Sie sollen nun ein Stützpfeiler dieses Resozialisierungsprozesses werden!«

»Was genau hat der Sender vor?« Rangler beugte sich nach vorne, und ein interessierter Ausdruck schlich sich in seine Augen. »Will der Sender mich etwa zum Messias der Armen und Chancenlosen machen?«

»Wenn Sie es denn so formulieren möchten, Herr Rangler.« Preston strahlte ihn an. Er konnte die Einschaltquoten schon in die Höhe schnellen sehen. »Wir haben vor, straffällig gewordene Jugendliche mit Ihrer tatkräftigen Hilfe wieder auf den rechten Weg zu führen und ihnen einen soliden Start in ein neues, unbescholtenes Leben zu ermöglichen«, erklärte er ihm. »Wir werden selbstverständlich eng mit Sozialarbeitern zusammenarbeiten, die von unserem Konzept geradezu begeistert sind!«, schwärmte er in den höchsten Tönen.

»Bootcamps sind Schnee von gestern! Die Zukunft der alternativen Resozialisierungsprogramme heißt »Ranglers Delikatessenschmiede«! Sie werden an einem passenden Standort ein neues Restaurant eröffnen, dessen jugendliche Auszubildende von Ihnen die einzigartige Chance bekommen, sich auf dem Parkett der Arbeitswelt und in den Reihen der Rechtschaffenen zu bewähren. Wo andere längst aufgegeben haben, schreiten Sie – Roman Rangler! – tatkräftig ein!«

»Ich soll mit verurteilten Straftätern arbeiten?«

Rangler starrte den Produzenten fassungslos an. Die Farbe war aus seinem Gesicht gewichen.

»Ja, aber die Jungen und Mädchen haben nur Dinge auf dem Kerbholz, die man gerade einmal als Kavaliersdelikte und Jugendsünden bezeichnen kann«, beeilte sich Preston, Rangler zu beschwichtigen, dessen Brustkorb sich mit einem Mal schwerfällig hob und senkte. Das hohe Aggressionspotenzial einiger der Jugendlichen ließ der Produzent unerwähnt. Preston wollte Ranglers offensichtliche Bedenken nicht noch mehr schüren. »Sie wissen schon, Marihuana und kleinere Diebstähle, mehr nicht.« Er wich Ranglers Blick geflissentlich aus.

»Also darf ich diesem Zuchthausnachwuchs nie ein Hackebeil in die Hand drücken und dann den Rücken zukehren«, presste Rangler verächtlich hervor.

»Seien Sie unbesorgt, Herr Rangler!«, lachte Preston und fuhr sich durch seine gefärbten und sorgfältig gegelten Haare. »Die Jugendlichen freuen sich sehr auf die Arbeit mit Ihnen und sind fest entschlossen, ihr Leben zu ändern. Das Projekt ist auch schon unter Dach und Fach. Die endgültige Zusage war ohnehin nur eine Formalität«, ließ er sein Gegenüber wissen. Der Sternekoch schien noch immer wenig begeistert.

»Und wo genau soll ich diese Sozialstation eröffnen?«

»In einer kleinen ruhigen Gemeinde auf dem Land. Die Jugendlichen sollen fernab des Trubels der Großstadt zeigen, was in ihnen steckt. Sie erinnern sich vielleicht an Krindelsdorf?«, vergewisserte sich Preston und blickte ihn erwartungsvoll an.

Rangler blinzelte verständnislos. Dann schien bei ihm der Groschen zu fallen. »Der Ort, wo es letzten Sommer diese beiden Morde gab? Klar, war ja wochenlang in den Medien. Kein Wunder, dass die sich liebend gern mit einem Roman Rangler schmücken würden.« Rangler seufzte und lehnte sich auf seinem Stuhl zurück. »Ich soll in diesem Provinzkaff kochen und gleichzeitig den Babysitter für diese kriminelle Brut spielen?«

»Ja, genau dort.« Prestons Lächeln war unerschütterlich. Er hatte mit einer solchen Abwehrhaltung gerechnet und sich innerlich gerüstet. »Auf einer Wohltätigkeitsveranstaltung vor gut zwei Monaten ist mir der dortige Bürgermeister – übrigens ein äußerst ambitionierter Politiker, der es noch weit bringen wird – über den Weg gelaufen. Wir sind ins Gespräch gekommen, und Herr Seitlbach hat mir von einer alten Gaststätte mit angegliederter Brauerei in Krindelsdorf erzählt, die die Gemeinde sehr gern wieder auf Vordermann bringen würde. Wie Sie treffsicher vermuten, will der Ort endlich dieses mörderische Image loswerden. Herr Seitlbach begrüßt daher unsere Idee, eine gastronomische Sozialstation für jugendliche Straffällige dort aufzumachen. Er war tatsächlich ganz begeistert von unserem Konzept«, erinnerte sich Preston. »Ich habe extra einen Abstecher nach Krindelsdorf unternommen, um die Location in Augenschein zu nehmen. Ich kann Ihnen sagen, dass sie perfekt ist für unser Projekt! Wir werden ihr zu neuem Glanz verhelfen! Für die notwendigen Renovierungsarbeiten haben wir bereits mit einem hervorragenden Architekten und einer ortsansässigen Baufirma gesprochen, die bereits ihre Arbeit aufgenommen haben. Die Pädagogen befürworten überdies, dass einige der Jugendlichen, die sich am Herd vielleicht nicht so wohlfühlen, von den Handwerkern für kleinere Aufgaben wie Weißeln in ihre Arbeit miteingebunden werden. Der therapeutische Ansatz hierbei ist Selbstwirksamkeit. Vertrauen in die eigenen Fähigkeiten zu entwickeln, ist das A und O!«, fügte er mit erhobenem Zeigefinger hinzu. »Und Sie, Herr Rangler, werden sich mit den Jugendlichen am Herd austoben und das kulinarische Genie in ihnen wecken! Kreative Betätigung ist ein wichtiges therapeutisches Mittel zur Verhinderung weiterer Straftaten. Das meint zumindest Herr Angelsberger, der leitende Sozialpädagoge. Im Finale wird das Restaurant dann seine Pforten öffnen, bei dem Sie zusammen mit den Jugendlichen für einige ausgewählte Gäste ein unvergessliches Menü zaubern werden.«

»Tja, vergessen werde ich das Projekt bestimmt niemals«, entgegnete Rangler frostig. »Wann genau soll das Ganze losgehen?« Jetzt hatte Preston ihn so weit: Das Interesse des Starkochs war trotz seiner Skepsis geweckt.

»Da der Krindelsdorfer Gemeinderat gestern grünes Licht gegeben hat, werden Sie schon Anfang nächster Woche mit den Jugendlichen in die Fremdenzimmer beim dortigen Gastwirt Brandl ziehen. Es sind einfache Zimmer, aber für die paar Wochen …« Preston lachte. »Die ortsansässige Baufirma hat die Küche des zukünftigen Sternerestaurants bereits renoviert. Die Ausstattung wird Ende dieser Woche geliefert. Sie können mit den Jugendlichen also sofort loslegen!«

»Ich soll mit den Jugendlichen dort wohnen?«, entfuhr es Rangler. »Muss ich denn wirklich …«

»Aber Herr Rangler«, fiel Preston ihm mit einem

nachsichtigen Lächeln ins Wort. »Sie dürfen nicht vergessen, dass die Jugendlichen Ihre Schützlinge sind. Sie werden sie schließlich unter Ihre Fittiche nehmen, zu ihrem väterlichen Freund werden. Und deshalb ist es unerlässlich, dass sie während der Dauer des Projekts vor Ort sind. Das macht die Sache außerdem viel stressfreier für Sie«, versuchte Preston ihn zu ködern. »Im tiefen Winter macht tägliches Pendeln doch keinen Spaß. Und Sie müssen in Bestform sein am Herd und jeden Tag alles geben! Außerdem muss Ihnen klar sein, dass man sich in unserer Branche immer wieder neu erfinden muss, Herr Rangler. Die Zuschauer sind unbarmherzig, wenn sie mit einem Konzept erst einmal überfüttert sind. Sie wollen doch schließlich nicht, dass Ihre Fangemeinde schrumpft und Ihre Einschaltquoten sinken. Dieses neue Konzept, dieser frische Wind, wird Ihnen und dem Sender guttun.«

»Dann auf nach Krindelsdorf«, seufzte Rangler und wich seinem Blick aus.

3.

»Susan, du machst dir keine Vorstellung!« Rosina Baumann blickte ihre Gastgeberin über den Rand ihrer Kaffeetasse an. Ein amüsierter Ausdruck stand in ihren katzenartigen Zügen.

Die Historikerin klopfte in den letzten Wochen oft noch an Susans Tür, bevor sie morgens nach München in die Uni fuhr. Rosina konnte die Geburt von Susans Sohn fast genauso wenig abwarten wie Alexander und sie selbst, dachte die werdende Mutter innerlich schmunzelnd bei sich. Mit Susans wachsendem Babybauch stieg nun auch bei den Baumanns das Babyfieber, und die beiden hatten begonnen, über Nachwuchs nachzudenken.

»Ich weiß, ich bin eine schlechte Ehefrau, weil ich das so lustig finde, aber du solltest Lars' Gesichtsausdruck sehen, wenn er abends nach Hause kommt!« Ein mädchenhaftes Kichern entfuhr ihrer Kehle, während sie nach einem Keks griff.

Susan erwiderte ihr Grinsen. Rosinas Mann Lars war als ortsansässiger Architekt mit den Plänen für den Umbau und die Renovierung der alten Gaststätte betraut worden. Susan wusste, dass Lars seit seinem Umzug von Kiel nach Krindelsdorf ganz versessen darauf gewesen war, dem alten Gemäuer neues Leben einzuhauchen, aber er hegte Bedenken wegen des Projekts. Die Jugendlichen sollten heute anreisen, und Krindelsdorf würde bald wieder in den Fokus der Öffentlichkeit gerückt werden. Ginge es nach Noch-Bürgermeister Seitlbach, würden Gourmets aus ganz Deutschland schon bald nach

Krindelsdorf strömen und sich unverhofften Gaumenfreuden in historischem Ambiente hingeben, hatte der Architekt aufgeschnappt. Susan fragte sich ebenso wie Lars, ob diese Rechnung so ohne Weiteres aufgehen würde.

»Deinem Mann wird langsam klar, worauf er sich eingelassen hat, nicht wahr?«

»Unser Bürgermeister sieht nur das Geld und die Publicity für den Ort. Dass sich die Leute hier Sorgen machen wegen der Jugendlichen, kümmert ihn nicht weiter.« Rosina zuckte mit den Schultern und verdrehte die Augen. »Er hat den Namen Roman Rangler gehört und war hin und weg. Und noch dazu glaubt er, dass nach der Renovierung und Eröffnung des Restaurants die Sterneköche Schlange stehen werden, um hier bei uns zu kochen.«

»Mir gefällt das nicht, Rosina. Ich habe ein ganz ungutes Gefühl.« Susan lehnte sich seufzend auf ihrem Stuhl zurück und streichelte ihren Bauch, als Klein-Julian kräftig ausholte.

»War das ein Fuß?«, strahlte Rosina und lachte. »Euer Sohn wird mit kräftiger Wadenmuskulatur auf die Welt kommen! Maximilian wird sich freuen, wenn er Fußballnachwuchs bekommt!«

»Ja, es wird ihm wohl langsam zu eng da drin«, bestätigte Susan grinsend. »Er will raus. Aber wer bitte ist Maximilian?«

»Maximilian Schäfer«, lächelte Rosina. »Der große durchtrainierte Ingenieur, erinnerst du dich? Ihr seid euch kurz nach eurem Einzug über den Weg gelaufen, als er etwas mit Lars besprechen wollte.«

»Ach, ja! Natürlich! Ich erinnere mich.« Susan nickte lächelnd. »Ich habe ihn letztens mit diesem netten älteren Herrn gesehen. Du weißt schon, der Herr, der in diesem Haus am Kirchweg wohnt. Herr Schäfer hat gerade vor dem Haus Schnee geräumt.«

»Du meinst Herrn Wegener. Den ehemaligen Direktor der Grundschule. Er ist Maximilians Onkel. Maximilian hängt sehr an ihm.«

Susan nickte. Seit den sechziger Jahren gab es in Krindelsdorf eine Grund- und Mittelschule, wusste sie, und eine Gesamtschule würde vermutlich in ein oder zwei Jahren hier ihre Pforten öffnen.

»Wegener, genau! Jetzt fällt es mir wieder ein. Frau Dachshofer hat mir schon alles über ihn erzählt. Auch, dass sein Gedächtnis langsam nachlässt«, fügte sie bedauernd hinzu. »Aber dass sein Neffe Fußballtrainer ist, hat sie mir nicht erzählt.«

»In seiner Freizeit trainiert Maximilian die Kinder und Jugendlichen hier am Ort. Er ist streng, aber sie lieben ihn.« Rosina zwinkerte ihr zu.

»Hast du gehört, Julian?« Susan streichelte ihren Bauch. »Du wirst Fußballer! Sofern der Ort nicht aus den Fugen gerät.« Sie warf einen Blick aus dem Fenster und runzelte die Stirn.

»Du machst dir Sorgen, nicht wahr?«

»Du weißt doch besser als ich, Rosina, wie schwer sich die Einwohner mit Leuten von außen tun«, erwiderte Susan kopfschüttelnd. »Wenn sich die Jugendlichen hier nur ein klein wenig danebenbenehmen, dann ist die Hölle los. Und einige von ihnen werden bestimmt auf dumme Gedanken kommen. Glaub mir, ich bin Lehrerin, und ich weiß, wovon ich spreche. Ich kann einfach nicht begreifen, was Seitlbach sich dabei gedacht hat!«

»Geld und Publicity«, wiederholte Rosina ihre Worte von vorhin. »Er will triumphal vom Krindelsdorfer Rathaus ins Landratsamt ziehen. Du kennst ihn doch. Was interessieren ihn denn da ein paar skeptische Stimmen am Ort? Aber du darfst auch nicht zu schwarzsehen, Susan. Freu dich auf euren Kleinen. Es wird bestimmt alles gut!« Sie warf einen Blick auf die Uhr an ihrem Handgelenk, und ihre Augen weiteten sich. »Oh Gott, schon so spät! Du bist einfach eine zu gute Gastgeberin!« Sie grinste und sprang regelrecht von ihrem Stuhl auf. »Susan, es tut mir leid, aber ich muss los. Die Studenten erwarten mich.«

Bevor Susan noch etwas erwidern konnte, klingelte es an der Haustür.

»Noch mehr Besuch?« Rosina griff nach ihrer Handtasche und stand auf.

»Ich wüsste nicht …« Susan blickte verwirrt in Richtung Flur und hievte sich schwerfällig von ihrem Stuhl.

»Susan, Darling!« Isobel Burtons Stimme drang von außen an ihr Ohr, als sie sich mit dem gemächlichen Schritt einer Hochschwangeren der Haustür näherte.

Ein gequältes Stöhnen entfuhr ihrer Kehle. Das konnte doch nicht wahr sein! Sie wollte die letzten drei Wochen ihrer Schwangerschaft in Ruhe und Frieden verbringen, doch ihre Patentante hatte offenbar andere Pläne.

»Du musst jetzt ganz stark sein!«, flüsterte ihr Rosina kichernd ins Ohr.

»Es ist kalt hier draußen. Ich kann meine Zehenspitzen schon nicht mehr fühlen! Mach bitte endlich die Tür auf! Vincent und ich beißen nicht!«

»Tante Isobel, Vincent!« Die werdende Mutter zwang sich zu einem Lächeln, als sie ihre Patentante und deren Verlobten hereinbat. Ihr Puls beschleunigte sich beim Anblick ihrer großen Reisekoffer. Hatte das Paar etwa vor, den Rest des Winters hier zu verbringen? »Das ist ja eine Überraschung!«

Ihr Sohn holte aus und trat ihr kräftig in die Blase. Susan verzog ihr Gesicht.

»Susan, unser Besuch ist doch kein Grund, so ein Gesicht zu machen«, Isobel schüttelte verständnislos den Kopf. Sie streifte sich ihren Designermantel von den Schultern und gab ihr einen Kuss auf die Wange. »Sieh dir Frau Baumann an! Sie strahlt! Sie sehen großartig aus, meine Liebe!«

»Es freut mich sehr, Sie beide zu sehen«, lächelte die Historikerin. »Und nennen Sie mich doch bitte Rosina! Frau Baumann ist der Name meiner Schwiegermutter. Ich würde auch gern noch bleiben, aber ich bin leider auf dem Sprung. Meine Studenten warten.« Rosina verabschiedete sich hastig und schlitterte auf vereistem Schnee zu ihrem Wagen.

»Ich habe übrigens mehrmals versucht, dich zu erreichen, Susan, aber die Gegend hier scheint mir ein einziges mit Schnee gefülltes Funkloch zu sein«, seufzte Isobel und verdrehte die Augen. »Es macht dir und Alex doch nichts aus, wenn Vincent und ich eine Nacht bei euch bleiben, oder?« Ohne Susans Zustimmung abzuwarten, fuhr sie fort. »Das Haus ist ja wirklich groß genug, und es geht leider nicht anders.« Sie zuckte mit den Schultern. »Schätzchen, euer Whirlpool ist bei dieser sibirischen Kälte doch bestimmt in Betrieb, oder? Ich würde mich gerne kurz zurückziehen. Ich bin durchgefroren. Und Vincent auch.« Sie warf ihrem Verlobten einen kokett-schmachtenden Blick zu. Susan stöhnte innerlich. In Gedanken riss ihre Tante sich vermutlich bereits die Kleider vom Leib und stürzte sich auf Vincent. Die vielfach geschiedene Cousine ihrer Mutter kannte kein Maß, wenn es um Männer ging. Allerdings schien Dornberg sie auf eine nie gekannte Art und Weise zu fesseln, fand

Susan. Isobels Gesichtsausdruck wurde wieder ernst, und sie wandte sich an ihre Nichte.

»Aber bevor wir uns von der anstrengenden Anreise erholen, gibt es noch ein paar Dinge, die wir dringend besprechen müssen, Susan. Du weißt ja, dass Mitte Juni unsere Hochzeit in Schottland stattfindet. Ihr habt unsere Einladung doch bekommen?«

Susan nickte. Eine eisige Hand schien sich um ihren Nacken zu krallen. Ihre Tante war ganz gewiss nicht nur hier, um sich zu vergewissern, dass sie mit Tag und Uhrzeit ihrer Hochzeit vertraut waren.

»Du musst wissen, ich stehe in regem Kontakt mit Nicole Reinhardt. Übrigens auch jenseits ihrer Dessouskollektionen eine bemerkenswerte Frau! Sie ist so intelligent und ambitioniert! Euer Bürgermeister könnte keine bessere Frau an seiner Seite haben!«, rief Isobel bewundernd. »Und deshalb sind wir jetzt auch hier. Eigentlich wollten Nicole und ich uns ja in wesentlich gediegenerem Ambiente in London treffen, um meinen Auftrag zu besprechen, aber da euer Bürgermeister sie derzeit an seiner Seite braucht, hat sie mich gebeten, hierzukommen. Die beiden müssen zwar noch ein wenig diskret sein wegen der Moralapostel hier, aber sie sind inzwischen verlobt. Und Vincent meinte im Übrigen auch, dass es längst wieder einmal an der Zeit ist, euch zu besuchen und nach dem Rechten zu sehen, jetzt wo der Kleine doch jeden Moment auf die Welt kommen könnte.« Isobel warf einen Blick aus dem Fenster und rümpfte die Nase. »Auch wenn dieses mit Kuhfladen gepflasterte Mördernest hier der unangefochtene Vorhof zur Hölle ist! Ich bin mir sicher, euer ortsansässiger Großinquisitor hat alle Hände voll zu tun. Pfarrer Schmalzengruber kann hier wirklich ganz in seinem Element sein«, meinte sie mit einem sarkastischen Grinsen. »Was mich jetzt noch interessieren würde, ist, was aus diesem provisorischen Massengrab in eurem Garten werden soll. Sind etwa schon wieder ein paar Morde geschehen, und der Platz auf dem Friedhof geht aus?«

»Das wird ein Außenschwimmbecken, Tante Isobel«, entgegnete Susan entnervt. »Und die Arbeiten gehen weiter, sobald es etwas wärmer ist. Wie du unschwer sehen kannst, sind die Kuhfladen, die du so abstoßend findest, derzeit von einer dicken Schicht Schnee bedeckt.« Sie gab sich keine Mühe, ihre Ironie zu unterdrücken. »Und welchen Auftrag willst du Nicole Reinhardt erteilen?«

»Ja natürlich die Lingerie für meine Hochzeitsnacht und für meine Brautjungfern!« Ein ungeduldiger Ausdruck erschien in Isobels Zügen. »Und selbstverständlich auch für dich. Ich bedaure ja den Umstand zutiefst, dass du keine meiner Brautjungfern sein kannst, aber du musst zugeben, mit einem schreienden Baby auf deinem Arm, das am Ende noch an deiner Brust saugt, würdest du wirklich eine lachhafte Brautjungfer abgeben.« Sie kramte in ihrer Handtasche und zog eine DVD und einen Schnellhefter hervor. »Aber da du einer der wichtigsten Menschen in meinem Leben bist – und, Darling, glaub mir, ich liebe dich wie meine eigene Tochter –, wirst du natürlich auch eine tragende Rolle auf unserer Hochzeit spielen.«

»Ach ja?«

»Ja, aber selbstverständlich!« Vincents frisch gebleichte Zähne erhellten den Raum. »Selbst für mich bist du mittlerweile zu so etwas wie einer Tochter geworden! Auch wenn du und dein Mann mir dieses wunderbare Haus vor der Nase weggeschnappt habt«, bemerkte er mit schelmisch erhobenem Zeigefinger. »Und Isobel und ich freuen uns schon so sehr auf euren kleinen Wonnepropen! Wir können es wirklich kaum noch erwarten!« Er tätschelte Susans Bauch. Die werdende Mutter konnte sich einer gewissen Rührung nicht erwehren. Der geschäftstüchtige Pornomogul wirkte wie ein strahlender Großvater, der der Geburt seines Enkelsohns entgegenfieberte.

Die beiden Morde im vergangenen Sommer bescherten Krindelsdorf nicht nur sehr viel Aufmerksamkeit und böses Blut, sondern Susans fideler Patentante auch den fünften Ehemann. Zwar konnte Dornberg das Haus von Hirschbergs Großonkel nicht zu seinem Filmstudio machen, aber dafür würde er nun Susans Patentante zum Altar führen.

»Und natürlich möchte ich, dass du eine gute Figur machst, wenn du auf Vincent und mich eine bewegende Rede hältst.«

Susans Rührung verflüchtigte sich so schnell, wie sie gekommen war, und wich harschem Argwohn.

»Deshalb habe ich dir hier eines von Brandons neuesten Fitnessvideos mitgebracht.« Isobel drückte ihr strahlend die DVD in die Hand. »Es ist brandneu und wird erst nächsten Monat in den USA veröffentlicht. Da der Personal Trainer meines Vertrauens aber weiß, wie wichtig meine Hochzeit ist, hat er mir bereits ein Exemplar exklusiv für dich zur Verfügung gestellt. Er hat es sogar signiert! Ist das nicht einfach großartig?«

»Toll«, hörte Susan sich mechanisch sagen.

»Er hat dafür eng und vertrauensvoll mit einer Hebamme zusammengearbeitet, die schon dem Nachwuchs einiger der größten Stars auf die Welt geholfen hat!« Sie zwinkerte ihrer Nichte verschwörerisch zu. »Brandon und Kayla geben hier die besten Tipps, um nach einer Geburt schnellstens wieder in Form zu kommen!« Isobel musterte sie eingehend von oben bis unten. »Weißt du,

Schätzchen, bei deiner Größe muss man definitiv erwarten können, dass du drei Monate nach der Entbindung wenigstens wieder in Größe sechsunddreißig passt. Ideal wäre natürlich vierunddreißig, aber bedenkt man deinen Lebensstil, ist das völlig unrealistisch. Und natürlich will ich dich auch auf gar keinen Fall überfordern«, beteuerte sie und tätschelte rasch ihren Bauch. »Und bevor ich es vergesse«, sie präsentierte Susan den Schnellhefter, »das ist eine Auswahl an Kleidern, die ich mir für dich vorstelle. Gerade dieses hier finde ich zauberhaft! Die Farbe passt wunderbar zu deinen Augen!«

Isobel deutete mit verzücktem Gesichtsausdruck auf einen königsblauen Hauch von Nichts, und ihre Nichte erstarrte.

»Das ist durchsichtig, Tante Isobel!«

»Ja, was glaubst du denn, warum es mir so wichtig ist, dass du dich schnellstmöglich wieder in Form bringst und von keiner Geringeren als Nicole Reinhardt unter diesem Traum von einem Kleid ausgestattet wirst! Ich lege den größten Wert auf Stil und Eleganz auf meiner Hochzeit! Deswegen kümmere ich mich auch persönlich um die Garderobe meiner Brautjungfern!« Sie holte theatralisch Luft. »Nicht erst seit »Vier Hochzeiten und ein Todesfall« weiß die Welt, dass den Brautjungfern auf einer Hochzeit viel amouröse Aufmerksamkeit zuteilwird. Und die Ladies müssen dann auf alles vorbereitet sein, nicht wahr, Vincent?« Der Bräutigam in spe nickte wohlwollend. »Dass du nun nicht mehr zur Verfügung stehst und obendrein auch noch gehörig aus dem Leim gehst, bringt mich doch in arge Bedrängnis, Susan. Deshalb musste ich deine Cousine Mabel bitten, meine fünfte Brautjungfer zu werden. Bedauerlicherweise aber sieht sie dank der schlechten Gene ihres Vaters aus wie eine sexuell frustrierte irische Nonne aus den

Fünfzigern. Aber hoffnungslose Fälle sind ja meine Spezialität, wie du weißt!« Ein triumphierendes Lächeln erhellte Isobels Züge. »Ich begreife Derartiges ja als Herausforderung und werde auch aus diesem hässlichen Entlein einen wunderschönen Schwan machen! Nach einer fundierten Generalüberholung und mit Dessous von Nicole Reinhardt bringe ich auch Mabel noch an den Mann! Das verspreche ich dir! Wenn ich erst einmal mit ihr fertig bin, werden sich die Männer die Finger nach ihr lecken. Natürlich soll sie einen – oder am besten mehrere – gleich einmal ausprobieren. Es gibt schließlich nichts Schlimmeres, als seine Zeit mit Dates zu verschwenden, die sich dann als Rohrkrepierer herausstellen, sobald es darauf ankommt! Man kauft ja schließlich auch keine Waschmaschine, ohne von ihrer Leistungsfähigkeit überzeugt zu sein!«, gab sie nüchtern von sich. »Aus dem Grund werde ich Mabel ein wenig Nachhilfe in Sachen Männer, Mode und Make-up geben und sie dann einigen vielversprechenden Herren vorstellen. Du glaubst ja gar nicht, wie viele interessante und kultivierte Menschen Vincent kennt! Schon allein durch dieses aufregende Business!«

»Ich ziehe kein durchsichtiges Kleid an«, bestimmte Susan mit fester Stimme und fragte sich nicht zum ersten Mal, ob ihre Tante in Vincents Armen komplett den Verstand verloren hatte.

»Wir werden sehen.« Isobel tätschelte nachsichtig ihre Hand. »Solange Schwangerschaftshormone den Körper einer Frau fluten, ist mit ihr nicht vernünftig zu sprechen. Außerdem stehen ja auch noch andere Kleider zur Auswahl. Aber kurz zum Ablauf unseres Aufenthalts: Ich treffe mich morgen um zehn mit Nicole, um alles zu besprechen, und anschließend fahren Vincent und ich gleich zum Flughafen, weil wir einen Außendreh auf den Malediven für »Verschollen im Vaginadreieck« arrangiert haben. Dort machen wir dann auch gleich ein paar Tage Urlaub. Wir müssen diesem fürchterlichen Wetter entfliehen! Und heute Abend möchte ich mich natürlich bald zurückziehen, denn die letzten Wochen waren wirklich sehr anstrengend. Ihr werdet also gar nicht merken, dass wir da sind.«

»Gut zu wissen«, entgegnete Susan mit einem ironischen Lächeln und griff nach ihren Autoschlüsseln. »Dann würde ich vorschlagen, dass ihr einfach eure Koffer ins Gästezimmer bringt und es euch gemütlich macht. Ich muss noch rasch zum Einkaufen.«

»Du möchtest dich hinters Steuer setzen? In deinem Zustand?« Vincent bedachte sie mit dem rührenden Blick eines zutiefst besorgten Onkels, sodass sich in Susan nicht zum ersten Mal so etwas wie Zuneigung für den Pornotycoon regte. »Das kommt überhaupt nicht in Frage! Was ist, wenn plötzlich die Wehen einsetzen?«

»Ich kann nicht glauben, dass Alex dich noch allein fahren lässt! Dass er dich zwingt, hier auf dem Land zu leben, ist ja schon schlimm genug, aber das ist der Gipfel der Verantwortungslosigkeit!«, stimmte Isobel ihm mit fassungslosem Entsetzen zu. Ihr Gesichtsausdruck besagte, dass sie sich den werdenden Vater an diesem Abend zum Spitzen-BH nehmen würde! »Ich bin, wie ich sehe, wieder einmal genau zur richtigen Zeit gekommen! Wenn deine Eltern das hören, Susan! Vincent, am besten fahren wir sie. Ich wollte ohnehin noch grünen Tee besorgen.«

»Grünen Tee?« Susan glaubte, sich verhört zu haben. »Seit wann trinkst du denn grünen Tee?«, entfuhr es ihr ungläubig. »Aber ich kann ihn dir gerne mitbringen«, schlug sie vor, bevor ihre Tante antworten konnte, »ich bin schließlich nicht krank, sondern schwanger, und ich kann noch sehr gut …«

»Du fährst auf gar keinen Fall allein!«, fiel Isobel ihr ins Wort. »Und grüner Tee ist ein wesentlicher Bestandteil meiner Detoxmaske«, erklärte sie ihrer Nichte, die resigniert die Schultern hängen ließ. »Mein allabendliches Ritual ist es, eine Maske aus Quark und grünem Tee aufzutragen, während ich ein Glas Martini als Aperitif zu mir nehme. Ihr habt doch Martini im Haus, oder? Sonst müssen wir eben noch eine Flasche mitnehmen!«

4.

»Ich habe euch doch richtig verstanden, dass ihr nur eine Nacht bleiben wollt?«, vergewisserte sich Susan mit einem Blick in den Einkaufswagen ihrer Tante. Neben der Flasche Martini bestand der Inhalt aus drei Flaschen Champagner, fünf Flaschen sündhaft teurem Chianti und fünf weiteren Flaschen Sauvignon Blanc.

»Eure Weinvorräte sind erbärmlich, Susan«, beanstandete Isobel kopfschüttelnd. »Ich habe euch einen Designerweinschrank zum Einzug geschenkt, der über ein immenses Fassungsvermögen verfügt, aber man muss ihn schon auch regelmäßig füllen! Was wollt ihr denn machen, wenn Freunde zu Besuch kommen, die ein gesundes Trinkverhalten an den Tag legen? Gastfreundschaft wird in unserer Familie großgeschrieben, Susan. Vergiss das bitte nicht!«

»Wir haben doch Wein in dem Weinregal in der Küche«, erinnerte sie ihre Tante verzweifelt. »Und so viel Besuch bekommen wir derzeit doch gar nicht, weil für mich alles sehr anstrengend …«

»Fünf mickrige Flaschen, Susan!«, fiel ihre Tante ihr ins Wort. »Gott sei Dank ist wenigstens der Supermarkt hier einigermaßen ausgestattet. Diese provinzielle Lebensart ist unerträglich!« Isobel schüttelte den Kopf. »Ich verstehe ja, dass du derzeit nicht trinken kannst, aber das ist noch lange kein Grund, zu einem alkoholfeindlichen Landei zu mutieren! Wenn der Kleine erst einmal auf der Welt ist, muss dieses fötusfreundliche Verhalten ein Ende haben! Willst du auf meiner Hochzeit etwa schon nach dem ersten Glas Champagner umkippen, weil du nichts mehr gewöhnt bist? Es ist tatsächlich höchste Zeit, dass ich mich um dich und deinen Haushalt kümmere.« Sie holte tief Luft. »Und mach dir keine Gedanken! Das Aufstocken eurer Weinvorräte geht selbstverständlich auf unsere Rechnung. Wir wollen unter keinen Umständen, dass ihr euch finanziell übernehmt, jetzt wo das Baby bald da ist.«

»Jetzt fang nicht wieder damit an!«, zischte Susan, als eine aufgebrachte und leider wohlbekannte Stimme an ihr Ohr drang. Sie zuckte zusammen, und Adrenalin schoss wie ein heißer Blitz durch ihren Körper. Ihre Tante mochte ja anstrengend sein, aber Renate Piero-Schuster war eine Plage biblischen Ausmaßes, wie Pfarrer Schmalzengruber es formulieren würde.

»Schon, als ich Ihren Mann das erste Mal gesehen habe, wusste ich, dass er ein richtiger Schlappschwanz ist! Und das Chaos, das er in meinem Haus hinterlassen hat, wird ihn noch teuer zu stehen kommen! Sie werden schon sehen!«

»Wie kommen Sie dazu, meinen Mann einen Schlappschwanz zu nennen? Was meinen Sie damit?«, kreischte Brigitte Schreiber.

»Sie haben ja keine Ahnung! Aber das fragen Sie ihn besser selbst!«

»Sie schamloses Mistvieh!« Brigitte war blass geworden. »Sie werden jetzt gfälligst damit aufhören, meinen Mann und seine Arbeit schlechtzumachen! Mein Martin hat no nie chaotisch gearbeitet! Und außerdem werden Sie von ihm fernbleibn! Wenn Sie es no amoi wagen sollten, ihn anzugehen, dann werden Sie's bereuen! Das schwör i Ihnen!«

Susan beobachtete gebannt die Szene. Wie ihr Mann auch bemühte sich Brigitte Schreiber stets, Ortsfremden gegenüber Hochdeutsch zu sprechen. Regte sie sich aber auf, schlich sich das Bayerische ein. Und Brigitte Schreiber war richtig wütend.

»Sie müssen Ihren drittklassigen Möchtegern-Handwerker bestimmt oft in Schutz nehmen!« Renate lachte hämisch. »Ich bin ganz sicher nicht die Einzige, deren Haus er verwüstet hat! Aber jeder, wie er es verdient! Sie beide passen sehr gut zusammen! Und auf sein Geld kann er lange warten, so wie er mein Haus verunstaltet hat!«

»Meine Damen, ich muss Sie jetzt dringend ersuchen, sich zu beruhigen«, forderte der hektisch herbeieilende Filialleiter die beiden aufgebrachten Frauen auf, die ihm keinerlei Beachtung schenkten.

Unter den anfeuernden Rufen der anderen Einkäufer begann Brigitte Schreiber, mit einer Packung Spaghetti auf ihre Widersacherin einzuschlagen. Diese wollte sich gerade ihrerseits bewaffnen, als ihr Blick auf Susan und ihre Begleiter fiel. Renates Augen verengten sich zu schmalen Schlitzen, und ihr Mund verzog sich zu einem boshaften Grinsen.

Susan beschlich das verstörende Gefühl, ins Visier einer aggressiven Raubkatze geraten zu sein, die ihre Lefzen zeigte, um ihre Beute einzuschüchtern. Renate sprang überraschend agil zur Seite, als Brigitte Schreiber ein weiteres Mal ausholte. Sie richtete einen anklagenden Finger auf Susan.

»Na, wenn das mal nicht die unfähige Klassenlehrerin meines Sohnes ist!«, rief Renate Piero-Schuster erzürnt und machte einen Schritt auf Susan zu. »Wenn Sie Aushilfspädagogin mehr von Ihrem Beruf verstehen würden, wäre mein Sohn jetzt nicht auf der Realschule und intellektuell total unterfordert! Eine Lehrerin, die das Potenzial ihrer Schüler nicht erkennt! Genau das sind Sie! Man sollte Ihnen Berufsverbot erteilen!«

»Was erlauben Sie sich, so mit meiner Nichte zu sprechen?«, herrschte Isobel Burton sie an, noch bevor Susan etwas hätte erwidern können.

Die englische Lady bezog schützend Stellung vor ihrer Patentochter. Susan hätte es niemals für möglich gehalten, aber in diesem Moment war sie doch erleichtert, Isobel und Dornberg an ihrer Seite zu wissen.

Die anderen Kunden kamen näher und bildeten einen Halbkreis um die streitenden Frauen. Einige zückten ihre Smartphones.

»Meine Nichte ist ein aufrechtes Mitglied der englischen Aristokratie! Eine derartige Respektlosigkeit ihr gegenüber werde ich unter gar keinen Umständen dulden! Wenn Sie nur noch ein diffamierendes Wort von sich geben, wende ich mich umgehend an den britischen Botschafter!«

Susan senkte den Kopf ob den absurden Worten ihrer aufgebrachten Tante. Wenn Renate Piero-Schuster allerdings jemand gewachsen war, dann war es sicherlich Isobel Burton. Auch Susans Tante verfügte über scharfe Krallen.

»Dann nehmen Sie Ihre Nichte gefälligst und verfrachten sie zurück nach England! Dann kann sie an deutschen Schulen zumindest keinen Schaden mehr anrichten! Sie allein ist schuld daran, dass mein hochbegabter Sohn das Gymnasium verlassen musste!«, polterte Renate Piero-Schuster unbeeindruckt weiter. »Aber ich habe bereits eine Beschwerde beim Schulamt eingereicht! Sie haben die längste Zeit unterrichtet!«, prophezeite sie Susan.

»Frau Piero-Schuster, Ihre Anschuldigungen sind haltlos und absurd«, entgegnete Susan ruhig. Es musste doch einen Weg geben, Brunos Mutter zur Vernunft zu bringen, dachte sie verzweifelt bei sich. »Sie werden keinen Erfolg mit Ihrer Beschwerde haben. Das wissen Sie doch genauso gut wie ich.« Die Noten und Fehltage ihres Sohns sprachen Bände.

»Ganz recht, damit werden sie nicht weit kommen«, rief Isobel. »Ich habe eine Heerschar an Anwälten, die Ihnen vor Gericht die Hölle heiß machen wird! Meine Nichte ist eine großartige Lehrerin. Jede Schule dieser Welt kann froh und dankbar sein, sie zu haben!«

Susan schenkte ihrer Tante ein dankbares Lächeln.

»Meine Damen, ich muss doch sehr bitten!« Der Filialleiter, dessen Namensschild auf seinem weißen Kittel ihn als Herrn Knoll auswies, begann zu schwitzen. Seine Hände ballten sich zu Fäusten, als seine Augen Renate Piero-Schuster eisig musterten. Einige der Kunden hoben an, die Zugereiste auszubuhen. Susan wurde mulmig. »Wir sind doch alle zivilisierte Menschen und …«, würgte Knoll sich heraus, bevor er von Brigitte Schreiber unwirsch unterbrochen wurde.

»Die Oanzige, die hier Schaden anrichtet und wegsperrt ghört, sind Sie! Was für a schamloses Weibsbild muas man sein, dass man auf a Schwangere losgeht!«, rief die Frau des Bauunternehmers mit erhitzten Wangen, während sie eine Packung Bio-Eier öffnete, um das Feuer auf ihre Gegnerin zu eröffnen. Treffsicherheit aber war nicht Brigittes Stärke. Das Ei verfehlte sein Ziel und landete auf der Stirn des sichtlich geschockten Filialleiters.

Allgemeines Gegröle erhob sich, und Susan schlug sich gequält die Hände vors Gesicht. Verzweifelt kämpfte sie gegen ihre Zwerchfellzuckungen an.

Brigitte Schreiber erbleichte.

»Das … das is mir ja so peinlich«, stammelte sie. »Es

tut mir so leid. I hab wirklich no nie ... Aber diese Person ...«

»Sie sind ja sogar zu dämlich, ein Ei nach mir zu werfen!« Ein spöttisches Lachen kam über Renate Piero-Schusters Lippen. Sie wollte nun ihrerseits nach einem passenden Wurfgeschoss greifen, als eine Trillerpfeife durch den Supermarkt schrillte.

Ein durchtrainierter Mann, auf dessen Trainingsjacke »Coach Schäfer« stand, stellte sich entschlossen zwischen die beiden Streithennen. Der ehrenamtliche Trainer des Krindelsdorfer Fußballnachwuchses blickte grimmig von einer zur anderen.

Susan atmete auf, als Brigitte und Renate erschrocken innehielten. Offenbar kam der Hüne gerade vom Training, denn er trug sein Sportoutfit mitsamt umgehängter Trillerpfeife.

»Es reicht!«

Susan bemerkte mit wohlwollender Schadenfreude, wie Renate Piero-Schuster unter ihrer dicken Schicht Makeup erbleichte.

»Ich finde, wir haben jetzt genug gesehen und gehört für heute Abend. Brigitte, beruhige dich, und mach deinen Einkauf zu Ende. Wir alle wissen, dass dein Mann ein gewissenhafter Handwerker ist«, fügte er lächelnd hinzu. Er wandte sich an die Schaulustigen, die ihn mit offenem Mund anstarrten. »Die Show ist jetzt vorbei. Wenn ich noch ein Smartphone hier sehe, werde ich ungemütlich«, versprach er mit gefährlich leiser Stimme. »Und Sie.« Schäfer machte einen großen Schritt auf Renate zu. »Sie verlassen jetzt augenblicklich den Supermarkt! Für heute haben Sie genügend Menschen beleidigt und sich weiß Gott oft genug im Ton vergriffen!«

»Sie haben Hausverbot!«, rief der gedemütigte Filialleiter, während er mit einem Taschentuch versuchte, der glibberigen Masse auf seinem wutverzerrten Gesicht Herr zu werden.

Mit verkniffenem Gesichtsausdruck wandte Renate Piero-Schuster sich um. Unter den Buhrufen der anderen Einkäufer verließ sie den Supermarkt.

Susan blickte ihr beunruhigt hinterher und versuchte, das unangenehme plötzliche Ziehen in ihrem Bauch zu ignorieren. Sie atmete angestrengt, als ihr schwindlig wurde, und lehnte sich erschöpft an ein Regal.

Mit einem wohlwollenden Blick auf Schäfers maskuline Statur zückte Dornberg seine Visitenkarte. Susan hörte, wie er den durchtrainierten Streitschlichter fragte, ob er sich womöglich beruflich verändern wolle. Jede Kamera würde seine Hüftregion lieben. Ferner erwarteten ihn flexible Arbeitszeiten, exotische Drehorte, und eines attraktiven Jahresgehalts könne ein viriler Darsteller wie er sich sicher sein. Sie starrte Dornberg fassungslos an. Keine noch so unschöne Szene konnte dem Pornotycoon etwas anhaben, sobald er Geld roch.

»Das war wirklich beeindruckend, meine Liebe!« Isobel ging mit ausgebreiteten Armen auf Brigitte Schreiber zu.

»Finden Sie wirklich, Mrs. Burton?« Die Frau des Bauunternehmers errötete auf Isobels lobende Worte hin.

»Ja, aber selbstverständlich, meine Liebe.« Die englische Lady bedachte sie mit einem bewundernden Blick. »Im Namen meiner gesamten Familie möchte ich mich in aller Form bei Ihnen bedanken, dass Sie dieser Person so beherzt entgegengetreten sind und die Ehre meiner Nichte verteidigt haben! Sie sind eine bemerkenswerte Persönlichkeit! Sagen Sie, haben Sie adelige Vorfahren?«

»Nicht nur, dass du deine hochschwangere Frau allein hinter dem Steuer eines Autos sitzen lässt, wo doch jeden Moment der Stammhalter unserer altehrwürdigen Dynastie auf die Welt kommen könnte, lässt du es auch noch zu, dass sie an einem Ort ihr Dasein fristen muss, wo sie beim Einkaufen beleidigt und nahezu attackiert wird!«

Isobel Burton machte ihrer Verstimmung lautstark Luft, kaum dass Hauptkommissar Hirschberg arglos sein Haus betrat. Der Termin beim Haftrichter hatte länger als erhofft gedauert. Hirschberg sehnte sich danach, die Füße hochzulegen und den Tag mit einem Glas Rotwein ausklingen zu lassen. Die plötzliche Heimsuchung durch die zukünftigen Eheleute Dornberg verdarb ihm jedoch die Feierabendlaune.

»Was meinst du mit ‚attackiert‘?« Er warf Susan einen beunruhigten Blick zu. »Susan, was genau ist passiert? Geht es dir gut?«

»Tante Isobel, du übertreibst.« Sie schüttelte ungeduldig den Kopf und warf ihrem Mann einen vielsagenden Blick zu. »Renate Piero-Schuster ist uns blöderweise im Supermarkt über den Weg gelaufen. Irgendwann musste es ja dazu kommen«, fügte sie nüchtern hinzu. »Und sie hat mich zwar beschimpft, aber sie hat mir nichts getan. Sie war auch viel zu sehr damit beschäftigt, Brigitte Schreiber abzuwehren.« Ein schelmisches Grinsen erhellte ihre Züge. »Frau Schreiber ist mit einer Packung Spaghetti auf sie losgegangen, aber als sie auch noch ein Ei nach ihr werfen wollte, ging das gründlich schief. Sie hat den Filialleiter damit getroffen.«

»Ernsthaft?« Hirschbergs Mundwinkel zuckten bei der Vorstellung.

»Du findest das Ganze also auch noch witzig«, stellte Isobel mit unüberhörbarer Entrüstung fest. »Ich fasse es nicht, Alex! Du zwingst meine Patentochter, unter diesen Barbaren zu leben, und lieferst sie tagtäglich unzähligen Gefahren aus! Muss ich denn jedes Mal die Dinge zurechtrücken, wenn ich herkomme? Ich bin ja nur froh, dass wenigstens eine Brigitte Schreiber über so viel Format verfügt, dieser Person die Stirn zu bieten!« Isobel schlug die Hände über dem Kopf zusammen. Dornberg reichte ihr mit zustimmendem Gesichtsausdruck ein Glas Whisky. Sie nahm einen großen Schluck, bevor sie fortfuhr. »Eigentlich wollten wir ja nach unserem Termin mit Nicole Reinhardt morgen sofort auf die Malediven fliegen, aber vielleicht ist es doch besser, wenn wir bis zur Geburt des Babys bleiben. Was meinst du, Vincent? Irgendjemand muss Susan ja vor diesen Wilden hier beschützen!«

»Nein!«, entfuhr es Hirschberg ein wenig heftiger als beabsichtigt. »Ich meine, das ist sehr lieb von euch gemeint, aber ich kann meine Frau sehr gut selbst beschützen. Ich bin Polizist, wie du weißt.«

»Ich gehe schon«, meinte Susan resigniert, als es an der Tür läutete. »Je mehr wir sind, desto lustiger wird es«, kam es sarkastisch über ihre Lippen, als sie Anstalten machte, aufzustehen.

»Auf gar keinen Fall!«, rief Dornberg und sprang auf. »Setz dich sofort wieder hin, Susan! Du musst dich schonen! Erst recht nach dem, was du vorhin durchmachen musstest. Nicht auszudenken, was diese Wahnsinnige dir alles hätte antun können, wäre deine Tante nicht so beherzt dazwischengegangen. Kannst du nicht wenigstens dafür sorgen, dass diese Verrückte weggesperrt wird, Alex?«, fragte er im Gehen.

»Siehst du!« Isobel nickte bewundernd in Dornbergs Richtung. »Vincent kümmert sich um deine Frau, so wie du es eigentlich tun solltest!«

»Tante Isobel, ich bin schwanger und nicht krank! Und ihr werdet morgen zu eurem Außendreh fliegen!«, meldete sich Susan zu Wort, bevor der werdende Vater etwas zu seiner Verteidigung vorbringen konnte. »Wir sind erwachsen und kommen bestens allein zurecht! Und wir werden nicht zulassen, dass ihr eure geschäftlichen Pflichten vernachlässigt!«

Aus dem Hausflur hörten sie Vincent ein verwundertes »Guten Tag!« murmeln.

»Man soll den Tag nicht vor dem Abend loben! Bei Ihrem Anblick, Herr Dornberg, bewahrheitet sich dieses Sprichwort!« Die indignierte Stimme des Pfarrers drang von der Haustür an ihr Ohr. Hirschberg zuckte zusammen und stöhnte innerlich. Susan blickte ihn verwundert und alarmiert zugleich an. Pfarrer Schmalzengruber mied dieses Haus wie den Höllenschlund. Was also führte ihn ausgerechnet an diesem Abend in ihr leidgeprüftes Heim? Noch dazu, wenn die zukünftigen Eheleute Dornberg im Begriff waren, sich bei ihnen einzuquartieren.

»Gehen Sie mir aus dem Weg!«, herrschte er Dornberg an. »Ich muss dringend mit Hauptkommissar Hirschberg sprechen! Mein Anliegen duldet keinen weiteren Aufschub!«

»Aber kommen Sie doch bitte herein, Herr Pfarrer. Wir freuen uns alle sehr, dass Sie uns mit Ihrer Anwesenheit beehren«, Hirschberg konnte den Sarkasmus in Dornbergs Stimme hören.

»Herr Pfarrer.« Ein laszives Lächeln erschien auf Isobels Gesicht, kaum dass Schmalzengruber das Wohnzimmer betreten hatte. »Was für eine Freude! Welche christliche Mission führt Sie denn zu uns? Sind Sie gekommen, um die bösen Geister auszutreiben?«

»Ihr Spott wird Sie eines Tages noch in Teufels Küche bringen!«, prophezeite er Isobel mit düsterem Gesichtsausdruck. »Aber ich kann Ihnen versichern, dass ich in einer Angelegenheit von äußerster Brisanz hier bin!«

»Was kann ich denn für Sie tun, Herr Pfarrer?« Hirschberg ergab sich seufzend in sein Schicksal.

»Nachdem Sie ja nun hier der ortsansässige Polizeibeamte sind«, er warf Isobel einen strafenden Blick zu, als ein hämisches Lachen ihrer Kehle entfuhr, »möchte ich mit Ihnen über dieses unsägliche sogenannte soziale Projekt sprechen, das hier vor laufenden Kameras und somit vor den Augen der Öffentlichkeit seinen verhängnisvollen Lauf nimmt.«

»Herr Pfarrer, ich bin Hauptkommissar beim LKA und zuständig für die Aufklärung von Tötungsdelikten. Ich bin keineswegs der zuständige Polizeibeamte hier, falls Sie das meinen. Wenn sich also Probleme ergeben sollten, müssen Sie mit den Verantwortlichen und dem Bürgermeister sprechen und sich gegebenenfalls an die Kollegen der zuständigen Polizeidienststelle wenden.« Hirschberg fragte sich, woher er diese Gelassenheit nahm. Es fehlte ihm gerade noch, wenn der ganze Ort ihn als zuständigen Dorfpolizisten abstempelte, und jeden Abend ein anderer besorgter Bürger vor seiner Tür stand.

»Heute Morgen sind die jugendlichen Straftäter, die hier in unserer friedlichen Gemeinde vor laufender Kamera resozialisiert werden sollen, bei Herrn Brandl eingezogen!« Schmalzengrubers Stimme bebte vor Empörung. »Wie können Sie da in Ihrer Position die Sorgen und Ängste der Einwohner nicht ernstnehmen?«, rief er vorwurfsvoll.

»Jugendliche Straftäter?« Isobels Stimme nahm einen schrillen Tonfall an. »Ja, bist du noch zu retten, Alex? Du lässt es allen Ernstes zu, dass deine Frau und dein ungeborener Sohn einer solchen Gefahr ausgesetzt sind? Es wird ja immer schlimmer!« Sie leerte ihr Glas und verlangte sogleich nach mehr.

»Es besteht überhaupt keine Gefahr!«, rief Hirschberg und warf verzweifelt die Hände in die Luft. »Die Jugendlichen stehen schließlich unter Aufsicht!« Das hoffte er zumindest.

»Alex, du weißt sehr gut, was ich von seiner Geistlichkeit hier halte, aber in diesem Fall sind seine Bedenken völlig berechtigt«, widersprach sie ihm kopfschüttelnd. »Was ist denn, wenn einer von diesen Jugendlichen plötzlich durchdreht und Amok läuft? Oder am Ende jemanden umbringt? Ziehst du dich dann auch einfach so aus der Affäre?«, schleuderte sie ihm mit provokant nach oben gezogenen Augenbrauen entgegen.

Pfarrer Schmalzengruber bedachte sie auf diese Worte hin mit einem fast wohlwollenden Blick und bekreuzigte sich sogleich.

»Zum letzten Mal!« Hirschberg blickte von einem zum anderen. Er konnte seinen Geduldsfaden in diesem Moment laut reißen hören. Es fehlte ihm gerade noch, dass Isobel und Schmalzengruber eine Zweckallianz bildeten und gemeinsam gegen ihn ins Feld zogen! »Es war ein langer Tag, und wir beruhigen uns jetzt alle. Herr Pfarrer, als guter Christ sollten Sie diesen verirrten Schäfchen eine Chance geben, und ihr beide«, er wandte sich mit fester Stimme an Isobel und Dornberg, »habt viel zu tun und feste Termine. Ihr solltet auf gar keinen

Fall den Außendreh verpassen. Deshalb werdet ihr morgen nach deinem Termin bei Nicole Reinhardt zum Flughafen fahren, und wenn ich euch mit einem Streifenwagen zu eurem Gate fahren lassen muss!«

»Ich gehe ins Bett.« Susan erhob sich schwerfällig. »Ich fühl mich nicht so gut.« Mit einer schmerzverzerrten Grimasse griff sie sich an ihren Bauch.

Ulrike Moosberger schreckte aus dem Schlaf. Ihr orangegetigerter Liebling Maggie stand fauchend und mit aufgestelltem Fell auf der Fensterbank. Irgendetwas draußen in der eisigen Dunkelheit schien der Katze eine Heidenangst einzujagen. Ihr runder Buckel zeichnete sich deutlich im kühlen Licht des Vollmonds ab. Die schweren Wolken hatten sich verzogen, und die Winternacht war sternenklar. Die helle runde Scheibe am Himmel tauchte Ulrikes Schlafzimmer in ein gespenstisches Licht. Die Katze stieß ein erneutes Fauchen aus. Maggies leuchtende Augen waren starr auf das Spukhaus gerichtet, das derzeit von einer ganz besonders bösartigen Hexe bewohnt wurde.

Renate Piero-Schusters Auftritt im Supermarkt und Maximilian Schäfers entschlossenes Einschreiten machten in Rekordzeit die Runde. Videoaufnahmen der Szene im Supermarkt fanden sich bereits im Netz. Mit dem Krindelsdorfer Frieden war es endgültig vorbei, dachte Ulrike düster bei sich.

»Maggie, was ist denn?« Sie konnte ihre Brille auf dem Nachttisch nicht ertasten und kniff seufzend die Augen zusammen. Schlaftrunken schlug sie die Bettdecke zurück und wankte zum Fenster, um ihre Katze, die ganz aus dem Häuschen schien, zu beruhigen. »Siehst du wieder den Geist vom alten Glöckner?«

Ulrike Moosbergers Nachbarhaus war um die Jahrhundertwende erbaut und Mitte der zwanziger Jahre zum Schauplatz einer Bluttat geworden. Angeblich hatte der Hausherr Alfred Glöckner, der damalige Krindelsdorfer Arzt, seine Frau Cäcilie und seinen zehnjährigen Sohn Johann erschossen, bevor er sich anschließend selbst im Keller erhängte. Bis heute aber hielt sich das hartnäckige Gerücht, dass nicht Glöckner, sondern ein kaltblütiger Mörder die Familie auf dem Gewissen habe. Die fünfzehnjährige Tochter des Arztes, die damals ein Mädchenpensionat für höhere Töchter besuchte, kehrte nach der Beerdigung nur noch einmal mit einer Cousine ihrer Mutter nach Krindelsdorf zurück, um das Haus zu räumen und die Angelegenheiten ihrer Eltern zu regeln. Anschließend folgte Emilia Glöckner ihrer Tante nach Berlin. Bis zu ihrem Tod beharrte Glöckners Tochter darauf, dass ihr Vater zu so einer Tat niemals fähig gewesen wäre. Sie hatte niemals begreifen wollen, wie Menschen, deren Kindern ihr Vater auf die Welt geholfen hatte, ihn einer solchen Tat für fähig halten konnten. Im Laufe der Jahrzehnte hatten sich die verschiedensten Mieter die Klinke in die Hand gegeben, doch keine Familie wollte es länger als wenige Jahre in den vier Wänden aushalten. Niemand wollte sich auf lange Sicht dort wohlfühlen. Auch die aufwendigsten Renovierungsarbeiten konnten der düsteren Aura des Hauses nichts anhaben. Fünf Jahre lang hatte das Haus nun auf neue Bewohner gewartet, bis Renate Piero-Schuster und ihr Sohn einzogen.

Maggies Fauchen nahm kein Ende, sodass Ulrike Moosberger mit einem Mal sehr mulmig zumute war.

Gänsehaut machte sich auf ihren Armen breit. Ihre Zähne begannen unkontrolliert zu klappern. Noch nie hatte sich einer ihrer Lieblinge so merkwürdig benommen. Sie legte eine zitternde Hand auf Maggies Kopf und warf einen Blick aus dem Fenster. Sie erstarrte und kniff die Augen zusammen. Spielten ihr ihre schlaftrunkenen und unbebrillten Augen einen Streich oder war da tatsächlich eine dunkel gekleidete Gestalt, die sich aus dem Garten des Nachbargrundstücks schlich?

Als sie die Augen wieder öffnete, war die Gestalt verschwunden, und das Außenlicht des Nachbarhauses erloschen. Maggie hatte sich beruhigt und blickte nun schnurrend zu ihr auf. Der Spuk war vorbei.

Ulrike Moosberger nahm die Katze auf ihren Arm und kroch mit ihr zurück ins Bett. Sie warf einen Blick auf die rot leuchtenden Ziffern ihres Weckers. Kurz nach Mitternacht. Die Geisterstunde war angebrochen. Ulrike zog mit zitternden Händen die Decke über ihren Kopf.

5.

Hauptkommissar Hirschberg warf seiner Frau einen besorgten Blick zu. Noch immer war sie sehr blass. Die Erschöpfung war ihr anzusehen. Die halbe Nacht hatten die werdenden Eltern zusammen mit Isobel und Dornberg in der Klinik verbracht, nachdem Susan unter Schmerzen zusammengebrochen war. Erst gegen drei Uhr morgens konnten sie das Krankenhaus wieder verlassen. Falscher Alarm vermutlich aufgrund der Aufregung, hatte ihnen die Gynäkologin erklärt. Ihr Sohn wollte sich wohl doch noch etwas Zeit lassen.

Hirschberg seufzte. Ihm war nicht wohl dabei, Susan nun allein zu lassen und ins Büro zu fahren, aber um keinen Preis der Welt hatten sie Isobel und Vincent bitten wollen, zu bleiben. Nach nicht enden wollenden Ratschlägen war die Haustür hinter den beiden vor wenigen Minuten ins Schloss gefallen, sodass nun endlich wieder Ruhe einkehren konnte. Der Sturm hatte sich verzogen, dachte Hirschberg innerlich grinsend bei sich. Nun konnten sie in Frieden die Geburt ihres Sohnes abwarten.

»Mach dir keine Sorgen.« Susan lächelte und tätschelte ihren Bauch. »Uns beiden geht es gut. Ich lege mich jetzt dann auf die Couch und ruhe mich aus. Und falls etwas sein sollte, rufe ich dich sofort an. Frau Dachshofer kommt nachher bestimmt auch noch mal vorbei, wie ich sie kenne. Sie ist wie eine Glucke. Manchmal habe ich das Gefühl, dass sie immer noch ein schlechtes Gewissen hat, weil sie mich letzten Sommer in der Höhle des Löwen allein zurückgelassen hat.« Susan erschauderte beim Gedanken daran, dass sie beinahe das dritte Mordopfer geworden wäre, wäre ihr Mann nicht noch rechtzeitig gekommen.

»Mag gut sein.« Hirschberg grinste und wurde gleich wieder ernst. »Und du kommst ganz sicher eine Weile allein zurecht? Ich werde auch zusehen, etwas früher nach zu Hause zu kommen heute Abend.«

»Ganz sicher. Jetzt haben wir ja auch das Haus wieder für uns allein, und ich kann mich in Ruhe erholen.« Susan zwinkerte ihm schelmisch zu.

»Oh nein«, stöhnte Hirschberg, als es an der Haustür läutete. »Wenn das jetzt wieder Pfarrer Schmalzengruber wegen der Jugendlichen ist, garantiere ich für nichts!« Mit entschlossenen Schritten ging er zur Tür.

»Herr Hauptkommissar.« Ulrike Moosberger stand blass und zitternd vor ihm. Seit Renate Piero-Schuster in ihr Nachbarhaus gezogen war, wirkte die Katzenliebhaberin zwar angespannter als sonst, aber nun schien sie völlig aufgelöst. Ihre Haare waren noch zerzauster als üblich, und in ihren Augen lag ein panischer Ausdruck. »Gott sei Dank sind Sie noch nicht im Büro! Es ist etwas ganz Grauenvolles passiert!« Sie schlang die Arme um ihren Oberkörper, als ihre Zähne hörbar zu klappern begannen.

»Frau Moosberger, Sie sehen ja aus, als hätten Sie einen Geist gesehen.« Susan erschien hinter Hirschberg und warf ihrem unverhofften Besuch einen erschrockenen Blick zu. »Kommen Sie doch herein.« Sie zog eine zitternde Ulrike am Arm ins Haus. »Was ist denn passiert, um Gottes willen?«

»Geht es wieder um die Jugendlichen?«, erkundigte sich Hirschberg gelassen, der mit der Theatralik der Krindelsdorfer mittlerweile bestens vertraut war.

»Aber nein! Die Jugendlichen sind mir völlig egal!«
Sie schüttelte ungeduldig den Kopf. »Es geht um dieses
schwarzhaarige Miststück!«

Eine eisige Tür öffnete sich irgendwo in Hirschbergs
Innerem. Seine Frau griff sich mit einer beschützenden
Geste an den Bauch. Ulrike Moosberger blickte aufge-
schreckt zwischen den beiden hin und her.

»Auf wen ist sie denn dieses Mal losgegangen?« Der
Hauptkommissar ließ sie nicht aus den Augen. Sein In-
stinkt sagte ihm, dass es mit dem Frieden vorbei war, bevor er überhaupt hatte Einzug halten können.

»Dieses Mal ist wohl eher jemand auf sie losgegangen«, antwortete Frau Moosberger und schlug sich voller Entsetzen die Hand vor die Brust. »Ich bin letzte
Nacht wach geworden, weil Maggie so furchtbar ge-
faucht hat, müssen Sie wissen«, sprudelte es atemlos aus
ihr heraus. »Sie stand auf dem Fensterbrett und hat wie
gebannt auf das Haus von diesem boshaften Weibsbild
gestarrt. Sie hätten ihr Fauchen hören sollen! So habe ich
sie noch nie erlebt! Ich hätte mir aber gar nichts weiter
dabei gedacht, wenn dieses Miststück heute Morgen wie
sonst das Haus verlassen hätte, um zum Bäcker zu gehen. Ich sehe ja immer, wie sie pünktlich um acht Uhr
aus dem Haus geht. Jeden Tag«, beharrte Ulrike und errötete ein wenig. »Normalerweise wage ich mich ja nicht
auf dieses Grundstück wegen der unruhigen Geister,
aber vorhin bin ich dann doch neugierig geworden und
habe einen Blick durch ihr Küchenfenster geworfen. Es
war wirklich nur, weil es so gar nicht ihre Art war, nicht
zum Bäcker zu gehen, und man weiß ja auch nie …«

»Frau Moosberger, beruhigen Sie sich.« Hirschberg
legte ihr die Hand auf den Arm. »Atmen Sie tief durch,
und sagen Sie mir einfach, was geschehen ist.«

»Die Küchentür war offen, und da … Da konnte ich

sie im Flur auf dem Fußboden liegen sehen. Ich habe geklopft, aber sie hat sich nicht gerührt.« Sie blickte Hirschberg verstört an. »Herr Hauptkommissar, ich glaube, sie ist tot. Dieses Haus ist immerhin verflucht! Es musste ja so enden!«

»Wie hat dieses Mistvieh das gmeint, Martin?« Brigitte Schreiber blickte ihren Mann aus zornig blitzenden Augen an. »Ich will jetzt endlich a Antwort!«

Aufgewühlt war Brigitte Schreiber am vergangenen Abend aus dem Supermarkt nach Hause gekommen. Die Auseinandersetzung mit Renate Piero-Schuster lastete sehr auf ihren Schultern. Und sie schämte sich beim Gedanken an das glibberige Ei, mit dem sie Filialleiter Knoll mitten ins Gesicht getroffen hatte. Noch niemals zuvor hatte sie sich so gehen lassen. Aber die Worte der frisch Zugezogenen hatten sich wie glühende Messerspitzen in ihr Innerstes gebohrt. Nicht nur, dass sie ihren Ehemann als dilettantischen Handwerker bezeichnet hatte, hatte sie auch noch einen Giftpfeil auf seine Männlichkeit abgeschossen. Und die Pfeilspitze steckte nun mitten in Brigittes Herz und verströmte Renates Gift.

»Brigitte, was wuist von mir hören?«, rief Schreiber und warf die Hände mit einer verzweifelt anmutenden Geste in die Luft. »I hab dir doch scho gestern Abend gsagt, dass das Weib spinnt! Was soll i denn dazu sagn?«

»Sie hat gsagt, dass du a Schlappschwanz bist!« Brigitte wiederholte Renates Worte mit schriller Stimme. »Wie kommt sie denn auf so was? Was ist zwischen dir und dem Mistvieh gwesen? Wenn ich dran denk, dass wir Silberhochzeit haben nächstes Jahr! Du sagst mir jetzt gfälligst, was sie damit gmeint hat!« Sie schlug so heftig mit der Faust auf den Küchentisch, dass das Frühstücksgeschirr klirrte. »Ich hab dir immer vertraut, aber jetzt …«

»Ja, hast du denn komplett den Verstand verloren?« Schreiber sprang auf und begann, in der Küche auf und ab zu laufen. Seine Frau ließ ihn nicht aus den Augen. Brigitte Schreiber kannte ihren Mann. Sie wusste stets, wenn er ein schlechtes Gewissen hatte. Wenn ihm etwas auf der Seele lastete. Dass er sich nun unter ihrem steten Blick wie ein Tier in der Falle wand, ließ ihre schlimmsten Befürchtungen wahr werden.

Nach ihrer Rückkehr aus dem Supermarkt am vergangenen Abend war es zwischen ihnen beiden zu einem fürchterlichen Streit gekommen. Es war der schlimmste Ehekrach, den sie jemals gehabt hatten, stellte Brigitte rückblickend fest. Sie hatte das Gefühl, zu ersticken, als Schreiber daraufhin aus dem Haus gestürmt war mit den Worten, er würde bei Brandl etwas essen und sich dort mit normalen Menschen unterhalten. Gegen Mitternacht war sie ins Bett gegangen, doch sie hatte kein Auge zutun können. Sie konnte nicht schlafen, wenn ihr Mann nicht neben ihr lag. Gegen halb elf hatte zudem starker Schneefall eingesetzt, sodass sie trotz ihres Ärgers inständig gehofft hatte, dass ihr Mann unversehrt nach Hause kommen würde. Erst in den frühen Morgenstunden hatte sie die Haustür ins Schloss fallen und die Wohnzimmertür quietschen hören. Ihr Mann war zum ersten Mal nach einem Streit nicht zu ihr ins Bett gekommen, sondern hatte die Nacht auf der Couch verbracht. Nun waren sie eins von diesen Ehepaaren, das sich vor dem Zubettgehen nicht versöhnte und den Streit am nächsten Morgen fortsetzte, schoss es Brigitte mulmig durch den Kopf. Und all das nur, weil dieses Miststück hierhergezogen war. Brigitte Schreiber hatte noch nie zuvor einem Menschen den Tod gewünscht, aber an diesem Morgen sehnte sie sich nach nichts mehr, als dass jemand diese Frau erschlagen würde. Dass jemand ihr ein Ende bereiten würde.

»Warum hat sie das gsagt?«, wiederholte sie ihre Frage und stand auf. Sie stemmte die Hände in die Hüften und stellte sich ihrem noch immer nervös auf und ab laufenden Ehemann in den Weg.

»Mein Gott! Das ist jetzt ewig her! Achtzehn Jahre, wenn du's genau wissen wuist! Es war auf Wolfgangs Junggesellenabschied in München! Da is mir das Flitscherl übern Weg glaufen!« Hitze schoss in Schreibers Wangen, und er atmete asthmatisch. Dennoch kramte er seine Zigarettenschachtel aus seiner Arbeitshose hervor.

»Net im Haus, Martin!« Brigitte schlug ihm die Schachtel voller Zorn aus der Hand. »Und erst recht net, bevor du mir net gsagt hast, was auf Wolfgangs Junggesellenabschied gwesen ist!«

»Nix is gwesen! I hätt sie doch jetzt a fast nimmer erkannt! Die hat ja so zuglegt! Bloß sie hat sich glei erinnert. Aber da is nix gwesen, Brigitte!«, bekräftigte er.

»Und da bist sicher, Martin?« Ihre Stimme hätte die Küchenfenster bersten lassen können. Die Vorstellung, Renate Piero-Schuster hätte sich ihrem Mann an den Hals werfen können, brachte ihr Blut in Wallung.

»Ja, Herrgott no amoi!« Schreiber bückte sich, um die Zigarettenschachtel aufzuheben. »An dem Nachmittag waren wir an der Isar, und da war sie mit irgendwelchen Freundinnen a da. Das waren so typische Stadtmädels, die an der Isar an Kerl aufreißen wollten. Du kennst soiche Frauen doch! Und vielleicht ham wir a bissl geflirtet, aber sonst war da gar nix! I würd doch nie was mit einer anderen anfangen! Und wir waren da eh net lang, weil wir dann weiter in den Biergarten sind. Und na, sie is net mitgangen, sondern mit ihren Freundinnen dort blieben! Außerdem waren wir plötzlich nimmer interessant für sie, als sie ghört hat, dass wir vom Land, aus Krindelsdorf, sind! Sie wollt doch lieber an feinen Großstädter! Dass sie plötzlich so arrogant war, an das erinner ich mich no!«

»Dann hast du net …«

»Na!«, rief er. »Du bist seit fast fünfundzwanzig Jahren die oanzige für mi! Und schwanger warst damals a! Nie hätt i di betrogen! Wie kannst du nur so was glaubn!«

Brigitte Schreiber schluckte und fuhr herum, als es an der Haustür läutete.

»Wer is jetzt das?«, rief Schreiber, als er seiner Frau an die Tür folgte.

»Brigitte! Martin! Was ist denn los mit euch?« Ulrike Moosberger blickte aufgeschreckt zwischen den beiden hin und her. »Man hört euch bis auf die Straße schreien!«

»In jeder guten Ehe streitet man sich amoi, Ulrike«, knurrte Schreiber. »Aber i muss mi jetzt eh aufn Weg in die Gaststätte machen. Die warten alle bestimmt scho auf mi!«

»Warte, Martin.« Ulrike Moosberger hielt ihn am Arm zurück. »Ich muss euch noch was sagen. Ich war gerade beim Herrn Hauptkommissar. Dieses Miststück ist tot.«

Brigitte Schreiber erstarrte und widerstand nur mit Mühe dem Drang, sich zu bekreuzigen.

6.

»Guten Morgen, Herr Hauptkommissar.« Dr. Meißner betrat das Krindelsdorfer Spukhaus und schenkte ihm ein nüchternes Lächeln. »Sie sind also tatsächlich am richtigen Ort sesshaft geworden, wie mir scheint. Die Arbeit geht Ihnen hier wohl wirklich nicht aus.«

Der Rechtsmediziner öffnete den Reißverschluss seiner dicken schwarzen Winterjacke und warf einige prüfende Blicke um sich, wie es seine Angewohnheit war, wenn er an einen neuen Tatort kam, wusste Hirschberg.

Die Spurensicherung hatte bereits ihre Arbeit aufgenommen. Um sie herum herrschte emsiges Treiben. Der Tatortfotograf trat beiseite und überließ Meißner das Feld.

»Allem Anschein nach haben Sie recht«, nickte Hirschberg düster. Seine Gedanken wanderten zu der blutigen Geschichte des Hauses. Zwar ging er immer noch nicht davon aus, dass das Haus verflucht war, aber es war nun ein weiteres Mal zum Tatort eines Mordes geworden.

»Ich habe gerade einen Anruf von Krämer erhalten. Er möchte, dass Hansen und ich den Fall übernehmen. Ich konnte ihn nicht umstimmen. Um *die* Ermittlung reiße ich mich wirklich nicht.« Hirschberg seufzte. Wieder einmal hatte er einen Mord in Krindelsdorf am Hals, den eigentlich die Kollegen von der Kripo bearbeiten sollten und nicht das LKA. Vielleicht war ja nicht das Haus, sondern er verflucht, schoss es ihm ironisch durch den Kopf. »Aber er besteht darauf. Zum einen steht laut Krämer der Exmann des Opfers offenbar in Verdacht, Kontakte zum organisierten Verbrechen zu haben, und zum anderen wird Bürgermeister Seitlbach – der zukünftige Herr Landrat – ohnehin darauf bestehen, wenn er erst Wind von dem Mord bekommt. Außerdem glaubt unser Polizeipräsident ernsthaft, dass die Leute hier eher mit mir als mit einem Fremden sprechen.« Er warf dem Rechtsmediziner einen ironischen Blick zu. »Die Liste der Verdächtigen wird endlos sein. Das Opfer hat es sich mit jedem in seinem Umfeld verscherzt, müssen Sie wissen.« Hirschberg schüttelte den Kopf. »Ich fürchte, ich kann das ganze Dorf verhören.«

»Chef.« Kommissarin Louisa Hansen kam mit gezücktem Smartphone und zerknirschtem Gesichtsausdruck auf ihn zu. Bevor sie fortfahren konnte, wandte sie sich hastig ab und nieste mehrmals kräftig. »Entschuldigung. Ich fürchte, ich werde krank. An die sibirischen Temperaturen hier muss sich mein Immunsystem erst noch gewöhnen.«

»Gesundheit, Frau Kollegin. Machen Sie mir jetzt bitte nicht schlapp!« Hirschbergs Stimme klang flehend.

»Ich habe Nasenspray und Halstabletten bei mir.« Sie grinste ihn aufmunternd an, bevor ihr Gesichtsausdruck sich wieder verdüsterte. »Die Zahl der Verdächtigen wird tatsächlich immer größer. Und ich fürchte, das hier wird Ihnen so gar nicht gefallen.«

Der Hauptkommissar hielt sich voller Entsetzen die Hand vor den Mund, als er das Video mit einer aufgebrachten Isobel Burton und einer Spaghettipackung schwingenden Brigitte Schreiber in den Hauptrollen sah. Zwar war seine Frau auf der Aufnahme nicht zu sehen, aber Isobel und Brigitte Schreiber gehörten nun eindeutig zum ausufernden Kreis der Verdächtigen. Wie auch der gedemütigte Filialleiter des Supermarkts, der sich mit hochrotem Kopf Eigelb von der Stirn wischte.

»Das Video ist seit gestern Abend bereits über zweitausend Mal angeklickt worden, und wenn jetzt bekannt wird, dass sie ermordet worden ist ...« Hansens Stimme verebbte.

»Oh Gott«, presste Hirschberg zwischen zusammengebissenen Zähnen hervor. Das hatte ihm gerade noch gefehlt! Er konnte Isobel und Dornberg nun unter keinen Umständen mehr auf die Malediven fliegen lassen. »Frau Hansen, verständigen Sie bitte die Kollegen am Flughafen. Die Tante meiner Frau und ihr Verlobter wollen in ungefähr einer Stunde das Land verlassen. Unter diesen Umständen dürfen sie aber auf gar keinen Fall ins Flugzeug steigen. Die Kollegen möchten den beiden bitte den Sachverhalt erklären. Ich komme so schnell es geht, um sie abzuholen.«

Hirschberg wusste, dass er die Patentante seiner Frau wie eine normale Verdächtige behandeln musste. Nicht auszudenken, was es für einen Eindruck machte, wenn er Isobel unbehelligt ließe. Auch wenn er sie keineswegs für Renates Mörderin hielt. Die englische Lady käme nie auf die Idee, sich die Hände derart schmutzig zu machen, dachte er ironisch bei sich.

»Können Sie mir schon den ungefähren Todeszeitpunkt nennen, Doktor Meißner?« Der Hauptkommissar ging neben Renate Piero-Schusters Leiche in die Hocke. Schwarzgefärbtes Haar klebte an der klaffenden Wunde an ihrem Hinterkopf. Der hellbraun nachwachsende Haaransatz war von grauen Strähnen durchzogen. Krähenfüße zierten die Winkel ihrer starr dreinblickenden eisgrauen Augen. »Die Todesursache scheint mir klar auf der Hand zu liegen«, meinte Hirschberg in abschätzendem Tonfall. »Gezielte Schläge auf den Hinterkopf.«

»Ja, sie ist eindeutig erschlagen worden. Offenbar gibt es jemanden, den sie ganz besonders wütend gemacht hat«, nickte der Rechtsmediziner. »Die Mordwaffe ist vermutlich ein kantiger Gegenstand, wenn ich mir die Wundränder so ansehe.« Er deutete auf die blutverklebte Wunde, und Hirschberg beugte sich interessiert darüber. »Es sieht so aus, als hätte der Täter mehrmals kräftig zugeschlagen«, hörte er Meißner sagen. »Da wollte jemand ganz sichergehen, dass sie den Mund nie wieder öffnet.«

»Vor dem Haus liegen ein paar Ziegelsteine«, meinte Louisa Hansen und nickte in Richtung Haustür. »Sie müssen noch von Schreibers Arbeiten übrig sein. Die Spurensicherung soll sie am besten gleich mal unter die Lupe nehmen. Vielleicht ist ja einer davon die Mordwaffe. Ich kann mir nicht vorstellen, dass der Mörder sie nach der Tat mitgenommen hat«, kalkulierte sie nüchtern. »Er wollte bestimmt nicht mit einem blutverklebten Gegenstand erwischt werden.«

»Ein Ziegelstein könnte zu den Wundrändern passen«, stimmte der Rechtsmediziner ihr zu. »Genaueres weiß ich aber wie immer erst nach der Obduktion.«

»Der Täter könnte sich also den Ziegelstein von draußen gegriffen haben. Er überwältigt sie, oder wartet einfach nur, bis sie sich umdreht, und schlägt auf sie ein«, überlegte Hirschberg laut. »Nicht unbedingt die Vorgehensweise eines professionellen Killers, den ihr Exmann beauftragt haben könnte«, kam es trocken über seine Lippen, und Hansen nickte zustimmend. »Fragt sich nur, ob die Tat geplant oder im Affekt oder ein bisschen etwas von beidem war. Immerhin kann jeder, der an ihrem Haus vorbeigeht, die Ziegelsteine sehen«, fügte er mit hochgezogenen Augenbrauen hinzu.

»Und nach der Tat schleift er sie einfach ein paar

Schritte weiter hinein in den Flur, dass er die Tür von außen zuschlagen und verschwinden kann«, dachte Hansen laut nach. »Es gibt übrigens keine Spuren, die auf ein gewaltsames Eindringen hindeuten. Renate Piero-Schuster muss ihren Angreifer erwartet und ihm geöffnet haben. Es sieht auch alles danach aus, als hätte sie einen männlichen Gast erwartet. Sie scheint es auf einen Verführungsversuch angelegt zu haben.« Hirschbergs Kollegin deutete auf die spärliche Bekleidung des Opfers. »Sie hat bestimmt nicht damit gerechnet, dass ihre amourösen Bemühungen mit ihrem Tod enden.«

Der Hauptkommissar nickte zustimmend. Renate trug ein knappes weinrotes Negligé mit schwarzer Spitze, das ihre fülligen Kurven kaum bedeckte. Der dazu passende Slip blitzte darunter hervor. Ihr dick aufgetragenes Make-up wirkte im Tod übertrieben maskenhaft, fand Hirschberg.

Er wandte sich ab und blickte sich suchend um. Auf dem Wohnzimmertisch stand eine geöffnete Flasche Champagner mit zwei Gläsern. Renate schien sich bereits auf ihr Rendezvous eingestimmt zu haben, schätzte er. Auf einem der Gläser fanden sich Spuren ihres knallroten Lippenstifts, das andere hingegen schien unbenutzt. Sie würden darauf weder die DNS noch die Fingerabdrücke des Täters finden, fürchtete Hirschberg. Wem auch immer Renate am vergangenen Abend die Haustür geöffnet hatte, ihm stand keineswegs der Sinn nach einem Schäferstündchen.

»Möglich«, stimmte Meißner ihm zu und warf einen prüfenden Blick auf das Thermometer. »Der Körpertemperatur nach zu urteilen, würde ich den Todeszeitpunkt auf irgendwann zwischen dreiundzwanzig Uhr und ein Uhr morgens schätzen.«

»Oh, Gott sei Dank!«, entfuhr es Hirschberg. Eine

66

Woge der Erleichterung überkam ihn. »Dann scheidet die Patentante meiner Frau definitiv aus. Wir waren letzte Nacht nämlich alle zusammen in der Notaufnahme in München. Wir konnten Isobel und ihren zukünftigen Ehemann nicht abschütteln«, erklärte er dem Rechtsmediziner mit vielsagend nach oben gezogenen Augenbrauen. »Susan hatte Schmerzen, und wir dachten, es könnten schon Wehen sein. Lange dauert es ja auch nicht mehr.« Die für einen werdenden Vater typische Panik machte sich in ihm breit, als er an den für in drei Wochen berechneten Geburtstermin dachte. »Nach der Szene im Supermarkt war es aber wohl nur der Stress. Wir sind gegen zehn losgefahren und waren bis kurz vor drei in der Klinik.« Hirschberg schenkte dem Rechtsmediziner ein sarkastisches Grinsen. »Die Ärztin und die Schwester werden die Alibis bestimmt bestätigen. Wer einer Isobel Burton und einem Vincent Dornberg einmal begegnet, wird sie garantiert nie wieder vergessen. Das Highlight der Nacht war, als die zukünftige Frau Dornberg die Nachtschwester gegen halb ein Uhr morgens aufgefordert hat, ihr ein Glas Gin Tonic zu bringen.« Er erinnerte sich an die Schwester, die der englischen Lady gelassen erklärt hatte, dass sie sich in einem Krankenhaus befinde und nicht in einer Bar. Auf Isobels ungeduldige Frage hin, ob das nun bedeute, dass sie ihrem Wunsch nicht nachkomme, hatte sie nur lächelnd genickt. »Sie und ihr Zukünftiger liegen mir außerdem unaufhörlich in den Ohren, wie ich meine Frau in einem solchen Mördernest leben lassen kann.« Er seufzte. Er konnte sich die Reaktion der zukünftigen Eheleute Dornberg auf diesen neuerlichen Mord lebhaft ausmalen. »Aber dennoch muss ich ihre Aussagen über den Vorfall im Supermarkt aufnehmen. Und die Ärztin und die Schwester müssen vor allen Dingen die Alibis offiziell bestätigen, bevor sie auf die Malediven fliegen können.«

»Ich verstehe«, nickte Meißner verständnisvoll. »Die beiden dürfen unter diesen Umständen nicht einfach das Land verlassen. Es würde kein besonders gutes Licht auf Sie als den leitenden Ermittler wider Willen werfen.« Der Rechtsmediziner grinste.

»Chef, die Kollegen haben den Sohn des Opfers gefunden«, rief Louisa Hansen ihm zu. Sie hielt ihr Handy an ihr Ohr. »Er hat offenbar gestern Nacht in München bei einem Freund übernachtet, dessen Eltern verreist sind. Die Kollegen haben die beiden gerade dort abgeholt. Die jungen Herren hatten heute offensichtlich andere Pläne, als in die Schule zu gehen.«

»Verstehe.« Hirschberg nickte wissend. Laut Susan war Bruno Schuster nicht der engagierteste Schüler. »Gibt es irgendwelche Verwandte, die wir anrufen können? Er ist schließlich noch minderjährig. Notfalls müssen wir das Jugendamt einschalten. Gibt es vielleicht einen Vater, oder war er, wie meine Frau vermutet, tatsächlich nur *zeugungsrelevant?*«, erkundigte er sich ironisch. Er wusste von Susan, dass Brunos Vater in der Schule niemals in Erscheinung getreten war. Renate Piero-Schuster hatte auch nie über ihn gesprochen.

»Gegenüber der Kollegin meinte er, es gebe keinen Vater.« Hansen zuckte düster mit den Schultern. »Vermutlich hat sein Erzeuger sich tatsächlich schnellstens aus dem Staub gemacht. Er wäre schließlich auch nicht der Erste, der das Gold seiner Lenden verprasst und anschließend mit seiner Anwesenheit geizt. Angeblich kennt Bruno seinen Vater nicht. Aber die Kollegen haben auf Massimo Pieros Mailbox eine Nachricht hinterlassen. Jetzt heißt es abwarten, ob er sich meldet. Aber es sieht nicht danach aus, dass Bruno ein besonders liebevolles

Verhältnis zum Ex seiner Mutter gehabt hat. Laut der Kollegin habe er gesagt, sein Stiefvater gehe ihm kilometerweit an seiner Sitzfläche vorbei.«

»Wenn dieser Piero tatsächlich Dreck am Stecken hat, dann ist es sowieso das Beste, wenn Bruno nichts mit ihm zu tun hat«, entgegnete Hirschberg düster. »Wie geht es dem Jungen?«

»Die Kollegin meint, er starre vor sich hin und sei nicht sehr gesprächig. Vielleicht sollten wir einen Psychologen hinzuziehen. Oder meinen Sie, Ihre Frau würde mit ihm sprechen? Glauben Sie, sie könnte zu ihm durchdringen?«

»Nein.« Er schüttelte vehement den Kopf. »Nach allem, was zwischen ihr und seiner Mutter vorgefallen ist, würde ich Susan da gerne raushalten. Nicht zuletzt wegen der Probleme mit seiner Mutter haben Bruno Schuster und Susan auch ein sehr angespanntes Verhältnis. Organisieren Sie am besten einen Psychologen, Frau Hansen.« Hirschberg klopfte ihr rasch auf die Schulter. »Vermutlich wird er in nächster Zeit ohnehin therapeutische Betreuung benötigen.«

»Herr Hauptkommissar.« Doris Michels von der Spurensicherung kam mit einem triumphierenden Lächeln auf ihn zu. »Wir haben das Corpus Delicti ganz offensichtlich gefunden.« In ihren Händen hielt sie einen Ziegelstein mit eindeutigen Blutspuren an den Kanten. »Der Täter hat ihn nach der Tat einfach unter ein paar anderen wieder abgelegt. Wir schicken ihn ins Labor.«

»Ich wäre dann auch so weit«, hörte Hirschberg Dr. Meißner sagen. »Wir können sie jetzt in die Rechtsmedizin bringen«, erklärte er dem Hauptkommissar.

»Chef, die Kollegen haben einen Stapel Briefe auf ihrem Schreibtisch gefunden.« Kommissarin Hansen kam mit gerunzelter Stirn auf ihn zu. »Offenbar war sie nicht sehr beliebt, um es mild auszudrücken. ›Schleich di, du Flitscherl‹, ›Verpiss dich, du alte Hexe‹ – die Unterschrift ist ein Pentagramm.« Sie zog vielsagend die Augenbrauen nach oben. »Und so geht es weiter. Die Absender sind alle anonym. Es ist auch nichts Handschriftliches dabei. Die Briefe wurden allesamt auf dem PC geschrieben und ausgedruckt. Die Absender wollten ihre Identität offenbar nicht preisgeben. Allerdings sticht dieser Brief hier aus den anderen heraus.« Sie reichte ihm ein Blatt Papier. Die Buchstaben waren aus Zeitungspapier ausgeschnitten.

»›Ich weiß, wer du bist.‹« Hirschberg blickte seine Kollegin verwirrt an. »Es würde mich brennend interessieren, was das zu bedeuten hat.« Ein Gedanke schoss ihm blitzartig durch den Kopf. »Geben Sie mir bitte eine Beweismitteltüte. Ich möchte den Brief Nicole Reinhardt zeigen, bevor er ins Labor geht«, erklärte er der Kommissarin. »Sie meinte doch damals, dass ihre Tante vor ihrer Ermordung einen anonymen Brief bezüglich der Affäre mit Seitlbach erhalten habe. Leider hat Frau Reinhardt ihn ja verbrannt. Ich möchte wetten, dass er diesem hier ähnelte.«

In Krindelsdorf brodelten unzählige Gerüchteküchen stetig vor sich hin, wusste Hirschberg. Und jemand schien es obendrein darauf abgesehen zu haben, schmutzige Geheimnisse ans Tageslicht zu zerren und Intrigen zu schmieden. Menschen dieses Schlags waren und lebten gefährlich, dachte der Hauptkommissar mit einem mulmigen Gefühl bei sich.

»Ja, aber bevor sie sich mit Frau Reinhardt unterhalten, sollten Sie besser zum Flughafen fahren.« Louisa grinste, und er konnte das schelmische Blitzen in ihren Augen sehen. »Die Kollegen dort haben vor ein paar Minuten angerufen. Sie haben Mrs. Burton und Herrn

Dornberg, sagen wir mal, in Gewahrsam genommen. Und die beiden sind nicht unbedingt *amused*. Erst recht nicht Mrs. Burton. Sie besteht auf Ihrem sofortigen Erscheinen.«

»Dann mache ich mich wohl besser schnellstens auf den Weg.« Mit hängenden Schultern ging Hirschberg nach draußen.

Vor dem Spukhaus hatte sich erwartungsgemäß bereits der halbe Ort eingefunden. Hirschberg fragte sich, ob sich unter den Schaulustigen auch ein heimtückischer Mörder befand.

»Herr Hauptkommissar!« Pfarrer Schmalzengruber kam mit hochroten Wangen und anklagenden Schritten auf ihn zu, als gerade der Sarg in den Wagen der Gerichtsmedizin geschoben wurde.

»Herr Pfarrer, wenn Sie hier sind, um der Ermordeten ein paar letzte Worte mit auf den Weg zu geben, sind Sie ein wenig zu spät«, erklärte er ihm. »Sie wird jetzt in die Gerichtsmedizin gebracht.«

»Wo denken Sie hin?« Seine Empörung war ihm anzuhören. »Sie war meines Wissens nach Protestantin! Die Pflichtvergessenheit meines evangelischen Amtskollegen ist gewiss nicht mein Problem!«

»Natürlich nicht«, entgegnete Hirschberg trocken. »Wenn es also nicht Ihr christlicher Auftrag ist«, entfuhr es ihm ironisch, »was führt Sie dann hierher?«

»Sie erinnern sich an unsere gestrige Unterredung bezüglich der Jugendlichen? Das hier musste ich gerade eben vor meiner Kirchentür finden!« Er hielt dem Hauptkommissar mit behandschuhten Fingern ein auf den ersten Blick benutztes Kondom unter die Nase. Hirschbergs Mundwinkel zuckten. Aus den Augenwinkeln heraus konnte er Dr. Meißners Schultern verräterisch beben sehen. »Was gedenken Sie als ortsansässiger

Gesetzeshüter gegen diesen infamen Akt des Vandalismus zu unternehmen?«

»Herr Pfarrer, ich fürchte, dass das Corpus Delicti zu sehr verunreinigt ist, um tatsächlich verwertbare Spuren darauf zu finden, aber Sie können es mir dennoch gern überlassen, und ich werde es für Sie entsorgen.«

Lautes, gekünsteltes Husten kam über Meißners Lippen, als ein wutschnaubender Pfarrer Schmalzengruber sich indigniert abwandte. Der Herr Hauptkommissar sei eine Schande für seinen Berufsstand, kam es gut hörbar über seine Lippen. Einige der versammelten Krindelsdorfer grölten hämisch, als er im Stechschritt an ihnen vorbeimarschierte, ohne sie auch nur eines Blickes zu würdigen.

»Crème fraîche?«, Hirschberg wandte sich augenzwinkernd an den Rechtsmediziner.

»Crème fraîche«, nickte Meißner mit noch immer zuckenden Mundwinkeln.

Lars Baumann betrat die Gaststätte und blickte sich prüfend um. Die Renovierungsarbeiten schritten gut voran. Aus der Küche drangen appetitanregende Aromen in den Gastraum.

»Ah, Herr Baumann!« Preston streckte dem Architekten mit einem jovialen Lächeln die Hand entgegen. »Ich freue mich sehr, Sie zu sehen. Sie wollen sich sicherlich vergewissern, dass wir Ihre Pläne auch ordentlich umsetzen.«

Baumann erwiderte den Händedruck und brachte ein Lächeln zustande. Preston bediente seiner Meinung nach jedes Klischee eines dynamischen Medienmenschen. Antrainierte Freundlichkeit, teurer Designeranzug, und in seinen Augen glaubte Baumann unsichtbare Dollarzeichen erkennen zu können. Zweifellos erhofften er und der Sender sich hohe Einschaltquoten.

Mit einer gehörigen Prise Widerwillen hatte Lars Baumann sich auf das von Seitlbach initiierte Projekt eingelassen. Baumann war eigentlich immun gegen Seitlbachs Honigschmiere auf seinen stets frisch rasierten Wangen, aber die bauliche Umgestaltung der Gebäude war sein lang gehegter Traum. Er sei der Architekt der ersten Wahl, hörte er den Noch-Bürgermeister gönnerhaft säuseln. Weder er noch der Gemeinderat wollten einen »Außenseiter« verpflichten. Auch Herrn Schreiber sei es bei Weitem lieber, mit einem bekannten Gesicht zu arbeiten als mit einem Schnösel aus der Stadt. Außerdem wüssten sie doch alle, wie groß Baumanns Interesse am Umbau und an der Renovierung der Brauerei und der Gaststätte war. Ihm böte sich nun die einzigartige Gelegenheit, dem heruntergekommenen Gebäudekomplex zu neuem Glanz zu verhelfen.

Das stimmte natürlich, gestand sich Baumann im Stillen ein. Während seine Frau Rosina Historikerin aus Leidenschaft war, war er mit seinem ganzen Herzblut Architekt. Und das sehr erfolgreich. Er und seine Mitarbeiter hatten nicht nur in ganz Bayern Projekte, sondern deutschlandweit und sogar über die Landesgrenzen hinaus, realisiert. Die Gaststätte mit angegliederter Brauerei an seinem Wohnort sah Baumann als ein wahres Filetstück, für dessen Umbau er sich nur zu gern verantwortlich zeichnete. Nur das Drumherum bereitete ihm Kopfzerbrechen. Baumann war aufrechter Befürworter sozialer Projekte, aber er bezweifelte stark, dass

Krindelsdorf der richtige Ort für ein Projekt dieser Größenordnung war.

»Herr Schreiber hat mich gerade angerufen«, meinte Baumann und lächelte entschuldigend. »Er kommt ein wenig später. Er ist zu Hause aufgehalten worden«, erklärte er Preston mit, wie er hoffte, geglücktem Pokerface. »Aber er lässt Ihnen ausrichten, Sie sollen unbesorgt sein. Es läuft alles ganz nach Zeitplan.«

Schreibers aufgeregte Nachricht auf seiner Mailbox beunruhigte ihn. Im Hintergrund waren Brigittes und Ulrike Moosbergers aufgeregte Stimmen zu hören. Ulrike Moosberger hatte Renate Piero-Schuster an diesem Morgen tot aufgefunden. Alexander Hirschberg war wohl bereits vor Ort. Sollte es sich tatsächlich um eine Gewalttat handeln, würde Hirschberg ein weiteres Mal in den Reihen der Krindelsdorfer ermitteln müssen. Baumann beneidete den Hauptkommissar nicht.

»Dann können wir beide ja noch mal einen Blick auf die Pläne werfen, bis Herr Schreiber hier ist«, schlug Preston vor. »Herr Seitlbach und ich sind wirklich begeistert von Ihren Entwürfen, Herr Baumann. Sie haben sich selbst übertroffen! Das Restaurant wird ein wahres Juwel. Ein Mekka für jeden Gourmet! Und das im Herzen des bayerischen Landes!«

Der Architekt lächelte und murmelte einige Worte der Zustimmung. Über Prestons Schulter hinweg warf Baumann einen verstohlenen Blick auf den Star der Show. Ranglers Augen waren blutunterlaufen. Ein verräterischer Geruch nach Hochprozentigem drang zu ihnen herüber. Preston mochte es ja vorziehen, die Augen fest davor zu verschließen, aber Ranglers Alkoholproblem war unübersehbar, dachte Baumann. Und dieser Mensch sollte straffällig gewordene Jugendliche wieder auf Kurs bringen, hallte es ungläubig in seinem Kopf.

»Es freut mich wirklich sehr, dass Ihnen meine Pläne gefallen, Herr Preston. Mir ist sehr daran gelegen, das Gebäude so wenig wie möglich zu verändern. Ich wollte den ursprünglichen Grundriss weitgehend beibehalten. Meine Frau hat mich überdies regelrecht bekniet, den historischen Charme zu erhalten. Sie ist Historikerin, müssen Sie wissen.« Baumann breitete die Pläne aus und ignorierte Ranglers gut hörbares Rülpsen. Ob der zukünftige Herr Landrat dem Sternekoch schon begegnet war, höhnte er in Gedanken. »Ich habe auch bereits alles Wesentliche mit Herrn Schreiber besprochen. Ich kann Ihnen versichern, er versteht wirklich etwas von seinem Fach. Er ist ein hervorragender Bauleiter.«

»Davon bin ich überzeugt! Herr Seitlbach schwärmt in den höchsten Tönen von Ihnen beiden!« Prestons Stimme nahm einen jovialen Tonfall an. »Und ich muss sagen, er hat nicht übertrieben, Herr Baumann. Was ich bis jetzt schon gesehen habe, gefällt mir ausgesprochen gut!«, strahlte er. »Der Festsaal im ersten Stock ist wirklich wunderschön geworden. Schon bald werden dort gediegene Veranstaltungen stattfinden können. Auch die Küche ist großartig! Ich bin sehr froh, dass die Jugendlichen ihr kulinarisches Talent in einer stilvollen Umgebung unter Beweis stellen können. Sie wissen ja, die Umgebung und das Ambiente sind für eine erfolgreiche Resozialisierung von höchster Bedeutung!«

Baumann fragte sich, aus wessen Mund diese pädagogische Erkenntnis wohl ursprünglich stammte.

»Ich habe daher auch vollstes Vertrauen, dass die weiteren Arbeiten unter Ihrer fachmännischen Aufsicht«, an dieser Stelle klopfte er Baumann anerkennend auf die Schulter, »im Rahmen des Projekts sehr gut weiterlaufen werden. Es ist auch großartig, dass Herr Schreiber und seine Mitarbeiter die Jugendlichen in ihre

Arbeit miteinbeziehen. Manche ziehen ja doch Malerarbeiten der Arbeit am Herd vor. Und wir möchten ja auf alle unsere Schützlinge individuell eingehen. Unser Kamerateam wird Herrn Schreiber, die Jugendlichen und die Pädagogen selbstverständlich kontinuierlich auf dem Weg in die verantwortungsvolle Rechtschaffenheit begleiten. Herr Schreiber kann sich sicher sein, dass seine Firma ein leuchtendes Beispiel für andere Unternehmer und Betriebe abgeben wird, sich mehr für Benachteiligte einzusetzen und Chancen zu schaffen! Mit seiner Hilfe werden diese Jugendlichen, zu denen das Leben bisher sehr hart gewesen ist, zu belastbaren Stützpfeilern der Gesellschaft«, prophezeite er einem skeptischen Lars Baumann euphorisch, während einer der Jugendlichen hinter Prestons Rücken seinem Betreuer den Stinkefinger zeigte.

Der Produzent schien keine Ahnung zu haben, auf was er sich da eingelassen hatte, fürchtete Baumann.

»Ah, Kelly!« Preston winkte ein junges Mädchen mit einem Tablett zu sich. »Darf ich vorstellen? Das ist Herr Baumann, der Architekt.«

»Hallo.« Ein schüchternes Lächeln umspielte die Lippen des Mädchens. Ihr dunkles Haar war straff nach oben gesteckt, und runde silbrig glänzende Ohrringe baumelten an ihren Ohrläppchen. Sie wirkten verstörend groß für ihr schmales Gesicht, fand Baumann. »Das sind Petit Fours mit Himbeer-Champagner-Füllung. Chrissy meinte, Sie möchten vielleicht etwas probieren?«

»Kelly ist eine großartige Konditorin! Bei so viel Talent und Enthusiasmus kann doch gar nichts mehr schiefgehen, nicht wahr, Herr Baumann?«, strahlte Preston, als einer von Schreibers Arbeitern nach seiner Zigarettenpause zurück in die Gaststätte stürzte. Er warf aufgeregte Blicke um sich.

»Habt ihr's schon gehört?«, rief er. »Die Zugreiste, dieses Mistvieh, ist tot! Die Polizei ist auch schon dort!«

»Was?«, hallte es ungläubig aus jeder Ecke, als Rangler gefolgt von den Jugendlichen und einer neugierig dreinblickenden Reporterin einer Boulevardzeitung auf seine Worte hin aus der Küche kam. Die Journalistin zückte ihr Aufnahmegerät. Ein Mord schien interessanter als Rangler, der Wohltäter, schoss es Baumann mulmig durch den Kopf.

»Welches Mistvieh?«, erkundigte sich Preston verständnislos.

»Er meint Frau Piero-Schuster. Sie ist frisch zugezogen«, erklärte Baumann. Einer der Jugendlichen senkte den Kopf, doch der Architekt konnte noch einen raschen Blick auf sein hämisches Grinsen erhaschen. Ein ungutes Gefühl beschlich Baumann.

7.

»Es tut mir wirklich sehr leid, Herr Hauptkommissar. Meinem Kollegen und mir ist die ganze Sache ausgesprochen unangenehm.«

Der uniformierte junge Beamte, der sich Hirschberg als Roland Burger vorstellte, war sichtlich zerknirscht. Er trat verschämt von einem Fuß auf den anderen, als hätte Hirschberg ihn bei einer groben Dienstverfehlung in flagranti ertappt. Ein Schatten verdüsterte seine glattrasierten Züge, und in seinen braunen Augen lag ein fast panischer Ausdruck. Mit normalen Terrorverdächtigen konnte der durchtrainierte Beamte sicher umgehen, vermutete Hirschberg trocken, aber einer Naturgewalt wie Isobel Burton war er genauso wenig gewachsen wie der Rest der Menschheit.

Hirschberg stöhnte innerlich. Eine unangenehme Hitze stieg in ihm auf. Die Fahrt zum Flughafen war zu seinem Bedauern wie am Schnürchen verlaufen. Die Straßen waren wie leergefegt, sodass er die Strecke in unter einer halben Stunde zurücklegen konnte. Eine viel zu knappe seelische Vorbereitungszeit für das vor ihm Liegende. Wie ein kleiner Schuljunge hätte er sich gern noch ein wenig länger vor der Konfrontation mit einer empörten Isobel gedrückt. Und dieser Umstand ärgerte ihn am allermeisten.

»Mrs. Burtons Begleiter Herr Dornberg konnte sie leider auch nicht beruhigen. Sie hat sich vehement geweigert, mit uns zu kommen.« Burger räusperte sich und wippte nervös vor und zurück. »Und Sie müssen wissen, Herr Hauptkommissar, sie hätte meinen Kollegen beinahe geohrfeigt, als er ihr erklärt hat, dass sie auf gar keinen Fall das Land verlassen dürfen. Dass wir auf Ihre Anweisung hin handeln, hat sie auch gar nicht gut aufgenommen.«

Der Beamte blickte mit glühenden Wangen zu Boden, als er Hirschberg von den Ausdrücken berichtete, die über die Lippen dieser englischen Lady in gleich mehreren Sprachen kamen, während Dornberg mit gezücktem Handy immer wieder fragte, ob sie denn eigentlich wüssten, wie viel ihn diese Verzögerung am Ende koste. Er sei sich ja durchaus darüber bewusst, dass Behörden und Beamten keine Ahnung von der freien Wirtschaft und konjunkturellen Zusammenhängen hätten, geschweige denn von den stattlichen Summen, mit denen ein erfolgreicher Geschäftsmann wie er tagtäglich jongliere, aber selbst sie müssten doch einsehen, dass diese Farce nur ein grobes Missverständnis sein könne.

»Herr Dornberg meinte, er könne sich überhaupt nicht erklären, was in Sie gefahren sei, dass Sie die eigene Verwandtschaft einer derartigen Behandlung aussetzten«, ließ er Hirschberg wissen. »Und wir sahen überdies keine andere Möglichkeit, als Mrs. Burton Handschellen anzulegen. Ich weiß natürlich mittlerweile, dass Mrs. Burton die Tante Ihrer Frau ist, und ich kann Ihnen versichern, mein Kollege und ich bedauern das alles zutiefst. Aber wir wussten uns nicht mehr anders zu helfen, als …« Er blickte Hirschberg verständnisheischend an.

»Sie müssen sich nicht entschuldigen, Herr Kollege.« Hirschberg unterbrach den Redeschwall des Beamten und legte ihm mitfühlend die Hand auf die Schulter. »Glauben Sie mir, es muss Ihnen nicht leidtun. Wenn ich manchmal könnte, wie ich wollte …« Süße Visionen einer geknebelten Isobel zogen vor seinem geistigen Auge auf. Er seufzte wohlig.

»Sie sollten noch etwas wissen, bevor Sie da reingehen, Herr Hauptkommissar.« Burger nickte in Richtung des Raums, wo Isobel und Dornberg auf ihn warteten. »Mrs. Burton hat mehrmals lautstark verlangt, sofort den britischen Botschafter zu sprechen.«

»Der wäre in dem Fall dann wohl ich.« Ein Lächeln, nach dem ihm so gar nicht zumute war, erschien auf Hirschbergs Gesicht, bevor er mit raschen Schritten auf Isobels und Dornbergs vorübergehende Arrestzelle zuging. Er konnte es ja nicht ewig hinauszögern, sagte er sich.

»Alex, was fällt dir ein?«, polterte Susans Tante los, kaum dass er den Raum betreten hatte. Ihre Augen blitzten zornig. »Wir wollten gerade in die Maschine steigen, als wir wie dahergelaufene Kriminelle abgeführt worden sind! Wen glauben die eigentlich, vor sich zu haben?« Sie erwartete keine Antwort. Ein weiterer vorwurfsvoller Wortschwall sprudelte aus ihr heraus, während sie ihm ihre Hände entgegenstreckte. »Nimm mir gefälligst wenigstens die Dinger endlich ab, wenn du uns schon wie jedes x-beliebige verbrecherische Pack festnehmen lässt und unseren Drehplan durcheinanderbringst!« Sie warf Dornberg einen raschen Blick zu. »Handschellen darf nur Vincent mir in gewissen romantischen Situationen anlegen«, erklärte sie Hirschberg sachlich, der es vorzog, von Intimitäten dieser Art unbehelligt zu bleiben. Sie schnaubte verächtlich, bevor sie fortfuhr. »Das hier ist einfach skandalös! Kannst du dir eigentlich vorstellen, was Vincent nur die kleinste Verzögerung kostet? Obwohl du dieser fürchterlichen Profession nachgehst, hätte ich nicht einmal von dir angenommen, dass du jemals so tief sinken würdest! Aber ich verspreche dir, in meinen Memoiren wird sich dieser Zwischenfall hervorragend machen! Wenn ich als unschuldiges Opfer der bayerischen Staatsgewalt deren Strafverfolgungsbehörden als dilettantische Dorftölpel entlarve!«

»Beruhige dich, Liebling«, meinte Dornberg beschwichtigend, als seine zukünftige Ehefrau eine kurze Verschnaufpause einlegte. Aber auch er bedachte Hirschberg mit einem konsternierten Blick. »Ich habe doch gerade mit Jake und Mel gesprochen. Die beiden fliegen mit der nächsten Maschine von Amsterdam zu unserem Außendreh. Sie werden uns per Videokonferenz über alles auf dem Laufenden halten. Und ich bin mir sicher, dass es keine Probleme geben wird.« Er wandte sich mit unüberhörbarer Ungeduld an Hirschberg. »Genauso, wie ich mir sicher bin, dass Alex einen guten Grund dafür hat, uns an der Abreise zu hindern.« Er deutete auf sein Smartphone. »Denn falls nicht, werde ich ein ausführliches Gespräch mit meinem Anwalt führen, um die Polizei auf etwaigen Schadensersatz und Schmerzensgeld oder dergleichen zu verklagen. Auf diese Weise können die geschäftlich unbedarften Justizbehörden dann auch einmal mit astronomisch hohen Beträgen jonglieren«, entfuhr es dem Pornoimperator überheblich.

»Dass sich eure Abreise verschiebt, gefällt mir noch viel weniger als dir, Isobel. Das kannst du mir ruhig glauben«, entgegnete Hirschberg spitz, als er ihr zähneknirschend und mit deutlichem Widerwillen die Handschellen abnahm. »Hast du meinen Kollegen überhaupt zugehört, als sie vermutlich verzweifelt versucht haben, euch zu erklären, warum ihr nicht einfach abreisen könnt? Oder hast du ihnen gleich deine Handtasche übergezogen?«, herrschte er sie an, doch Isobel Burton zuckte wie üblich nicht einmal mit der Wimper.

»Alex, mach dich nicht lächerlich!«, entgegnete sie mit hörbarer Ungeduld. »Das ist eine speziell für mich gefertigte Handtasche von Hermès. Ein so exquisites Accessoire würde ich niemals in einer derartigen Weise vergewaltigen! Wie kannst du mir nur einen solchen blasphemischen Akt unterstellen? Ich könnte meinen Designerfreunden doch nie wieder unter die Augen treten, ließe ich mich jemals so gehen! Außerdem war sie ein Geschenk von Vincent.« Sie schenkte ihrem Zukünftigen ein strahlendes Lächeln. »Für mich ist ihm einfach nichts zu teuer.« Sie strich ihm zärtlich flirtend über die Wange, woraufhin der Hauptkommissar den Pornoking im Glanz ihrer Augen dahinschmelzen sehen konnte. »Wann hast *du* deiner Frau eigentlich das letzte Mal etwas geschenkt?« Sie blickte Hirschberg herausfordernd an. »Du könntest Susan wenigstens ab und zu mal Blumen mitbringen und ihr zeigen, dass du sie für eine attraktive Frau hältst. Erst recht, wenn man bedenkt, was sie körperlich auf sich nimmt, um dir einen Stammhalter zu schenken. Aber irgendwann musste ja die ungehobelte Lebensart dieser barbarischen Gefilde, in denen du sie zu leben zwingst, auf dich abfärben.«

»Ich zwinge Susan zu gar nichts!« Er hatte Mühe an sich zu halten. »Und niemand will euch festnehmen oder daran hindern, euren Drehplan einzuhalten, aber ihr gehört nun einmal zum zugegeben ausgesprochen großen Kreis potenzieller Verdächtiger, deren Alibis erst offiziell bestätigt werden müssen. Wie würde es denn wohl eurer Meinung nach aussehen, wenn ich als leitender Ermittler in einem Mordfall Mitglieder der Familie meiner Frau einfach unbehelligt ließe?« Er holte tief Luft. »Ich bin mir aber sicher, dass eure Alibis heute im Lauf des Tages bestätigt werden. Morgen könnt ihr dann zu eurem Außendreh fliegen.«

»Verdächtige? Wir?«, fragten Isobel und ihr Verlobter wie aus einem Mund. »Was um Gottes willen sollen wir denn getan haben?«

»Renate Piero-Schuster, die Frau, mit der auch du gestern im Supermarkt einen handfesten Streit hattest, ist nur ein paar Stunden später erschlagen worden. Und nein, ich glaube nicht, dass einer von euch sie auf dem Gewissen hat. Ich weiß ja außerdem, dass wir zur Tatzeit alle zusammen im Krankenhaus waren, aber wir müssen das nun einmal zu Protokoll nehmen und eure Alibis bestätigen lassen. Es muss alles nach Vorschrift ablaufen.« Er atmete tief ein und aus. »Danach könnt ihr auch sofort in die Sonne fliegen. Ich werde mir sogar die Zeit nehmen und euch persönlich zum Flughafen fahren«, versprach er mehr sich selbst als Isobel und Dornberg.

»Gott, ist das aufregend!«

Ein Strahlen erhellte Isobels Züge. Sofort sank Hirschbergs Mut. Der Außendreh schien urplötzlich vergessen. Auch Vincent musterte ihn nun interessiert.

»Ich war noch nie eine Verdächtige in einem Mordfall. Dass man mir eine solche Entschlossenheit zutraut, ist irgendwie schmeichelhaft. Findest du nicht auch, Vincent?« Sie wandte sich lächelnd an ihren Zukünftigen, der ihr mit einem schmachtenden Blick versicherte, dass es wahrlich nichts gebe, was sie nicht bewerkstelligen könne. »Nur würde ich selbstverständlich niemanden erschlagen«, fügte sie nüchtern hinzu und verdrehte die Augen. »Das macht viel zu viel Dreck. Nicht wahr, Vincent?« Ihr Verlobter nickte zustimmend.

Hirschberg konnte sehen, dass zumindest der Zorn des Geschäftsmanns gänzlich verraucht war. Dass seine zukünftige Ehefrau den Hang zum Morden für ein Zeichen von Charakterstärke hielt, schien ihn nicht weiter zu stören. Da es sich bei ihrer »Festnahme« offensichtlich nur um eine Formalität handele, könne er sich einen Anruf bei seinem Anwalt sparen, versicherte er Hirschberg.

»Das Problem ist nun, dass es gleich mehrere Videos von eurem Streit im Supermarkt gibt, die bereits im Internet die Runde machen.«

Hirschberg zog sein Smartphone aus der Innentasche seiner Jacke hervor, um den beiden eines der Videos vorzuspielen. Die Tante seiner Frau erbleichte unter ihrem Makeup. Sie schnappte hörbar nach Luft.

»Das ist ja furchtbar!«, rief sie geschockt. »Ich brauche sofort einen Drink!«

»Allerdings«, pflichtete Hirschberg ihr bei. Er war erleichtert, da sie das Ausmaß der Katastrophe langsam zu begreifen schien. »Die ganze Welt weiß jetzt, dass ihr Streit hattet. Deshalb konnte ich euch nicht einfach …«

»Ach, es geht doch nicht darum!«, unterbrach Isobel ihn unwirsch. »Ich bitte dich, Alex! Mit der Frau hatte doch nun wirklich jeder Streit! Es ist überhaupt ein Wunder, dass sie nicht schon viel früher jemand ermordet hat!« Sie riss ihm das Smartphone aus der Hand und hielt es ihm mit einer vorwurfsvollen Geste unter die Nase. »Schau dir mein Makeup an! Es macht mich viel zu blass! Ich kann gar nicht begreifen, dass ich mir diesen Farbton in dem Beautysalon in New York habe aufschwatzen lassen!«

»Aber, Schatz, beruhige dich!« Dornberg griff nach ihrer Hand und lächelte sie verklärt an. »Du siehst fantastisch aus! Jeder Mann beneidet mich um dich!«

»Wir sollten gehen und eure Aussagen aufnehmen«, seufzte Hirschberg mit hängenden Schultern, bevor das turtelnde Paar an Ort und Stelle übereinander herfallen konnte. »Kommissarin Hansen wird mit der Ärztin und der Nachtschwester Kontakt aufnehmen. Die Alibis werden sich in null Komma nichts bestätigen.«

»Wie geht es Susan eigentlich jetzt?«, erkundigte sich Dornberg, als sie im Parkhaus auf seinen Wagen zugingen. Der werdende Vater konnte hören, dass er ehrlich besorgt war. Dornbergs Sorge um Susan und dessen Freude über ihren Nachwuchs rührten ihn.

»Es ging ihr recht gut, als ich aus dem Haus gegangen bin. Ihr müsst euch keine Sorgen machen«, versicherte er dem Pornotycoon.

»Es ist aber bestimmt trotzdem besser, wenn wir vorerst hierbleiben«, hörte er Isobel zu seinem Entsetzen sagen. »Weißt du, Vincent, ich hatte die ganze Zeit so ein mulmiges Gefühl, seit wir heute Morgen das Haus verlassen haben.« Sie warf ihrem Verlobten einen vielsagenden Blick zu. »Du kennst ja meine spirituelle Seite«, meinte sie. »Ich bin fest davon überzeugt, dass unsere Reise von vornherein unter keinem guten Stern stand. Susan braucht jetzt jemanden, der sich um sie kümmert und sich im Falle eines Falles schützend vor sie stellt, wenn ihr Ehemann schon wieder einmal durch dieses Mörderdorf laufen muss, um irgendeinen Provinzschlächter dingfest zu machen!«

»Da gebe ich dir vollkommen recht, mein Schatz.« Dornbergs Stimme triefte vor Vernunft. »Mir war heute Morgen auch gar nicht wohl bei dem Gedanken, die beiden Kinder allein zu lassen. Wo sie doch jetzt jeden Moment Eltern werden könnten und auch noch von gewaltbereiten Jugendlichen belagert werden. Ich glaube, Susans Eltern würden es uns nie verzeihen, wenn wir die beiden in dieser Situation allein ließen.«

Kinder? Hirschberg starrte fassungslos geradeaus auf die Straße. Für wen hielt Vincent Susan und ihn eigentlich?

»Jake und Mel sind ausgesprochen zuverlässige Mitarbeiter, wie du ja weißt. Sie haben ganz bestimmt alles im Griff. Und Susan und der Kleine sind jetzt wirklich wichtiger«, betonte Dornberg. »Außerdem muss es doch auch eine Beruhigung für dich sein, Alex, wenn wir zu Hause bei euch die Stellung halten, während du dich der ehrenvollen Aufgabe widmest, die Gesellschaft von unliebsamen Individuen zu befreien.«

In Hirschbergs Nacken prickelte es unangenehm. Er war sprachlos. Da die beiden es mehr als nur gut meinten, sah er keine Möglichkeit, das Paar einfach vor die Tür zu setzen. Isobel war immerhin Susans Tante.

»Und wenn ich erst bedenke, was den beiden alles noch an Babyausstattung fehlt!«, schnaubte Isobel kopfschüttelnd, während Hirschberg Renate Piero-Schusters Mörder in Gedanken immer wieder verfluchte. Dieser gewissenlose Mensch hatte ja keine Ahnung, was er angerichtet hatte! »Wie es aussieht, sind wir genau zur rechten Zeit gekommen, Vincent. Wieder einmal!«

Die Wiedersehensfreude seiner hochschwangeren Frau hielt sich in Grenzen, als Hirschberg mit den Überraschungsgästen Isobel und Dornberg im Schlepptau die Tür zu seinem Haus aufschloss.

Noch während sie sich den Wintermantel von den Schultern streifte, verlangte die englische Lady nach einem Gin Tonic. Hirschberg mache es doch sicher nichts aus, auf dem Heimweg noch eine weitere Flasche Gin zu besorgen. Immerhin würden sie ja nun doch länger als geplant in Krindelsdorf bleiben. Susan erbleichte auf diese Worte hin, und ihr Mann warf ihr einen hilflosen Blick zu, bevor er sich in die Küche begab, um seinen Gastgeberpflichten nachzukommen.

»Danke, Alex.« Isobel nahm huldvoll das Glas entgegen und ließ sich auf die Couch vor dem Kamin fallen. »Wenn ich schon irgendeinem rangniedrigen Polizeibeamten Rede und Antwort stehen muss, dann möchte ich mich für die penetrante Befragung zumindest angemessen rüsten«, erklärte sie ihm und nahm einen großzügigen Schluck. »Ich kann dir versichern, Alex, dass ich durchaus ein gewisses Maß an Verständnis für das Vorgehen der Polizei aufbringen kann, aber dennoch empfinde ich es als Zumutung, wie die Behörden mit mir als unbescholtenem und unschuldigem Mitglied der englischen Aristokratie umgegangen sind.«

»Du bist mit tödlicher Sicherheit vieles, Isobel, aber ganz gewiss nicht unschuldig«, entgegnete Hirschberg spitz, wofür er lediglich ein verständnisloses Schulterzucken erntete.

Die Abwicklung der Formalitäten gestaltete sich zügig. Der Kollege, der ihre Aussagen zu Protokoll nahm, zeigte sich, anders als der Beamte am Flughafen, gelassen und reichlich unbeeindruckt von Isobels indigniertem Charme. Der Hauptkommissar vermutete, dass seine Kollegin den Beamten bereits vorgewarnt hatte. Hansen selbst befand sich nun nach Versiegelung des Tatorts auf dem Weg nach München, um die Ärztin und die Nachtschwester zu befragen. Ihre Angaben würden schnell bestätigt sein, dachte Hirschberg zufrieden.

Mit Unbehagen aber beobachtete er, wie Isobel und Dornberg sich in seinen vier Wänden einquartierten. Hirschberg blickte kopfschüttelnd zu Boden, als Isobel seinen Kollegen nach ihrer Befragung geflissentlich aufforderte, sich doch ein wenig nützlich zu machen und ihr Gepäck ins Gästezimmer zu bringen. Nach all der Aufregung wolle sie sich unverzüglich in den Whirlpool zurückziehen.

Aus Angst vor einem weiteren verbalen Fauxpas führte der Hauptkommissar den grinsenden Beamten mit einer gemurmelten Entschuldigung rasch zur Tür.

Mit den Worten, einige wichtige geschäftliche Unterlagen durchsehen zu müssen, machte Dornberg sich auf den Weg in Susans Arbeitszimmer. Nach deren Ankunft wolle er außerdem mit seinen Mitarbeitern auf den Malediven skypen.

Am nächsten Tag würden Isobel und er sich mit den Mängeln im Kinderzimmer befassen. Die Ausstattung des Babyzimmers erinnere an sozialen Wohnungsbau, erklärte er den werdenden Eltern kopfschüttelnd. Dabei müsse Susan doch bedenken, dass sie nicht irgendeinen männlichen Säugling auf die Welt bringe. Dem neuen Mitglied ihrer ehrwürdigen Familie könne man nicht einfach ein hellblaues Jäckchen überstreifen und ein Mützchen im gleichen gewöhnlichen Farbton auf den Kopf stülpen.

»Noblesse oblige«, stimmte Isobel ihrem Zukünftigen in affektiertem Französisch zu. »Ich kann euch versichern, weder Vincent noch ich werden diesen provinziellen Niveauverlust im Kinderzimmer dulden.«

Susan und Alexander wechselten einen alarmierten Blick. Den werdenden Eltern dämmerte, dass sie Isobel und Dornberg in den nächsten Tagen schutzlos ausgeliefert waren.

8.

Hirschberg verriegelte seinen Wagen und ging auf die Villa des zukünftigen Landrats zu. Der in einer Acht angelegte Swimmingpool im Garten des Anwesens war winterfest abgedeckt und würde erst im Sommer wieder zum Schwimmen einladen. Die hohen Obstbäume streckten kahle Äste in den eisgrauen Winterhimmel empor. Krähen thronten auf ihren Wipfeln und stimmten ihre unheilverheißenden Laute an. In Momenten wie diesen konnte er gut verstehen, dass die schwarzen Vögel einst als Vorboten des Todes galten. Eine dicke Schicht Schnee bedeckte den Rasen, und weiterer Schneefall war noch für die kommende Nacht angekündigt.

Der Hauptkommissar hegte die Hoffnung, Nicole Reinhardt im Haus ihres angeheirateten Onkels oder vielmehr Lebensgefährten anzutreffen. Seitlbach und Nicole hatten bereits seit Jahren eine Affäre. Die Ermordung seiner Frau im letzten Sommer war den beiden daher nicht gerade ungelegen gekommen, dachte Hirschberg mit einem Anflug von Zynismus bei sich. In der heißen Phase des Wahlkampfs stand sie Günther Seitlbach nunmehr halboffiziell als neue Frau an seiner Seite bei. Sie war die perfekte Mischung aus Intellekt, Ehrgeiz und Glamour, die einem aufstrebenden Politiker zu Ruhm verhelfen konnte.

Die verstorbene Frau Seitlbach war längst von den Schatten der Vergangenheit verschlungen worden und stand Seitlbachs politischem Vorankommen nicht mehr im Weg, überlegte Hirschberg nüchtern. Im Rennen um den Posten des Landrats befand sich Günther Seitlbach nicht zuletzt dank der geschickten Medienstrategin Nicole auf der Zielgeraden. Seine Rivalen verglühten im Glanz des strahlenden Paares zu politischer Asche.

Für die geschäftstüchtige Dessousdesignerin war es ein erfolgreicher Jahresausklang und ein genauso erfolgreicher Jahresanfang gewesen, wusste Hirschberg. Ihre neu eröffneten Boutiquen in London, Mailand und Paris boomten, schenkte man der Boulevardpresse Glauben, und auch privat ging es für Nicole steil bergauf. Genügend Zeit war seit dem tragischen Tod ihrer Tante vergangen, dass sie sich nun immer öfter mit dem lustigen Witwer gemeinsam in der Öffentlichkeit zeigen konnte. Mit ihr würde in ein paar Wochen auch dieses gewisse glanzvolle Etwas ins ländliche Landratsamt einziehen.

Viele Krindelsdorfer zeigten sich Nicole gegenüber zwar noch immer reserviert, denn gutes Aussehen und Erfolg riefen auch Neider auf den Plan, aber die Stimmen für die attraktive Frau an Seitlbachs Seite wurden im ganzen Landkreis stetig lauter. Nicht zuletzt auch deshalb, da kaum jemand um ihre verblichene Tante weinte, wusste Hirschberg. An der Seite seiner verstorbenen Frau wäre Seitlbach dieser kometenhafte Aufstieg niemals geglückt.

Der Hauptkommissar drückte auf den Klingelknopf und wartete gespannt. Ein Schwarm Krähen schoss in die Lüfte, als die Haustür geöffnet wurde.

»Herr Hauptkommissar.« Nicole Reinhardt wirkte wie immer unterkühlt und wenig erstaunt, ihn zu sehen.

Sie trug ein figurbetontes Etuikleid und ihre obligatorischen schwarzen High Heels. Einfache bequeme Hausschuhe nannte Nicole sicherlich nicht ihr Eigen, dachte Hirschberg abschätzend bei sich. Auch war sie ihm noch nie in legerer Jeans begegnet, fiel ihm auf. Die junge Frau tat alles, um sich von ihrer Umgebung abzuheben. Ihr schien es egal zu sein, ob andere das als anstößig empfanden.

Sein Blick fiel auf ihre Hände. An ihrem linken Ringfinger prangte ein in Weißgold gefasster Brillant. Der längst fällige Verlobungsring, vermutete der Hauptkommissar. Für den konservativen Politiker Seitlbach war es natürlich wichtig, seiner potenziellen Wählerschaft ein intaktes Familienleben zu präsentieren. Passend zu dem Ring an ihrem Finger glitzerte eine Kette um Nicoles Hals, und die langen schwarzen Locken, die sie von ihrer brasilianischen Mutter geerbt hatte, umrahmten ihr perfekt geschminktes Gesicht. Die Tochter der rassigen Laufstegschönheit Ana Reinhardt und dem Bruder der ermordeten Frau Seitlbach wusste sich in Szene zu setzen.

Die Dessousdesignerin warf Hirschberg einen neugierigen und gleichzeitig herausfordernden Blick zu.

»Was verschafft mir die Ehre, Herr Hauptkommissar?«, hörte er sie mit ironischem Unterton fragen, als sie huldvoll beiseitetrat und ihn hereinbat. »Ich nehme mal an, es geht um das Ableben unserer neuen Einwohnerin.«

»Sie haben von dem Mord bereits gehört?« Hirschberg zog verwundert die Augenbrauen nach oben.

»Der Kuhstallfunk funktioniert sehr gut hier.« Sie verdrehte sarkastisch die Augen. »Ich gehe davon aus, dass ihre Leiche noch warm war, als auch schon der erste Wichtigtuer hier vor unserer Tür stand, um Günther von dem neuerlichen Mord zu berichten. Falls Sie mit ihm sprechen wollen, er ist im Rathaus, wo der Gemeinderat zu einer«, sie machte Anführungsstriche in der Luft, »›Krisensitzung‹ zusammengekommen ist. Einige dieser wenig geistreichen Dorftölpel hier gehen davon aus, dass es einer der Jugendlichen gewesen sein muss. Wer denn auch sonst?« Ein humorloses Lachen kam über Nicoles Lippen. »Glauben Sie, auch nur einer von diesen Kleingeistern würde vielleicht auf die Idee kommen, sich zu fragen, welches Motiv die Jugendlichen hätten, diesen Trampel umzubringen? Hauptsache sie können mit dem Finger auf jemanden zeigen, und der Schuldige ist schnell gefunden.« Sanfte, aber gut hörbare Verbitterung schlich sich in ihre Stimme.

Der Hauptkommissar horchte interessiert auf. Konnte Hirschberg da tatsächlich so etwas wie Mitgefühl für die Teenager in Nicoles Augen sehen? War sie am Ende vielleicht sogar überzeugt vom Erfolg des Projekts? Für ihn war sie bisher immer nur der eiskalte Fisch, die kalkulierende Geschäftsfrau gewesen, der fast jedes Mittel recht schien, ihre Widersacher und die Konkurrenz auszustechen. Zum ersten Mal fragte er sich nun, ob in ihr tatsächlich auch eine weichere Seite schlummerte, die eine Marianne Dachshofer schon vor über einem Jahrzehnt erkannt hatte. Die selbst ernannte Kräuterhexe des Ortes, erinnerte er sich, hatte viel für Nicole Reinhardt übrig. Für eine junge Frau, die viel zu früh ihre Eltern verloren hatte und sich letztlich dank ihrer ungeliebten Tante in Krindelsdorf wiederfand, wo sie alles tat, um nicht wie eine abgebrochene Rose zu welken.

»Offengestanden weiß ich von den wenigsten Einwohnern hier, was sie denken«, entgegnete er ein wenig spitz, was ein hämisches Grinsen auf ihr Gesicht zauberte. »Ich wollte auch nicht zu Herrn Seitlbach, sondern zu Ihnen. Ich würde Ihnen gerne etwas zeigen, Frau Reinhardt.«

Hirschberg reichte ihr die Beweismitteltüte mit dem anonymen Brief. Nicole zog überrascht die Augenbrauen nach oben, als ihr Blick auf die aus Zeitungspapier ausgeschnittenen Buchstaben fiel.

»Sie haben mir gegenüber nach dem Mord an Ihrer Tante erwähnt, dass ihr kurz zuvor ein derartiger Brief bezüglich Ihrer Affäre mit Ihrem Onkel zugespielt wurde. Leider haben Sie ihn ja verbrannt.« Der sanfte Vorwurf in seiner Stimme war beabsichtigt, und sie verdrehte die Augen.

»Herr Hauptkommissar, selbst Ihnen sollte klar sein, dass ich als vielbeschäftigte Geschäftsfrau Wichtigeres zu tun habe, als denunzierende Briefe zu archivieren.« Ihre Stimme klang eisig. »Die Relevanz eines solchen Schreibens halte ich auch heute noch für überbewertet. Den Mord an meiner Tante konnten Sie schließlich auch ohne das Schriftstück aufklären, meine ich mich zu erinnern.«

»Was in einer Mordermittlung relevant ist und was nicht, entscheide ich gerne selbst«, entgegnete er ungerührt. »Meine Frage ist nun, Frau Reinhardt, ähnelte der Brief von damals diesem hier? Könnten Sie sich vorstellen, dass er von derselben Person stammt?«

»Ein Zufall wird es wohl kaum sein«, antwortete sie nach einem weiteren Blick auf die Zeilen und runzelte die Stirn. »Ich denke, ja«, bestätigte sie Hirschbergs Vermutung kurz darauf. »Sehen Sie hier.« Sie hielt ihm die Beweismitteltüte unter die Nase und deutete auf das Wort »weiss«. »Der gleiche Rechtschreibfehler war auch in dem Brief, den meine Tante erhalten hat«, erinnerte sie sich. »Statt dem scharfen »ß« hat der Verfasser auch in dem Brief an meine Tante Doppel-S verwendet. Entweder weiß er oder sie es nicht besser, oder der Verfasser will einen falschen Eindruck von sich erwecken.« Nicole verzog ihren Mund zu einer abschätzenden Grimasse. Sie gab ihm den Brief zurück und warf einen raschen

Blick aus dem Fenster. Winzige Schneeflöckchen rieselten auf die Schneedecke im Garten herab. »Sie können sich nicht vorstellen, wie kleinkariert dieser Ort ist, Herr Hauptkommissar. Sie und Ihre Frau sind noch nicht lange genug hier. Die Engstirnigkeit, die kleinlichen Intrigen und diese vom Pfarrer propagierte Intoleranz. Ich sehne den Tag herbei, an dem Günther nach Berlin berufen wird, und glauben Sie mir, das wird er – eher früher als später. Und solche Briefe«, sie deutete mit einem anklagenden Finger auf die Beweismitteltüte, »zeigen doch nur, dass es jemand gezielt darauf abgesehen hat, das Leben anderer, das niemanden etwas angeht, zu zerstören. Und ganz nebenbei bringen sich die Krindelsdorfer dann auch noch gegenseitig um«, fügte sie zynisch hinzu.

»Ich dachte mir schon, dass die beiden Briefe vom selben Verfasser stammen«, nickte der Hauptkommissar, ohne auf ihre frustrierten Worte einzugehen. Er hegte keinen Zweifel daran, dass Nicole Reinhardt Seitlbachs Eintrittskarte in das große politische Theater war. »Ich frage Sie daher jetzt einfach noch einmal, Frau Reinhardt. Sie haben wirklich keine Ahnung, wer der Absender sein könnte?«

»Herr Hauptkommissar, glauben Sie mir, wenn ich nur den Hauch einer Ahnung hätte, wäre es mir das größte Vergnügen, Ihnen den Namen dieses Giftschreibers zu nennen und ihn oder sie ans Messer zu liefern.« Sie machte eine ausladende Handbewegung. »Es könnte jeder sein. Ich möchte gar nicht erst wissen, wie viele sich hier gegenseitig selbst den Dreck vor ihrer Haustür neiden. Oder auch den Mist in ihrem Kuhstall.« Nicole zuckte die Schultern und begann, nachdenklich auf ihrer Unterlippe zu kauen.

Hirschberg beobachtete sie aufmerksam, als ihr Blick sich nach innen zu richten schien.

»Vermutlich ist es eine Person, die jeder kennt, die aber von niemandem gesehen wird«, vermutete sie nachdenklich, und der Hauptkommissar fragte sich zum zweiten Mal an diesem Tag, ob nicht doch mehr in Nicole Reinhardt steckte als nur das geschäftstüchtige Biest. »Wissen Sie, Herr Hauptkommissar.« Sie blickte ihm in die Augen. »An einem Ort wie diesem, wo jeder jeden kennt, ist es überraschend einfach, unerkannt zu bleiben.«

»Herr Rangler, was genau reizt Sie so sehr an der Arbeit mit den Jugendlichen?«, fragte Quirin Heimerl, der Reporter des *Krindelsdorfer Boten*, und blickte den Sternekoch erwartungsvoll an.

Der Knoten seiner Krawatte wirkte so straff gebunden, dass Preston glaubte, der Reporter müsse jeden Moment ersticken. Heimerl strahlte eine steife Freudlosigkeit aus, die in anderen Unbehagen hervorrief. Preston war mulmig zumute, erst recht beim Gedanken an den Mord, über den Schreiber und seine Mitarbeiter unaufhörlich tuschelten. Er hoffte inständig, der Lokalreporter würde nicht die Jugendlichen mit dem Verbrechen in Verbindung bringen. Dem Produzenten war klar, dass viele Krindelsdorfer dem Projekt skeptisch gegenüberstanden.

»Warum dieses Engagement für straffällig gewordene Jugendliche?«

Rangler musste aufstoßen, und Heimerl lehnte sich

mit angewidertem Gesichtsausdruck auf seinem Stuhl zurück.

»Nun ja, Herr Heimerl.« Preston räusperte sich. »*Ranglers Delikatessenschmiede* ist eines der favorisierten Projekte von Herrn Rangler. Schon seit Jahren hat er gegenüber dem Sender und mir immer wieder betont, wie wichtig es doch sei, sich sozial zu engagieren und gerade der Jugend zu helfen, in Zeiten der Perspektivlosigkeit Fuß zu fassen.« Ein geschäftsmäßiges Lächeln begleitete diese Lüge, als er Rangler jovial die Schulter tätschelte. »Wir alle kennen doch die abschüssigen Pfade, die sich vor jedem von uns eines Tages auftun und uns auf Irrwege führen. Das ist nur menschlich. Wichtig ist dann nur, wieder auf die sicheren Wege zurückzufinden. Wir – und uns allen voran Herr Rangler – möchten den Jugendlichen die Hand reichen und ihr Wegweiser sein.«

»Sehen Sie, Herr Heimerl«, meldete sich Rangler zu Wort. »Ich bin kein Mann der großen Worte. Ich lasse lieber Taten sprechen.« Ein schiefes Lächeln erschien auf seinem Gesicht. »Es gibt Dinge, die Ihnen mein Produzent daher viel besser erklären kann. Ich bin lediglich das Herz, aber Herr Preston ist der Kopf und das Sprachrohr des Projekts. Er versteht es wahrhaft meisterlich, in jeder Situation die passenden Worte zu finden. Ich bin, wie Sie sicher recherchiert haben, nur ein bescheidener Virtuose am Herd und jongliere gern mit den exotischsten Gewürzen und Delikatessen, wenn Sie verstehen, was ich meine. Aber mit Worten kann ich lange nicht so gut umgehen wie Herr Preston hier oder auch zweifelsfrei Sie.«

»Deshalb arbeiten wir auch so gerne mit Herrn Rangler zusammen«, beteuerte Preston mit einem strahlenden Lächeln. »Mit Menschen zu arbeiten, die sich ihrer Grenzen bewusst sind, macht alles so viel leichter und vor allem professioneller.« Der Produzent beugte sich nach vorne. »Wie ich bereits erwähnt habe, Herr Heimerl, schon vor einer ganzen Weile meinte Herr Rangler zu mir, wie gern er sich doch für sozial Benachteiligte, für die an den Rand der Gesellschaft Gedrängten einsetzen würde.« Er legte eine bedeutungsvolle Pause ein. »Da lag es für uns natürlich nahe, Herrn Rangler ein entsprechendes Konzept auf den Leib zu schneidern. Als Herr Angelsberger uns dann vorschlug, mit den von ihm und seinen Kollegen betreuten Jugendlichen zu arbeiten, war Herr Rangler auch sofort Feuer und Flamme.«

»Ganz genau!« Leben kam in Ranglers Züge. »Wer würde denn nicht gerne jugendliche Gewalttäter zurück auf den rechten Pfad führen? Wir sind auch schon fast so etwas wie eine richtige kleine Familie geworden! Einige der Jugendlichen sind sich gestern Nacht wohl auch schon nähergekommen. Leni und Clayton scheinen sich sehr zu mögen. Nicht wahr, Herr Preston?«

Der Produzent bedachte ihn mit einem warnenden Blick.

»Das freut mich zu hören.« Eisiges Murmeln entwich Heimerls Kehle. »Ich bin mir auch sicher, unser Bürgermeister wird begeistert sein.«

»Dazu hat Herr Seitlbach allen Grund«, erwiderte Preston wie aus der Pistole geschossen. »Auch Ihr Bürgermeister verfügt über ein ausgeprägtes soziales Gewissen!«

»Wenn Sie das sagen, Herr Preston. Auf was für ausgefallene Menüs dürfen sich unsere Leser denn nun freuen?«

»Das dürfen wir selbstverständlich noch nicht verraten«, erklärte ihm Preston lächelnd. »Ihre Leser und die Zuschauer müssen sich einfach überraschen lassen. Aber die Jugendlichen treffen gerade mit Feuereifer die Vorbereitungen für das Menü, das Herr Rangler im Anschluss an das Interview mit Ihnen kochen wird. Wenn wir sehen, mit welcher Motivation, um nicht zu sagen Leidenschaft, die Jugendlichen an die Arbeit gehen, freut uns das natürlich sehr! Und in einigen von ihnen steckt auch ein gewiefter Handwerker, meint Herr Schreiber!«

»Gibt es abschließend noch etwas, was Sie gerade Ihren weiblichen Fans hier am Ort gerne sagen möchten, Herr Rangler?«

»Auch Würstchen im Schlafrock können ein raffinierter Appetizer sein, meine Damen.«

»Herr Rangler möchte damit sagen, dass auch einfache Speisen ein wahrer Leckerbissen sein können«, beeilte sich Preston Ranglers anzüglicher Bemerkung hinzuzufügen.

»Vielen Dank, dass Sie sich die Zeit genommen haben, meine Herren.« Heimerl erhob sich ruckartig.

»Das ist doch selbstverständlich.« Preston stand auf, um Heimerl zu verabschieden. Der Lokalreporter aber ignorierte die ausgestreckte Hand des Produzenten, und ließ sein Aufnahmegerät in seiner Tasche verschwinden.

»Sie arbeiten hauptberuflich in der Bank, nicht wahr?« Preston versuchte sich an Small Talk.

»Sie sind allem Anschein nach sehr gut informiert, Herr Preston.« Es klang wie ein Vorwurf. »Meine Mittagspause ist fast um. Ich muss jetzt noch das LKA wegen des Mordes an der Zugezogenen kontaktieren. Sie haben sicherlich bereits davon gehört?«

»Ich …«

»*Das* ist es nämlich, was die Menschen hier wirklich interessiert, Herr Preston! Ob sie sich hier noch sicher fühlen können. Bei all den zwielichtigen Gestalten von auswärts!«

»Wer ist der Verantwortliche hier?«

Eine donnernde Stimme hallte durch den Raum, und Heimerl fuhr herum. Preston sah, wie ein interessierter Ausdruck auf dem Gesicht des Reporters erschien, und er sein Aufnahmegerät wieder aus der Tasche hervorzog.

»Ich denke, das wäre dann wohl ich.« Der Produzent ging mit zaghaften Schritten auf den ihm unbekannten Herrn zu. Der verkniffene Gesichtsausdruck des Neuankömmlings verhieß nichts Gutes. »Ich bin der Produzent der Sendung. Jo Preston. Kann ich Ihnen irgendwie behilflich sein, Herr …?«

»Ich bin Pfarrer Schmalzengruber! Auch wenn ich von der Idee, ausgerechnet hier an unserem gottesfürchtigen Ort jugendliche Straftäter zu resozialisieren, keineswegs so begeistert bin wie unser Herr Bürgermeister, möchte ich Sie dennoch hier willkommen heißen. Als guter Christ lebe ich selbstverständlich nach der Devise: Richtet nicht, auf dass ihr nicht gerichtet werdet!«

In der gegenüberliegenden Ecke des Raumes stimmten Schreiber und seine Mitarbeiter unverhohlenes Gelächter an. Schmalzengruber musterte die Handwerker mit offenkundiger Missbilligung.

»Das freut mich sehr, zu hören, Herr Pfarrer. Geistlicher Beistand ist uns natürlich sehr willkommen. Wir …«

»Ich muss Ihnen leider aber auch mitteilen, dass ich diese verirrte Seele hier«, Schmalzengruber ließ ihn nicht ausreden und deutete auf einen breit grinsenden Alessandro, »auf frischer Tat ertappt habe. Er hat sich an der Friedhofsmauer mit mehreren Sprühdosen auf das Schändlichste vergangen! Die Abbildung eines ejakulierenden männlichen Genitals vor dem Hintergrund eines Hanfblatts hat an meiner Friedhofsmauer nichts verloren!« Er machte einen drohenden Schritt auf Preston zu.

»Ich frage Sie, Herr Preston: Was kommt als Nächstes? Etwa das Konterfei Martin Luthers auf meiner Kirchentür?« Schmalzengruber deutete einen anklagenden Finger auf den hämisch grinsenden Künstler, der sich im gleißenden Licht seiner Entrüstung sonnte. »Ich werde diesen Sittenverfall nicht dulden, und ich erwarte von Ihnen, dass Sie als Verantwortlicher diesen Frevel unverzüglich sühnen! Ich erinnere Sie außerdem daran, dass die Jugendlichen unter strikter Aufsicht zu stehen haben! Das hat unser Bürgermeister uns versichert.«

»Selbstverständlich, Herr Pfarrer«, kam Sozialpädagoge Angelsberger dem völlig überforderten Produzenten zu Hilfe.

Aus den Augenwinkeln heraus konnte Preston sehen, wie Heimerl die Szene mit Argusaugen verfolgte. Sein Magen rebellierte.

»Alessandro wird das unter Aufsicht wieder in Ordnung bringen«, versprach Angelsberger dem Pfarrer. »Ich bin mir sicher, es tut ihm sehr leid, und es wird selbstverständlich nie wieder vorkommen, Herr Pfarrer.«

»Es tut mir echt leid«, grinste Alessandro. »Aber ich soll doch jetzt die Himbeervinaigrette für den Feldsalat machen. Dann muss die Friedhofsmauer wohl warten.« Seine Stimme war ein aufmüpfiges Säuseln.

Seine schwarzen Haare fielen ihm wirr in die Stirn und verdeckten seine Augen, doch Preston konnte das aufmüpfige Blitzen in ihnen erahnen.

»Als ob er ihn noch nie in der Hand gehabt hätte«, murmelte der Junge vor sich hin, und Pfarrer Schmalzengruber erbleichte vor Zorn. Alessandro senkte seinen Kopf, und seine Schultern zuckten.

»Herr Rangler, wie wäre es, wenn Clayton mit Ihnen die Vinaigrette zubereitet?«, rief Angelsberger, ohne Alessandro aus den Augen zu lassen.

»Von mir aus.« Rangler zuckte mit den Schultern. »Solange er keinen vergiftet«, hörte Preston ihn murmeln.

»Dann holen wir beide uns jetzt ein wenig Farbe, und du bringst das in Ordnung, Alessandro. Ich kann Sie nur nochmals um Verzeihung bitten, Herr Pfarrer, und ich garantiere Ihnen, es wird nie wieder vorkommen«, beteuerte Angelsberger.

Schmalzengruber nickte verkniffen und verließ ohne ein Wort des Abschieds im Stechschritt die Gaststätte.

Preston starrte ihm fassungslos hinterher. Er fühlte sich mit einem Mal sehr müde. Seine Zuversicht schwand. Auf was hatte er sich da nur eingelassen? Und jetzt war es außerdem zu spät, das Ganze abzublasen. Ging das Projekt schief, musste er mit Sicherheit seinen Hut nehmen.

»Offensichtlich stehen die Jugendlichen doch nicht ganz so konsequent unter Aufsicht, Herr Preston«, bemerkte Heimerl spitz. »Und nun hat auch noch das Verbrechen erneut in unserer Gemeinde Einzug gehalten. Ich bin gespannt, was meine Leser davon halten.« Der Reporter blickte sich ein letztes Mal um und eilte nach draußen, während Preston das Gefühl beschlich, jeden Moment zu ersticken.

9.

»Herr Pfarrer, was machen Sie denn hier?« Hirschberg wäre am Eingang der Gaststätte beinahe mit dem Geistlichen zusammengestoßen. Schmalzengruber wirkte erzürnt, und Gelächter drang an Hirschbergs Ohr.

»Ich mache Ihre Arbeit, Herr Hauptkommissar«, erklärte er Hirschberg überheblich. »Wenn *Sie* sich dieser jugendlichen Straftäter schon nicht annehmen, dann muss ich das Gesetz eben selbst in die Hand nehmen!«

»Sie wissen aber hoffentlich, dass Selbstjustiz eine Straftat ist, Herr Pfarrer?« Hirschberg blickte ihn unterkühlt an. »Und nur wegen eines Kondoms werde ich auch niemanden einsperren. Aber das verstehen Sie als guter Christ sicherlich.«

»Ich habe eines dieser zwielichtigen Subjekte dabei erwischt, wie es meine Kirchenmauer mit Graffiti besprüht hat!«, schleuderte Schmalzengruber ihm zornig entgegen. »Das ist Sachbeschädigung! Ich habe lediglich darauf bestanden, dass das unsägliche Motiv wieder entfernt wird. Das ist mein gutes Recht! Und Sie täten gut daran, die Sorgen und Nöte der Einwohner ernster zu nehmen. Am Ende ist vielleicht noch einer der Jugendlichen für das schändliche Verbrechen verantwortlich, das Sie hoffentlich bald aufgeklärt haben werden! Ich würde es doch sehr begrüßen, wenn Sie dieses Mal ein wenig effizienter als im vergangenen Sommer arbeiten würden.«

»Bisher deutet rein gar nichts darauf hin, dass die Jugendlichen auch nur das Geringste mit der Tat zu tun haben«, erklärte Hirschberg ihm in betont gelassenem Tonfall, auch wenn die Selbstgerechtigkeit des Pfarrers ihm noch so unangenehm aufstieß.

»Wenn Sie das sagen, Herr Hauptkommissar.« Schmalzengruber schnaubte verächtlich, als Quirin Heimerl sich rasch an ihm vorbeidrängte. Einen Moment lang schien es so, als wolle der Reporter Hirschberg eine Frage stellen, doch nach einem Blick in Schmalzengrubers Gesicht eilte er davon.

»Aber ich warne Sie!«, fuhr der Pfarrer fort. »Wenn sich herausstellen sollte, dass einer der Jugendlichen für den Mord verantwortlich ist, werde ich mich an höchster Stelle über Sie beschweren!«

»Tun Sie das«, lächelte Hirschberg. »Es überrascht mich übrigens, dass der Mord an einer Protestantin, der sie nicht einmal ein paar letzte Worte mit auf den Weg geben wollten, Sie auf einmal so mitnimmt, Herr Pfarrer.«

»Wie sollte auch ein Mensch wie Sie *mich* – einen Mann Gottes – verstehen!« Schmalzengruber wandte sich indigniert ab. »Es hat ja keinen Sinn, mit einem christlichen Laien tiefschürfende theologische Fragen zu erörtern!«

»Dann werde ich Sie jetzt nicht länger aufhalten, Herr Pfarrer. Ich habe zu arbeiten.«

»Dem Pfaffen haben Sie es jetzt aber richtig gegeben, Herr Hauptkommissar.« Schreiber streckte grinsend seinen Kopf zur Tür heraus. Er schien hinter der Tür gelauscht zu haben, vermutete Hirschberg und beobachtete, wie er seine Zigarettenschachtel hervorzog. »Zigarettenpause.« Er grinste und trat ins Freie.

»Herr Schreiber, ich bin hier, um mit Ihnen zu sprechen.« Hirschberg folgte ihm und wich dem Rauch seiner Zigarette aus. »Ich muss nämlich leider auch Ihnen bezüglich Frau Piero-Schuster ein paar Fragen stellen.«

»Dann fragen Sie«, forderte Schreiber den Hauptkommissar auf und verschränkte die Arme vor der Brust. »Ich habe nichts zu verbergen!« Wie immer bemühte er sich, mit Hirschberg Hochdeutsch zu sprechen.

»Sie und Frau Piero-Schuster hatten einen Streit, Herr Schreiber. Soweit ich weiß, hat sie gedroht, Sie nicht zu bezahlen«, begann Hirschberg und ließ ihn nicht aus den Augen. »Es gibt Zeugen und sogar Videos von einer heftigen Auseinandersetzung deswegen zwischen ihr und Ihrer Frau gestern Abend. Daher muss ich Sie jetzt fragen, wo Sie gestern Nacht zwischen dreiundzwanzig Uhr und ein Uhr morgens waren.«

»Ich war gestern Abend bei Gastwirt Brandl am Stammtisch. So um halb zwölf bin ich dann wohl nach Hause. Ich habe leider nicht auf die Uhr gesehen, aber ich meine, die Kirchturmglocke gehört zu haben. Meine Frau und Herr Brandl werden Ihnen das sicher gerne bestätigen«, antwortete Schreiber, und ein harter Ausdruck erschien in seinen Augen.

Der Hauptkommissar seufzte innerlich. Er war sich sicher, dass Schreiber ihm nicht ganz die Wahrheit sagte oder zumindest etwas vor ihm verbarg.

»Ich werde das überprüfen, Herr Schreiber. Und mit Ihrer Frau muss ich leider ebenfalls sprechen.« Seine Stimme klang bedauernd, aber fest.

»Tun Sie, was Sie tun müssen, Herr Hauptkommissar. Aber i ko Eana sagn, mei Frau und i ham nix zu verbergen!« Schreiber wich seinem Blick aus. Der plötzliche bayerische Akzent verriet Schreibers Nervosität. Er zog ein letztes Mal lang an seiner Zigarette, bevor er den glühenden Stummel auf den Boden schnippte und ihm mit einem heftigen Tritt den Garaus machte. »Aber dem

Miststück weint doch eh koana a Träne nach! Die hat's doch herausgfordert!«

»Miststück hin oder her, Herr Schreiber.« Hirschberg ließ ihn nicht aus den Augen. »Ich muss ermitteln. Mord bleibt immer noch Mord.«

»Scho recht. I muss wieder an die Arbeit.«

In der Befürchtung, dieses Mal auf eine noch unbezwingbarere Mauer des Schweigens zu stoßen als im vergangenen Sommer, verabschiedete sich Hirschberg von dem sichtlich aufgewühlten Bauleiter. Er fischte sein vibrierendes Smartphone aus seiner Jackentasche.

»Hansen?«

»Hallo, Chef.« Die Kommissarin nieste. »Die Technik ist gerade dabei, die Telefon- und Handydaten des Opfers auszuwerten«, hörte er seine junge Kollegin schniefen. »Sie sind die Liste noch nicht ganz durch, aber eine interessante Nummer ist bereits aufgetaucht. In den letzten zwei Wochen ist unser Opfer mehrmals von dieser Nummer aus angerufen worden. Gestern Nachmittag dann hat Renate Piero-Schuster ein Telefonat mit dieser Nummer geführt, das stolze siebzehn Minuten gedauert hat. Davor waren es immer nur so vier bis sechs Minuten.«

»Das klingt tatsächlich interessant. Finden Sie schnellstens heraus, wem die Nummer gehört. Wir sollten uns dringend mit dem Anrufer unterhalten.«

»Ich bitte Sie, Chef. Das habe ich doch bereits.« Hirschberg hörte das Grinsen in ihrer belegten Stimme. »Es handelt sich um eine gewisse Dr. Annika Blasius. Sie wohnt in Berlin.«

»Dann scheidet sie als Mörderin wohl aus«, seufzte Hirschberg. »Wenn Sie zur Tatzeit in Berlin …«

»Aber das war sie nicht«, fiel Hansen ihm ins Wort. »Zumindest ihr Handy war zur Tatzeit in Krindelsdorf, und ich habe herausgefunden, dass Frau Dr. Blasius in einem Hotel in München abgestiegen ist. Ich habe dort zur Sicherheit eine Nachricht für sie hinterlassen und ihr auf die Mailbox gesprochen.«

»Gute Arbeit, Frau Kollegin«, lobte Hirschberg. »Dann hoffe ich doch sehr, dass Sie bald zu uns ins Büro kommt. Ich mache mich auf den Weg.«

»Alles klar, Chef! Aber Sie sollten davor noch mit Bruno Schuster sprechen«, meinte sie. »Die Kollegen sind jetzt endlich mit ihm in Krindelsdorf und warten vor Frau Piero-Schusters Haus auf Sie. Sein Freund, Moritz Höppner, behauptet übrigens, dass Bruno seit gestern Nachmittag bei ihm war und eben auch bei ihm übernachtet hat. Er meinte wohl zu der Kollegin, Bruno würde seine Alte nicht ertragen.«

Bruno Schuster blickte Hauptkommissar Hirschberg aus kleinen, roten Augen an. Der Sohn ihres Opfers hatte offenbar mehr als nur Kaffee und Toast an diesem Tag gefrühstückt. Aber auch die größte Menge Cannabis würde den Jungen nicht über den Verlust seiner Mutter hinwegtrösten, fürchtete Hirschberg.

Bruno Schuster war verstörend schweigsam. Er fragte noch nicht einmal, was genau mit seiner Mutter geschehen war.

»Ihr Verlust tut mir sehr leid, Bruno.« Hirschberg entfernte das polizeiliche Siegel an der Haustür.

Beim Anblick des Blutflecks in der Diele blieb der Junge einige Sekunden lang reglos stehen. Seine Hände verkrampften sich zu Fäusten.

Als er Hirschberg ins Wohnzimmer folgte, fiel sein Blick auf den Champagnerkühler und die heruntergebrannten Kerzen. Stumme Zeugen eines Rendezvous mit tödlichem Ausgang. Zorn schlich sich in Brunos Züge.

»Bruno, ich weiß sehr gut, dass das jetzt nicht einfach für Sie ist. Aber ich muss Ihnen dennoch ein paar Fragen stellen. Hatte Ihre Mutter Ihres Wissens nach irgendwelche Feinde?«

»Meinen Sie hier oder in München?« Brunos Stimme klang desillusioniert, doch er blickte ihm herausfordernd in die Augen. »Verarschen Sie mich nicht, Herr Hauptkommissar. Sie wissen doch ganz genau, dass meine Mutter mit der ganzen Welt Krieg geführt hat. Sogar mit Ihrer Frau. Das müssen Sie ganz sicher mitbekommen haben. Finden Sie meine Haare eigentlich auch zu lang?«, wechselte er abrupt das Thema. »Meine Mutter ist ausgeflippt, wenn sie ihrer Meinung nach nur einen Millimeter zu lang waren. Jetzt kann ich mir einen Pferdeschwanz wachsen lassen, wenn ich möchte. Gibt mir das jetzt ein Mordmotiv? Weil sie mir jetzt keine Vorschriften mehr machen kann?«

»Ihre Mutter war allem Anschein nach kein einfacher Mensch«, entgegnete er sanft.

Ein spöttischer Ausdruck erschien in Brunos Augen, und er verzog seinen Mund zu einem humorlosen Grinsen.

»Und ja, Sie haben recht.« Hirschberg wollte dem Jungen gegenüber nicht unaufrichtig sein. »Ich weiß, dass Ihre Mutter mit vielen Menschen – auch mit meiner Frau – Streit hatte. Aber zu Konflikten gehören immer mehrere Seiten.«

»Nicht in ihrem Fall. Sie gehen doch auch davon aus, dass nicht Ihre Frau diejenige ist, die sich falsch verhalten hat, nicht wahr?«

Hirschberg schwieg und wartete darauf, dass er fortfuhr.

»Sie hat immer und mit jedem Streit angefangen. Als sie Massimo vor vier Jahren angeschleppt hat, war mir schon klar, dass das nicht lange gut gehen kann. Wissen Sie, Herr Hauptkommissar, er hat sie nur geheiratet, weil er an das Geld seines Onkels kommen wollte. Der hat von ihm verlangt, dass er heiratet und glücklich wird.« Die Verbitterung war dem Jungen anzuhören. »Es war wohl eine Klausel in seinem Testament. Woher ich das weiß?«, Bruno grinste humorlos. »Ich habe ein Gespräch zwischen Massimo und seinem Anwalt belauscht. Aber hätte ich meiner Mutter davon erzählt, hätte sie mir niemals geglaubt. Also habe ich meinen Mund gehalten.«

»Das Verhältnis zwischen Ihrer Mutter und Ihrem Stiefvater war demnach nicht besonders harmonisch?«

»Es war eine Katastrophe. Sie hat auch mit ihm immer Streit gesucht«, entgegnete Bruno nach einer Weile und kaute gedankenverloren auf seiner Unterlippe. »Manchmal hatte ich fast das Gefühl, dass sie ohne Zoff nicht leben konnte.«

»Gab es jemanden, der vielleicht ganz besonders wütend auf Ihre Mutter war? Fällt Ihnen irgendjemand ein?«

»Nicht dass ich wüsste. Außer vielleicht ich.«

»Wie darf ich das verstehen, Bruno?« Hirschberg musterte ihn aufmerksam.

»Meine Mutter hat mir nie gesagt, wer mein Vater ist«, entgegnete er, und Hirschberg konnte sehen, wie hoffnungslose Verbitterung den Jungen zu übermannen drohte. »Sie wird dieses Geheimnis also mit ins Grab nehmen. Können Sie sich vorstellen, wie das ist, wenn man nicht einmal genau weiß, wer man ist? Von wem man eigentlich abstammt?« Er erwartete keine Antwort. »Einmal hat sie tatsächlich gesagt, dass ich schließlich nicht alles wissen müsse. Dass es Dinge gibt, die mich nichts angehen. Die Identität meines Vaters geht mich also nichts an.« Er lachte verächtlich, bevor seine Stirn sich in sorgenvolle Falten legte. »Gestern Nachmittag dann, bevor ich zu Mo nach München gefahren bin, hat sie gemeint, dass ich mir ab jetzt über nichts mehr Sorgen machen müsste. Dass sich jetzt alles für uns ändern würde, ganz besonders für mich.« Bruno blickte ihn an. »Eines kann ich Ihnen sagen, Herr Hauptkommissar. Immer, wenn meine Mutter so etwas gesagt hat, hat das nie etwas Gutes bedeutet.«

»Sie waren also seit gestern Nachmittag bei Moritz Höppner?«

»Ja, ich musste hier raus. Das hat er Ihren Kollegen, die mich abgeholt haben, auch schon gesagt. Mos Eltern waren nicht zu Hause. Sie sind ein paar Tage in irgendeinem Wellnesshotel, und da hat es sich angeboten, dass ich bei ihm penne. Dieses Dorf hier kotzt mich an!«

»Hatten Sie Streit mit Ihrer Mutter, bevor Sie gestern das Haus verlassen haben?«

Die Aussage seines Freundes war nicht viel wert, schoss es Hirschberg durch den Kopf. Die beiden Jungen waren allein zu Hause. Vermutlich würde Moritz Höppner alles sagen, um seinen Freund zu schützen.

Doch war der verstörte junge Mann vor ihm tatsächlich so weit gegangen, seine eigene Mutter zu erschlagen? Immerhin würde er ohne sie niemals erfahren, wer sein Vater war, überlegte der Hauptkommissar.

»Was denken Sie denn? Sie hat mich in den Wahnsinn getrieben mit ihrer Art! Hat jeden gegen sich aufgebracht. Ich war immer nur der Sohn von der Verrückten. Sie hatte einen krassen Streit mit diesem Schreiber, weil sie ihn nicht bezahlen wollte, und wegen irgendeiner alten Geschichte, die keinen mehr interessiert außer sie. Und mich belügt sie schon ihr ganzes Leben, und ...« Es läutete, und er verstummte.

Hirschberg horchte auf. Von welcher alten Geschichte mit Schreiber sprach Bruno da bloß?

»Herr Hauptkommissar?«

Eine ihm unbekannte brünette Frau mittleren Alters streckte ihm ihre Hand entgegen und blickte zu ihm auf. In ihren flachen Winterstiefeln und dem lilafarbenen Mantel wirkte sie noch untersetzter, als sie es ohnehin schon war. Ihre weißen Wollhandschuhe schienen selbst gestrickt. Darin war der Name »Angela« ebenfalls mit lilafarbener Wolle eingearbeitet. In den Augen der ihm Unbekannten lag ein bedauernder Ausdruck, als sie auch Bruno kurz darauf die Hand schüttelte.

»Ich bin Angela Brunner vom Jugendamt. Ihr Verlust tut mir sehr leid, Bruno.«

Bruno erstarrte. Das Jugendamt würde ab jetzt über sein Leben bestimmen.

»Ihre Kollegin Frau Hansen meinte, ich könne Sie beide hier finden«, erklärte Angela Brunner an Hirschberg gewandt, bevor sie ihre beiden Begleiter vorstellte. »Das hier sind übrigens Herr Angelsberger und Herr Preston. Ich habe inzwischen mit einigen Einrichtungen telefoniert, aber es wird noch eine Weile dauern, bis wir einen festen Platz für Sie gefunden haben, Bruno.« Die Mitarbeiterin des Jugendamts lächelte, während sich Brunos Miene immer mehr versteinerte. »Ich kann mir sehr gut vorstellen, dass Sie lieber hier in Ihrem Zuhause bleiben würden, aber da Sie noch minderjährig sind, geht das leider nicht. Zumal das Haus ja auch ein Tatort ist, nicht wahr?« Sie blickte Hirschberg um Unterstützung heischend an.

»Ich gehe in kein Heim.« Bruno verschränkte entschlossen die Arme vor der Brust. Trotz der Kälte trug er nur ein T-Shirt, und Gänsehaut hatte sich auf seinen nackten Unterarmen gebildet. »Vielleicht kann ich ja bei meinem Kumpel Moritz bleiben, falls seine Eltern …«

»Wir werden sehen.« Angela Brunners Stimme klang zaghaft. »Wir hätten aber eine Übergangslösung, die Ihnen vielleicht zusagen könnte.«

»Deswegen bin ich hier, Bruno.« Angelsberger lächelte und kam seiner Kollegin zu Hilfe. »Ich bin Stefan. Frau Brunner und ich kennen uns schon eine ganze Weile.« Er streckte dem Jungen seine Hand entgegen.

Der muskulöse Hüne konnte dem hochgewachsenen Hirschberg auf Augenhöhe begegnen, während er Bruno um einen guten Kopf überragte. Er entsprach nicht dem stereotypen Bild eines Sozialpädagogen, stellte der Hauptkommissar wohlwollend fest. Angelsbergers imposante Statur erleichterte sicherlich seine Arbeit mit aggressiven und schwierigen Halbwüchsigen. Zudem erinnerte er Hirschberg an einen kalifornischen Surfer, der es selbst mit der höchsten Welle aufnehmen konnte.

»Du hast ja sicher mitbekommen, dass wir hier mit einigen Jugendlichen dieses Projekt zusammen mit Herrn Rangler durchführen. Herr Preston«, er deutete auf den Produzenten der Sendung, »und ich haben Frau Brunner daher den Vorschlag gemacht, dass du doch auch in einem gewissen Rahmen an dem Projekt teilnehmen könntest, wenn du Lust hast. Herr Brandl hätte auch noch ein Zimmer für dich. Dann könntest du zumindest vorerst hierbleiben, bis Frau Brunner eine Lösung für dich gefunden hat, mit der du einverstanden bist. Was meinst du?«

»Ich hätte nichts dagegen einzuwenden«, lächelte die

Mitarbeiterin des Jugendamts, bevor Bruno antworten konnte.

»Das ist vielleicht eine ganz gute Übergangslösung, Bruno«, stimmte Hirschberg dem Plan innerlich zähneknirschend zu. Auf diese Weise war der Junge wenigstens in der Nähe, und er konnte ihn ein wenig im Auge behalten, überlegte er. »Sie können auf gar keinen Fall hierbleiben. Ich muss den Tatort jetzt auch wieder versiegeln. Wie wäre es denn, wenn Sie ein paar Sachen zusammenpacken würden?«

»Du musst natürlich auch nicht vor die Kamera«, versicherte ihm der Sozialpädagoge mit einem Blick auf den Hauptkommissar. »Aber du wärst zumindest nicht allein, und vielleicht hast du ja Lust, Herrn Schreiber ein wenig zur Hand zu gehen.«

»Oder auch mit Herrn Rangler etwas zu kochen«, schlug Preston mit einem geschäftsmäßigen Lächeln vor. »Auch er würde dich gerne in unserer Mitte begrüßen, Bruno.«

Der Junge wandte sich seufzend ab. »Ich hole meine Sachen.«

10.

»Wie lief es mit Bruno?«

Kommissarin Hansen nieste und griff nach einer Packung Taschentücher. Der Papierkorb neben ihrem Schreibtisch quoll über mit zerknüllten Schnäuztüchern.

Hirschberg bedachte sie mit einem mitfühlenden Blick, als er seine Winterjacke über die Lehne seines Schreibtischstuhls hängte und sich setzte. Bei diesen Temperaturen griffen Erkältungen wild um sich.

»Gesundheit, Frau Kollegin«, lächelte er, bevor er ihre Frage beantwortete. »Ich kann den Jungen ehrlich gesagt nicht so richtig einschätzen. Er wirkt zornig und desillusioniert, was seine Mutter angeht. Haben Sie mittlerweile einen Psychologen organisiert?«, fragte er hoffnungsvoll und zog seine Augenbrauen vielsagend nach oben. »Ich glaube, der Junge müsste längst in Therapie sein.«

»Unsere Polizeipsychologin hat mir einen Kinder- und Jugendpsychiater empfohlen«, schniefte Louisa. »Als ich ihr die Situation erklärt habe, meinte sie, sie würde mit einem Dr. Stollberg Kontakt aufnehmen. Sie kenne ihn noch aus dem Studium. Wegen des schwierigen Verhältnisses zu seiner Mutter wäre es wohl besser, wenn ein Mann mit ihm spricht. Er hat mich auch vorhin zurückgerufen, dass er zwar bis über beide Ohren in Terminen stecke, aber er werde zusehen, dass er sich morgen oder übermorgen Zeit nimmt. Immerhin sei es ja ein Notfall.«

»Das wäre gut. Brunos emotionale Verfassung macht mir nämlich echt Sorgen. Ich glaube zwar durchaus, dass ihm der Tod seiner Mutter nahegeht, aber er scheint auch irgendwie erleichtert, sie los zu sein. Er hatte wohl ein paar Stunden vor ihrer Ermordung auch noch Streit mit ihr. Und dass er sich jetzt nicht mehr mit ihr versöhnen konnte, wird ihn irgendwann sicher einholen.« Hirschberg warf seiner Kollegin einen bedeutungsvollen Blick zu. »Sie hat ihrem Sohn nie gesagt, wer sein Vater ist. Dass er ihr das sehr übelgenommen hat, ist nur verständlich. Außerdem hat er davon gesprochen, dass sie ihn regelrecht drangsaliert hat. Das Verhältnis von Mutter und Sohn war ganz sicher nicht unproblematisch.«

»Glauben Sie, Bruno hat etwas mit der Ermordung seiner Mutter zu tun?«

»Ich weiß es nicht.« Hirschberg schüttelte nachdenklich den Kopf. »Ich würde gern sagen, dass ich es nicht für möglich halte, aber er wirkt so verbittert und zornig. Und seine Mutter hat ihm das Leben ganz schön schwergemacht.«

»Das heißt also, wir müssen den Sohn zur Liste der Verdächtigen hinzufügen«, meinte seine Kollegin nüchtern.

»Sieht ganz danach aus. Andererseits besteht für ihn jetzt, da seine Mutter tot ist, keine Möglichkeit mehr, herauszufinden, wer sein Vater ist. Und daran scheint ihm einiges zu liegen. Er möchte wissen, wo er herkommt, und wer er ist.«

»Er muss sich schrecklich entwurzelt fühlen.« Hansen schüttelte traurig den Kopf. »Ach, bevor ich es vergesse: Ein gewisser Quirin Heimerl vom *Krindelsdorfer Boten* hat in der Pressestelle angerufen. Er hätte gern eine Stellungnahme von Ihnen wegen des Mordes. Und Krämer hat sich vorhin auch bei mir gemeldet, um sich nach dem Stand der Ermittlungen zu erkundigen. Bürgermeister Seitlbach hat sich, wie wir erwartet haben, bereits mit ihm in Verbindung gesetzt. Der zukünftige Herr Landrat besteht natürlich darauf, dass Sie die Ermittlungen leiten. Krämer möchte Sie daher gern morgen früh für eine kurze Unterredung in seinem Büro sehen. Er fürchtet, dass die Medien nicht lange auf sich warten lassen werden. Immerhin ist das Fernsehen ja schon vor Ort.«

»Ich gehe auch davon aus, dass wir schon bald wieder von Kameras und Mikrofonen belagert werden. Und dieser Heimerl war heute auch in der Gaststätte. Hätte Pfarrer Schmalzengruber mir nicht gerade wortgewaltig meine Pflichtvergessenheit vorgeworfen, hätte er mich vermutlich mit Fragen gelöchert.« Hirschberg seufzte und kniff die Augen zusammen. »Haben Sie wenigstens etwas von dieser Dr. Blasius gehört?«

Er blickte zur Tür, als es wie auf Knopfdruck klopfte.

»Das sollte sie wohl sein«, grinste Hansen und hustete. »Wie bestellt.«

»Es tut mir sehr leid, dass ich mich verspätet habe, aber ich bin aufgehalten worden.«

Dr. Annika Blasius schüttelte lächelnd die ausgestreckten Hände der beiden Ermittler, und Hirschberg musterte sie aufmerksam. In ihren rehbraunen Augen lag ein neugieriger Ausdruck. Sie erwiderte seinen Blick mit schuldloser Offenheit und dankte Louisa Hansen lächelnd, als die Kommissarin ein Glas Wasser vor sie auf den Tisch stellte. Annika Blasius' Wangen waren gerötet von den eisigen Außentemperaturen, und ihre dunkelbraunen Haare fielen ihr in sanften Wellen über die Schulter.

»Was kann ich für Sie beide tun?«, erkundigte sie sich und griff nach dem Glas.

Hirschberg wechselte einen raschen Blick mit seiner Kollegin, bevor er antwortete. Dr. Annika Blasius erweckte auf den ersten Blick nicht den Anschein, eine eiskalte Mörderin zu sein.

»Frau Dr. Blasius, wir müssen Ihnen ein paar Fragen zu Ihrem Verhältnis zu Frau Piero-Schuster stellen. Sie ist nämlich letzte Nacht ermordet worden. Wir sind gerade dabei, Frau Piero-Schusters Telefondaten auszuwerten. Dabei sind wir unter anderem auf Ihre Nummer gestoßen. Wie es aussieht, haben Sie in den letzten Tagen des Öfteren mit ihr telefoniert. Stimmt das?«

»Das ist richtig. Wir haben ein paarmal miteinander telefoniert. Ich habe mehrmals versucht, vernünftig mit ihr zu sprechen.« Sie schüttelte fassungslos den Kopf. »Ich konnte es kaum glauben, dass sie tot ist, als ich Ihre Nachricht auf meiner Mailbox gehört habe. Sie war zwar ganz offensichtlich schwierig, aber …«

»Hatten Sie Streit mit Frau Piero-Schuster?« Hansens Stimme war ein sanftes Krächzen.

»Ich würde es nicht unbedingt Streit nennen.« Annika Blasius öffnete den Reißverschluss ihrer Winterjacke. »Ich habe vielmehr versucht, mit Frau Piero-Schuster zu verhandeln.«

»Und worum ging es bei Ihren Verhandlungen?« Hirschberg beugte sich interessiert nach vorne.

»Ich wollte ihr Haus kaufen«, lächelte sie und entblößte eine Reihe weißer gerader Zähne. »Eigentlich will ich das noch immer. Auch wenn es in der momentanen Situation pietätlos klingt.«

»Sie wollen in Krindelsdorf sesshaft werden und auch noch ausgerechnet in dieses Spukhaus ziehen?«, entfuhr es Hansen mit einem hämischen Lachen, bevor sie sich mit einem Blick auf Hirschberg räusperte und betreten zu Boden sah. Der Hauptkommissar warf ihr einen ungeduldigen Blick zu und verschränkte die Arme vor der Brust.

»Nicht unbedingt sesshaft, Frau Kommissar.« Ihre Mundwinkel zuckten amüsiert. Der stumme Austausch der beiden Beamten war ihr offensichtlich nicht entgangen. »Sagt Ihnen der Name Glöckner etwas?«

»Wenn Sie auf den Arzt Alfred Glöckner anspielen, der seine Familie in dem Haus ermordet haben soll, dann ja«, nickte Hirschberg.

»Um genau den geht es, Herr Hauptkommissar. Und die Betonung liegt auf »ermordet haben soll«. Sehen Sie, Emilia Glöckner, seine Tochter, hat nie geglaubt, dass ihr Vater ein Mörder war. Tatsächlich gibt es persönliche Aufzeichnungen von ihr, in denen sie ihn immer wieder als liebevollen Menschen beschreibt, der keiner Fliege etwas zuleide tun konnte. Er war ihren Aufzeichnungen nach auch kein cholerischer Alkoholiker, wie manche böse Zungen damals behauptet haben. Diese Tragödie, wenn man es so nennen möchte, hat Emilias ganzes Leben überschattet.«

»Frau Dr. Blasius«, Hirschberg warf ihr einen verwirrten Blick zu. »Die Geschichte der Glöckners und dieses Verbrechens sind bestimmt sehr interessant, aber warum wollten Sie das Haus denn unbedingt kaufen? Und aus welchem Grund waren Sie zum Zeitpunkt von Frau Piero-Schusters Ermordung in Krindelsdorf?«

»Okay.« Sie lachte und hob beschwichtigend die Hände. »Eines nach dem anderen. Zunächst einmal müssen Sie wissen, dass Emilia Glöckner meine Großmutter ist oder vielmehr war. Sie ist vor zwölf Jahren gestorben«, erklärte sie den beiden und nahm einen Schluck Wasser.

Hirschberg und Hansen wechselten einen erstaunten Blick.

»Meine Familie ist leider hoffnungslos zerstritten. Aber das kommt selbst in den besten Kreisen vor, habe ich mir sagen lassen. Einer der Streitpunkte war immer dieses Haus in Krindelsdorf.« Annika Blasius blickte sie vielsagend an. »Emilia hatte zwei Kinder, meine Mutter und meinen Onkel Alfred. Er wurde nach seinem Großvater benannt. Nach dem Tod meiner Großmutter ging das Haus dann an ihn, er war ja schließlich der ältere. Es kam zu einem wirklich üblen Erbschaftskrieg zwischen ihm und meiner Mutter. Sie liebt nämlich das bayerische Land und hätte dort gern ein Standbein. Die beiden konnten sich aber nicht einigen, und haben daraufhin kaum noch miteinander gesprochen. Nach Onkel Alfreds Tod vor gut zwei Jahren hat dann mein Cousin David das Haus geerbt. Meine Mutter und ich haben natürlich versucht, mit ihm ins Gespräch zu kommen, um es ihm abzukaufen. Sein Vater muss ihn aber so sehr gegen uns aufgehetzt haben, dass er nichts mit uns zu tun haben wollte.« Sie verdrehte die Augen. »Er hat uns nicht einmal angehört. Als wir erfahren haben, dass er es anderweitig verkauft hat, waren meine Mutter und ich zugegeben sehr frustriert. Aus diesem Grund wollte ich jetzt mit Frau Piero-Schuster ins Geschäft kommen.«

»War sie denn an einem Verkauf interessiert?«, wollte Hansen wissen.

»Sie war ein raffgieriges Miststück.« Annika Blasius lehnte sich zurück und verschränkte die Arme vor der Brust. »Mir ist schnell klargeworden, dass sie eigentlich gar nicht in Krindelsdorf leben wollte. Sie meinte, sie habe nicht gewusst, auf was sie sich eingelassen habe. Dass es ein Fehler gewesen sei, in dieses – sie nannte es – ›Kuhdorf‹ zu ziehen. Daher hatte ich auch die Hoffnung, es wäre leicht, ihr das Haus abzukaufen. Als sie aber gemerkt hat, wie sehr ich das Haus möchte, hat sie einen immer höheren Preis gefordert.«

»Aber sie hat es in Betracht gezogen, an Sie zu verkaufen?«, hakte Hirschberg nach.

»Allem Anschein nach«, nickte Annika. »Sie meinte, sie und ihr Sohn würden bald wieder standesgemäßer wohnen. Dass sie Krindelsdorf ein für alle Mal hinter sich lassen könnten. Außer Mord und Totschlag hätte es schließlich nichts zu bieten. Ich müsse das ja am besten wissen, meinte sie zu mir.«

»Haben Sie eine Ahnung, wie sie das gemeint hat, dass sie bald wieder standesgemäßer wohnen würden?«, hörte Hirschberg seine Kollegin fragen.

»Ich habe nicht weiter nachgefragt«, bedauerte Annika. »Für mich war das nicht von Bedeutung. Mich hat nur das Haus interessiert. Außerdem dachte ich, dass mich ihre Privatangelegenheiten nichts angehen.«

»Warum möchten Sie das Haus denn so sehr?« Annika Blasius weckte Hirschbergs Neugier.

»Ich bin Historikerin, Herr Hauptkommissar. Und die Geschichte meiner Familie interessiert mich daher natürlich ganz besonders. Erst recht, wenn man bedenkt, wie blutig sie doch ist.« Sie blickte ihm in die Augen. »Meine Großmutter hat ihr Leben lang darauf beharrt, dass ihr Vater kein Mörder war. Ich habe viele Aufzeichnungen, Briefe und Tagebücher von ihr selbst und ihrer Mutter auf dem Dachboden ihres Hauses in Berlin gefunden und habe sie mir, wenn Sie so wollen, unter den Nagel gerissen. Ich möchte sie jetzt nach und nach sichten. Auch würde ich gern ins Staatsarchiv gehen und die alten Polizeiakten einsehen. Ich habe die Auskunft bekommen, dass noch Dokumente existieren«, erklärte sie den beiden lächelnd. »Ich möchte versuchen, herauszufinden, was damals passiert ist. Auch wenn es schwer ist und sich dabei herausstellen sollte, dass Alfred Glöckner tatsächlich seine Familie auf dem Gewissen hat.«

»Frau Dr. Blasius, ich muss Sie das jetzt leider fragen. Sie waren, wie wir wissen, gestern zum Zeitpunkt von Frau Piero-Schusters Ermordung in Krindelsdorf. Können Sie mir sagen, was Sie dort gemacht haben? Haben Sie sich vielleicht mit ihr getroffen?«, wollte Hirschberg wissen, als nach kurzem Klopfen die Tür von außen geöffnet wurde.

»Annika war über Nacht bei uns. Sie hat Frau Piero-Schuster ganz bestimmt nicht auf dem Gewissen.«

11.

Rosina Baumann gähnte und schenkte Hirschberg ein dankbares Lächeln. Seine Überraschung war groß gewesen, als sie in seinem Büro aufgetaucht war, um Annika Blasius ein Alibi zu geben. Rosina und Lars hatten Annika am Abend des Mordes zum Essen eingeladen. Die Nacht hatte sie in deren Gästezimmer verbracht.

Die Historikerin war nach ihrer Aussage sichtlich erleichtert gewesen, nicht mit dem Zug über verschneite Schienen nach Hause kriechen zu müssen. Aufgrund des anhaltenden Schneefalls war sie an diesem Morgen nicht wie sonst mit dem Auto nach München gefahren, hatte sie Hirschberg erklärt. Die Räumfahrzeuge taten zwar ihr Möglichstes, doch den Schneemassen war kaum Herr zu werden. Auch er selbst setzte sich in diesen Tagen ungern hinter das Steuer seines Wagens.

»Herr Hauptkommissar!«

Hirschberg stieg aus seinem Wagen und wandte sich fragend um. Er signalisierte Rosina, schon voraus ins Haus zu gehen.

Quirin Heimerl kam mit vorsichtigen, aber entschlossenen Schritten auf der vereisten Einfahrt auf sie zu. Rosina verdrehte die Augen.

»Was kann ich für Sie tun, Herr Heimerl?« Hirschberg ergab sich in sein Schicksal.

»Das müssten Sie sich doch eigentlich denken können«, fauchte der Lokalreporter mit anklagendem Unterton, während Rosina nach einem kurzen »Hallo« in Richtung Haustür verschwand.

»Kommen Sie schnell herein, Rosina!« Isobel Burtons überschwängliche Stimme drang zu ihnen herüber. »Die Temperaturen in diesen Breitengraden sind wirklich pervers! Im Sommer ist es viel zu heiß, und im Winter wirklich mörderisch kalt. Gott, wie treffend das doch angesichts der jüngsten Vorkommnisse ist!« Sie lachte schallend. »Aber unter diesen unberechenbaren klimatischen Umständen ist es ja kein Wunder, dass die Leute alle durchdrehen und sich gegenseitig meucheln! Möchten Sie auch einen Kir Royal, meine Liebe? Ich sage immer, es geht nichts über einen Aperitif vor einem guten Essen! Sie bleiben doch hoffentlich, oder? Wir haben uns schließlich so lange nicht gesehen! Als wir gestern ankamen, mussten Sie ja gleich los!« Die Tür fiel hinter den beiden ins Schloss.

»Ich fürchte, ich werde Ihnen nicht helfen können, Herr Heimerl.« Hirschberg wünschte sich ebenfalls einen Drink. Er blickte den Lokalreporter aufmerksam an. Im sanften Licht der Außenbeleuchtung seines Hauses wirkte Heimerls Gesicht fast ungesund hager.

»Hier ist ein abscheuliches Verbrechen geschehen, Herr Hauptkommissar. Ein Mensch ist in unserer Mitte ermordet worden. Darf ich davon ausgehen, dass Sie bereits auf Hochtouren ermitteln?« Sein Atem bildete Wölkchen vor seinem Mund, und Hirschberg fröstelte. Seine Finger und Zehen wurden allmählich taub. »Sie verstehen sicher, dass meine Leser, also die auf ihre Sicherheit bedachten Einwohner hier, es brennend interessiert, was …«

»Herr Heimerl.« Hirschberg bremste seinen Wortschwall. »Zum jetzigen Zeitpunkt stehen wir noch ganz am Anfang unserer Ermittlungen. Ich kann Ihnen also noch rein gar nichts sagen. Außerdem spreche ich grundsätzlich nicht mit den Medien über laufende Ermittlungen. Das hat Ihnen unsere Pressestelle, die Sie heute bereits kontaktiert haben, wie man mir berichtet hat, bestimmt auch schon erklärt, nicht wahr?«

»Ihre Pressestelle gibt sich sehr bedeckt, Herr Hauptkommissar.« Heimerl presste seine Lippen aufeinander, und seine Augen verengten sich zu schmalen Schlitzen. »Sie können aber nicht verleugnen, dass die Bevölkerung ein Recht darauf hat, von den Behörden über potenzielle Gefahren informiert zu werden, und …«

»Es besteht bisher kein Grund zu der Annahme, dass andere Einwohner sich in Gefahr befinden, Herr Heimerl. Wäre dem so, würden wir uns selbstverständlich an die Öffentlichkeit wenden.«

»Ein kaltblütiger Mörder läuft frei herum, Herr Hauptkommissar!«, rief der Lokalreporter. »Und Sie wollen mir allen Ernstes sagen, dass keine Gefahr für die Öffentlichkeit besteht? Wenn hier willkürlich Menschen umgebracht werden, geht das die Einwohner sehr wohl etwas an!«

»Wie kommen Sie darauf, dass es ein willkürlicher Mord war, Herr Heimerl?« Hirschberg ließ ihn nicht aus den Augen.

»Was soll es denn sonst gewesen sein? Vermutlich wollte jemand einbrechen, und …«

»Genau das möchte ich herausfinden. Und sobald wir über relevante Erkenntnisse verfügen, werden wir die Medien und die Öffentlichkeit informieren«, versprach Hirschberg. »Aber ich werde mit Ihnen nicht über laufende Ermittlungen sprechen. Sie werden sich wie Ihre Kollegen gedulden müssen.«

»Haben Sie auch schon die Möglichkeit in Betracht gezogen, dass diese Jugendlichen etwas mit dem Mord zu tun haben könnten? Immerhin sind sie alle bereits straffällig geworden. Solche Halbstarken sind doch zu allem fähig!«

»Dafür gibt es keinerlei Anhaltspunkte, Herr Heimerl. Mir ist außerdem nicht bekannt, dass einer von ihnen ein Mörder wäre, nur weil sich das Verbrechen zufällig einen Tag nach ihrer Ankunft hier am Ort ereignet hat.« Hirschberg machte einen großen Schritt auf ihn zu. Der Lokalreporter entfesselte einen zornigen Orkan in seinem Inneren. Heimerl gehörte zu den Menschen, die andere durch ein bloßes Wimperzucken gegen sich aufbringen und das geschriebene Wort zu einer Waffe machen konnten. »Und ich würde Ihnen auch dringend raten, den Verdacht nicht auf die Jugendlichen zu lenken. Sie wissen sicher, was Verleumdung und üble Nachrede sind, und welche Konsequenzen diese nach sich ziehen.« Es fehlte ihm gerade noch, dass Heimerl Öl in bereits züngelnde Flammen goss.

»Die Einwohner hier haben ein Recht zu erfahren, was mit Frau Piero-Schuster geschehen ist!«, rief er.

»Und sie werden es erfahren.« Hirschberg nickte. »Sobald die Ermittlungen abgeschlossen sind. Und jetzt entschuldigen Sie mich, meine schwangere Frau wartet auf mich.«

»Ich komme wieder, Herr Hirschberg.« Heimerl verabschiedete sich mit verkniffenem Gesichtsausdruck und tat sein Bestes, nicht auf einer der Eisplatten auszurutschen.

»Was wollte er?«, erkundigte sich Rosina mitfühlend, als Hirschberg endlich sein warmes Haus betrat.

»Informationen über den Mord an Frau Piero-Schuster. Er sieht die Menschen hier gefährdet.«

»Das wird doch nicht etwa mein Mann sein.« Susan kam lächelnd aus der Küche. »Rosina hat uns schon erzählt, dass sie einer Verdächtigen ein Alibi geben musste und du von der hiesigen Presse belagert wirst. Bist du ihn endlich losgeworden? Er hat schon seit einer Stunde vor dem Haus herumgelungert. Tante Isobel hat ihm nämlich keinen Einlass gewährt. Ich glaube, er hatte fast ein wenig Angst vor ihr.« Ein boshaftes Grinsen erhellte ihre Züge.

»Es ist schön, dass sich deine Tante auch ein wenig nützlich macht, wenn sie hier ist.« Er erwiderte ihr Grinsen.

»Quirin Heimerl ist zwar arm dran, aber er hat leider auch den zweifelhaften Charme einer Filzlaus.« Rosina blickte zwischen den beiden hin und her. »Er hatte es nicht leicht, müsst ihr wissen. Sein Vater ist früh gestorben, und seine Mutter hat ihn unterdrückt, ihm kaum Freiraum gelassen. Schon in der Schule ist er wegen seiner Statur gehänselt worden, und jetzt ist er sehr verbittert.«

»Ja, er macht auf mich auch keinen besonders fröhlichen Eindruck.« Hirschberg streifte sich den Mantel von den Schultern. Trotz seiner Abneigung verspürte er Mitgefühl mit dem Lokalreporter.

»Seine Mutter hat ihn damals zu einer Banklehre gezwungen, obwohl er Germanistik studieren wollte. Erst nachdem er die Lehre gemacht hat, hat er sich dann durchgesetzt«, berichtete Rosina. »Allerdings hat er bis jetzt keinen richtigen Job als Journalist gefunden. Die wirtschaftliche Lage für Zeitungen ist schlecht, deshalb wird er wohl auch den Bankschalter vorerst nicht hinter sich lassen können. Aber wenn weiterhin Morde hier geschehen, hat er im *Krindelsdorfer Boten* wenigstens etwas zu schreiben.«

»Beschrei es nicht, Rosina!«, beschwor Hirschberg sie, als sein Magen ein lautes Knurren anstimmte. Aus der Küche wehten verheißungsvolle Aromen auf den Flur. »Das riecht großartig! Was kochst du denn Schönes, Susan?«

»Nicht *ich* koche.« Susan grinste. »Vincent hat darauf bestanden, sich um das Essen zu kümmern. Er hat vor Jahren auf Sardinien einen Kochkurs gemacht, und offensichtlich hat er dort wirklich etwas gelernt. Eigentlich ist es gar nicht so übel, ein wenig verwöhnt zu werden«, gestand sie den beiden. »Mein Bauch ist mir einfach bei allem, was ich tue im Weg. Es wird Zeit, dass dein Sohn endlich herauskommt«, fügte sie an Hirschberg gewandt hinzu und strich ihm über die Wange.

»Ah, Alex!« Dornberg lächelte erfreut, als die drei in die Küche kamen. »Endlich! Musstest du noch ein Interview geben?« Ein ironisches Grinsen umspielte seinen Mund. »Ich kann gar nicht verstehen, wie dieser Mensch bei den eisigen Temperaturen so lange auf dich warten konnte. Aber wir wollten ihn nicht im Haus haben.«

»Die Medien schlafen nicht«, erwiderte Hirschberg und blickte sich bewundernd um. Außer den Töpfen auf dem Herd, fand sich kein dreckiges Geschirr auf der Anrichte oder dem Küchentisch. Dornberg gehörte offenkundig nicht zu den Hobbyköchen, die in ihrer Küche ein kulinarisches Schlachtfeld hinterließen. Vincents Einsatz am Herd gefiel ihm. Er musste gegen seinen Willen grinsen.

»Es freut mich übrigens sehr, dass Sie zum Essen bleiben, Rosina! Wir konnten gestern Morgen ja gar nicht richtig miteinander sprechen! Es ist auch genug für alle. Ich mache immer lieber ein wenig mehr.«

»Oh, ich bleibe sehr gern, Herr Dornberg!«, lachte Rosina, die einen erwartungsvollen Blick in die Töpfe warf. »Lars ist noch in einer Besprechung mit Schreiber und diesem Preston.« Sie seufzte und verdrehte theatralisch die Augen. »Seit er diesen Auftrag angenommen hat, ist er ausgesprochen gestresst.« Sie zwinkerte ihnen zu. »Und das liegt nicht an der Arbeit an sich.«

»Das kann ich mir vorstellen!« Isobel kam strahlend aus dem Esszimmer auf sie zu. »Also, ich muss ja sagen, dass ich sehr große Stücke auf euren Bürgermeister halte, und erst recht auf seine Zukünftige, aber ich weiß beileibe nicht, was Herr Seitlbach sich bei dem Projekt gedacht hat. Jugendliche Straftäter hier zu resozialisieren, ist die blanke Fahrlässigkeit!«

»Da sind Sie nicht die Einzige, die das so sieht, Mrs. Burton.«

»Schätzchen, nennen Sie mich doch bitte Isobel! Außerdem finde ich, es ist an der Zeit, dass wir uns duzen. Dieses förmliche Sie macht uns so alt, nicht wahr, Vincent?«

»Du hast vollkommen recht, mein Schatz. Es ist wirklich an der Zeit.«

»Wenn ihr darauf besteht, gern!« Rosina lachte. »Aber wegen der Jugendlichen: Ich persönlich glaube ja nicht, dass sie etwas mit dem Mord an Renate Piero-Schuster zu tun haben, aber es gibt viele, die sie hier nicht haben und ihnen keine Chance geben wollen. Ich glaube, viele haben Angst vor ihnen.«

»Ich habe diesen Heimerl gerade gewarnt, kein Öl ins Feuer zu gießen und die Jugendlichen zu bezichtigen.« Hirschberg verschränkte die Arme vor der Brust. »Es fehlt gerade noch, dass er die Leute hier noch mehr aufhetzt und Ängste schürt. Aber das hier riecht echt fantastisch, Vincent!«, wechselte er das Thema.

»Das freut mich!« Der Pornotycoon strahlte. »Essen ist die pure Liebe, müsst ihr wissen. Deshalb sind gemeinsame Mahlzeiten mit der Familie auch so ungeheuer wichtig«, gab er fast philosophisch von sich. »Das müsst ihr eurem Sohn unbedingt beibringen«, fügte er mit erhobenem Zeigefinger hinzu.

»Wir werden daran denken, Vincent.« Hirschbergs Magen knurrte immer lauter, als ihm der Duft frischer Kräuter in die Nase stieg. »Was gibt es denn?«

»Nur einen kleinen Blattsalat mit gebratenen Austernpilzen und Pinienkernen vorweg und anschließend Tagliatelle mit Trüffeln. Ich habe sie extra liefern lassen. Wegen des Wetters hatte ich schon die Befürchtung, der Lieferservice käme nicht rechtzeitig. Und die Panna Cotta habe ich heute Nachmittag schon vorbereitet.«

Hirschberg blickte ihn ebenso erstaunt wie bewundernd an. Der Pornoimperator schien auch noch ein begnadeter Koch zu sein!

»Ich wusste gar nicht, dass du kochen kannst, Vincent.«

»Oh, Kochen ist nur eine meiner vielen Leidenschaften«, lächelte Dornberg. »Und die Betonung liegt auf Leidenschaft. Du hast ja keine Ahnung, wie erotisch das Zubereiten exquisiter Speisen sein kann. Deshalb denke ich auch über ein neues Geschäftskonzept nach. Sinnliche Kochkurse für Paare, die zum Beispiel mehr Zeit gemeinsam verbringen möchten. Du musst wissen, es gibt eine Vielzahl an Lebensmitteln, die die Libido stimulieren. Nehmen wir zum Beispiel …«

»Mein Sohn und ich sind am Verhungern, Vincent«, fiel Susan ihm lachend ins Wort, als Hirschberg ihr einen gequälten Blick zuwarf. Das Letzte wonach ihm jetzt der Sinn stand, war eine Schulung bezüglich aphrodisierender Speisen. Rosina senkte grinsend den Kopf. »Können wir essen?«

»Aber natürlich, Susan«, lächelte er. »Ihr beide sollt unter keinen Umständen hungern. In deinem Zustand wäre das fatal.«

»Ich hole eben den Sauvignon Blanc«, rief Isobel, während Vincent sich anschickte, den Salat anzurichten.

»Du musstest vorhin also jemandem ein Alibi geben, Rosina?«, fragte Susan, als sie am Tisch Platz genommen hatten.

»Ich war auch sehr überrascht«, kam Hirschberg Rosina zuvor. »Renate Piero-Schuster hat in den letzten Tagen sehr oft mit einer Dr. Annika Blasius telefoniert. Wie sich herausgestellt hat, ist sie Historikerin und eine Freundin von Rosina.«

»Annika und ich haben uns vor einiger Zeit auf einer Tagung in Frankfurt kennengelernt«, ergänzte Rosina, nachdem sie Dornbergs Kochkunst gelobt hatte. »Wir haben uns auf Anhieb sehr gut verstanden und sind ins Gespräch gekommen. Als sie dann erfahren hat, dass ich hier in Krindelsdorf wohne, ist sie hellhörig geworden.« Sie rollte einige Tagliatelle auf ihre Gabel. »Annika ist die Enkelin von Emilia Glöckner, der Tochter von Alfred Glöckner. Er war der Krindelsdorfer Arzt, der angeblich seine Frau und seinen Sohn und anschließend sich selbst getötet haben soll.«

Hirschberg berichtete von Annika Blasius' Verbindung zu Renate Piero-Schuster und deren Anliegen, mehr über die Geschichte ihrer Familie herauszufinden.

»Da sie zum Zeitpunkt des Mordes in Krindelsdorf war, mussten wir sie natürlich befragen«, erklärte Hirschberg. »Und da kam dann Rosina ins Spiel.«

»Sie war bei mir und Lars zum Abendessen. Es ist sehr spät geworden. Außerdem haben wir auch ein paar

Gläser Wein getrunken, und da war es doch besser, dass Annika bei uns übernachtet und nicht mehr in ihr Hotel nach München fährt«, erklärte die Historikerin. »Sie hat mir von den hinterlassenen Schriftstücken ihrer Großmutter und ihrer Urgroßmutter erzählt, die sie noch detailliert sichten möchte. Ich habe ihr versprochen, mit ihr zusammen ins Staatsarchiv zu gehen und ihr bei der Recherche bezüglich der alten Polizeiakten ein wenig unter die Arme zu greifen.« Sie blickte in die Runde. »Es ist wirklich ein sehr interessanter Fall, und ich würde ihr gern helfen, der Sache auf den Grund zu gehen. Auch wenn es höchstwahrscheinlich aussichtslos ist.«

»Vielleicht habt ihr ja Glück im Staatsarchiv«, meinte Hirschberg. »Es ist aber sehr schwierig, so einen alten Fall neu aufzurollen. Deine Freundin sollte nicht zu sehr enttäuscht sein, falls ihre Recherchen im Sand verlaufen.«

»Darüber ist sie sich im Klaren, Alex. Aber einen Versuch ist es zumindest wert.«

»Dann viel Glück euch beiden. Wichtig für mich ist jetzt aber erst einmal der aktuelle Mord an Frau Piero-Schuster. Der Kreis der Verdächtigen ist so groß wie noch nie. Wenn ich nur an die Drohbriefe denke! Einer davon ist sogar mit einem Pentagramm versehen.« Er verzog seinen Mund sogleich zu einer humorlosen Grimasse. Er hasste es, wenn er sich verplapperte, und verfluchte seine lose Zunge. Es war äußerst unprofessionell, etwas auszuplaudern. »Aber das bleibt unter uns! Ihr wisst, dass nichts über die Ermittlungen nach außen dringen darf!«

»Mach dir keine Sorgen, Alex. Wir schweigen«, versicherte ihm Dornberg.

»Jemand hat dieser Person allen Ernstes einen Brief mit einem Pentagramm geschickt?« Isobel grinste hämisch und nahm einen Schluck Wein. »Offensichtlich glauben diese Hinterwäldler hier immer noch an Hexen. Allerdings ist es nicht weiter verwunderlich.«

»Ist ein Pentagramm nicht ein Symbol des Teufels?«, fragte Hirschberg.

»Aber nicht doch, Alex.« Die Patentante seiner Frau tätschelte nachsichtig seine Hand. »Du solltest wirklich mehr lesen. Eine unzureichende Allgemeinbildung macht keinen guten Eindruck in unseren Kreisen.« Susan drückte Hirschbergs Hand und blickte ihn flehend an. »Ursprünglich diente dieses Symbol der Abwehr dunkler Kräfte.«

»Isobel hat recht«, bestätigte Rosina, während sie Hirschberg ein verständnisvolles Lächeln schenkte. »Aber das gehört doch schon sehr in den Fachbereich okkulter Forschung.« Sie zwinkerte dem Hausherrn und seiner Frau zu.

»Natürlich habe ich recht, meine Liebe«, kam es selbstbewusst über Isobels Lippen. »Ich kenne mich ein wenig mit Okkultismus aus, denn als Studentin war ich auch in spiritueller und esoterischer Hinsicht sehr experimentierfreudig. Wisst ihr, es gab an der Uni damals diesen Hexenzirkel – natürlich war den jungen Dingern genauso wie mir einfach nur langweilig«, lachte sie. »Wir alle wollten nichts weiter als ein bisschen Aufregung in unseren faden Studentenalltag bringen. Und glaubt mir, mit ein paar magischen Pilzen fühlt man sich in null Komma nichts wie in Hogwarts.«

Hirschberg fragte sich ironisch, ob Isobel womöglich damals den alles entscheidenden Zauberpilz zu viel verdrückt hatte.

»Ich *musste* damals einfach aufgenommen werden. Wisst ihr, ich hatte mich zwei Semester lang in Politikwissenschaften so furchtbar gelangweilt, dass ich daraufhin gleich ein paar Semester Psychologie studiert habe, um mich selbst zu therapieren. Aber vor allem wollte ich die magischen Welten erkunden, die sich dem Bewusstsein der meisten von uns komplett entziehen. Wochenlang habe ich also immer wieder Bücher über Magie und Hexen gewälzt, um mich auf meine Mitgliedschaft vorzubereiten. Die Bedingung für meine Aufnahme war dann, den verklemmten Sohn des Dekans zu verführen«, sie hob einlenkend die Hand. »Ja, ich gebe zu, es mag ein zweifelhafter Akt gewesen sein. Francis war weder besonders geistreich noch attraktiv, aber was kann man von einem angehenden Altphilologen mit dominanter Vaterfigur schon erwarten?«, fügte sie nüchtern hinzu. »Ich kann euch versichern, es hat mich durchaus ein gewisses Maß an Überwindung gekostet, den Zauberstab dieses mehr als ungeschliffenen Halbedelsteins wach zu küssen, wenn ihr versteht, was ich meine. Aber ich kann euch sagen, als ich erst einmal das Feuer in seiner Seele und seinem vertrockneten Körper entfacht habe, gab es gar kein Halten mehr! Innerhalb kürzester Zeit hatte er seine Verklemmtheit überwunden!« Sie lächelte verträumt. »Ich glaube rückblickend, dass ich vielleicht doch eine sehr gute Therapeutin geworden wäre. Damals habe ich auch erkannt, dass man ein Buch niemals nach seinem Einband beurteilen sollte. Es gibt da draußen so viel verstecktes Potenzial!« Isobel nickte weise in die Runde. »Ich habe diesem armen Jungen geholfen, seine Fesseln zu sprengen und der Engstirnigkeit seines Elternhauses zu entfliehen! Sein Vater wollte doch tatsächlich, dass er ihm eines Tages auf den Stuhl des Dekans nachfolgt! Was für ein Leben wäre das denn gewesen!« Sie verdrehte die Augen. »Natürlich bin ich dem Zirkel letzten Endes nicht beigetreten, sondern habe mich stattdessen ganz Francis' Formung gewidmet. Ihr glaubt ja gar nicht, welche Wunder Friseure, Schneider und Dermatologen vollbringen können! Auch damals schon! Nach meinem Make-Over war er ein völlig neuer Mensch, und die Ladys rissen sich geradezu um ihn! Und kaum war es zum Bruch mit seinen Eltern gekommen, hat er auch schon die Flucht ergriffen. Er ist nach Las Vegas gegangen und hat bald schon seine erste Striptease-Bar eröffnet. Er hat ein Vermögen gemacht, aber mit seinen Eltern hat er sich meines Wissens nie wieder ausgesöhnt. Es war mir aber auch sehr wichtig, ihm begreiflich zu machen, dass es manchmal besser ist, gar nicht erst zurückzublicken!«

»Dein unermüdliches Engagement für andere ist das, was ich am meisten an dir bewundere, Liebes.« Dornberg schmachtete sie an und ignorierte die Tatsache, dass seine Zukünftige eine Familie unwiderruflich entzweit hatte. »Wenn ich nicht längst um deine Hand angehalten hätte, würde ich es jetzt auf der Stelle tun!«

»Ihr seid wirklich wie füreinander geschaffen«, entfuhr es Susan.

12.

Der Türöffner surrte, und Kommissarin Hansen betrat das großzügige Mehrfamilienhaus in München-Schwabing. Die Wohnung von Familie Höppner befand sich im dritten Stock. Hansen zog es trotz ihrer Erkältung vor, die Treppen hinauf zu sprinten und nicht in den Aufzug zu steigen. Aufzüge waren ihr unheimlich. Vermutlich lag es daran, dass sie als Kind mit ihrer Mutter einmal zwei Stunden in einem Hotellift eingeschlossen gewesen war. Sie erschauderte bei der Erinnerung daran und nieste zwei Mal kräftig, bevor die Wohnungstür geöffnet wurde.

»Ja, bitte?« Eine Frau mit modischem Kurzhaarschnitt öffnete die Tür und blickte sie über den Rand ihrer Brillengläser hinweg fragend an. Sie trug einen cremefarbenen Hosenanzug und schien in Eile. Moritz Höppners Mutter war sicherlich auf dem Weg ins Büro, vermutete Hansen. Die Kommissarin hegte die Hoffnung, Bruno Schusters Freund noch zu Hause anzutreffen, bevor er sich auf den Weg in die Schule machte.

»Frau Höppner? Ich bin Kommissarin Hansen.« Sie zückte ihren Dienstausweis. »Es tut mir sehr leid, Sie so früh am Morgen überfallen zu müssen, ich kann mir gut vorstellen, dass Sie es eilig haben. Ich müsste aber dringend ein paar Minuten mit Ihrem Sohn sprechen. Ist er schon auf dem Weg zur Schule oder noch hier?«

»Moritz, komm bitte her, und bring deinen Vater mit!«, rief die Angesprochene über ihre Schulter hinweg, bevor sie ihre mit einem Mal argwöhnischen Augen wieder auf die Kommissarin richtete und aufgescheucht beiseitetrat. »Kommen Sie bitte herein, Frau Kommissar. Unsere Nachbarn müssen nicht mitbekommen, dass wir frühmorgens Besuch von der Polizei bekommen. Darf ich fragen, was das LKA von meinem Sohn will? Hat er wieder einmal Mist gebaut?«

»Was ist los, Sonja?« Ein hochgewachsener Mann mit stechenden Augen erschien hinter ihr, bevor Hansen antworten konnte. Er trug einen dunkelblauen Anzug und schien ebenfalls unter Zeitdruck zu stehen.

»Sie brauchen keine Angst zu haben, Frau Höppner.« Hansen lächelte. »Ihr Sohn hat rein gar nichts verbrochen. Aber ich muss dringend mit ihm über seinen Freund Bruno Schuster sprechen.«

»Oh, nein! Was hat der jetzt wieder angestellt?« Sonja Höppner verschränkte die Arme vor der Brust. »Wissen Sie, Frau Kommissar, die Freundschaft unseres Sohnes mit diesem Jungen ist uns ein Dorn im Auge. Seine Mutter hat keine Manieren, benimmt sich ständig daneben und beschimpft jeden, der nicht so will wie sie. Und Bruno hat uns mehr als einmal Joints und Alkohol ins Haus gebracht. Er ist kein Umgang für unseren Sohn. Wir waren sehr erleichtert, als er mit seiner Mutter aufs Land gezogen ist. Wir hatten die Hoffnung, dass Moritz dann zumindest nicht mehr ganz so viel Kontakt zu Bruno hat. Zumal er ja auch die Schule wechseln musste.«

»Moritz, komm sofort her!«, rief Höppner und machte sich auf die Suche nach seinem Sohn. »Die Polizei möchte mit dir sprechen. Außerdem musst du dich langsam auf den Weg machen! Wehe, du bist noch nicht angezogen!«

»Eigentlich geht es auch um Brunos Mutter«, erklärte ihr Hansen. »Frau Piero-Schuster …«

»Was hat dieses Miststück behauptet?«, fiel Sonja Höppner ihr ungehalten ins Wort. »Will sie meinem Sohn irgendetwas anhängen? Das sähe ihr ähnlich! Ihr eigener verzogener Rotzlöffel ist unfehlbar, aber unser ...«

»Frau Höppner!« Hansen hob Einhalt gebietend die Hand. »Frau Piero-Schuster will Ihrem Sohn gar nichts anhängen.« Spielte Moritz' Mutter nur die Unwissende, oder hatte sie tatsächlich keine Ahnung, was geschehen war, fragte sich Hansen. Klar war, dass auch Sonja Höppner nicht gut auf Renate Piero-Schuster zu sprechen war. »Wir wissen, dass Sie und Ihr Mann die letzten Tage im Urlaub waren, aber hat Ihr Sohn denn gar nicht mit Ihnen gesprochen? Wissen Sie denn nicht, was vorgefallen ist?«

»Wir sind erst sehr spät gestern Abend aus einem Wellnesshotel in Niederbayern zurückgekommen.« Sie blickte Hansen verständnislos an. »Als wir gestern Abend nach Hause kamen, waren wir sehr müde. Wir waren unterwegs noch essen«, fügte sie erklärend hinzu. »Mein Mann und ich haben sehr selten Zeit nur für uns. Moritz war schon im Bett, als wir zurückgekommen sind. Und wir wollten auch schnellstmöglich schlafen gehen, da wir heute Morgen früh aufstehen mussten. Ich habe jetzt eine Veranstaltung in der Uni. Ich bin Kardiologin in der Uniklinik und leite auch Lehrveranstaltungen. Mein Mann ist Anwalt und hat heute Morgen ein wichtiges Mandantengespräch. Wir wollten fit sein, und ... Über was hätte mein Sohn, denn mit uns sprechen sollen, Frau Kommissar? Was um Gottes willen ist denn eigentlich los?«

»Frau Piero-Schuster ist vorgestern ermordet worden. Und Ihr Sohn hat gegenüber unseren Kollegen ausgesagt, dass Bruno zur Tatzeit hier bei ihm war. Ich muss ihn dazu aber noch selbst befragen. Das verstehen Sie sicher.«

»Renate Piero-Schuster ist tot? Ermordet?« Sonja Höppner blickte sie mit weit aufgerissenen Augen an. »Wie … Wie ist das denn passiert?«

»Sie ist erschlagen worden. Wie Sie vorhin angedeutet haben, hatte sie mit vielen Menschen Streit. Daher müssen wir in alle Richtungen ermitteln. Nehmen Sie es bitte nicht persönlich, Frau Höppner, aber auch Sie waren ganz offensichtlich nicht gut auf Frau Piero-Schuster zu sprechen. Daher brauchen wir die Kontaktdaten des Hotels, in dem Sie zur Tatzeit waren. Das ist reine Routine.«

»Sicher.« Sonja Höppner schüttelte fassungslos den Kopf. »Ich notiere Ihnen, was Sie brauchen. Ich mochte Brunos Mutter nicht, aber ich habe sie ganz sicher nicht …« Sie wandte sich um.

»Was ist?« Moritz kam gefolgt von seinem Vater in die Diele und richtete verschlafene Augen auf die Kommissarin. Sein Haar war zerzaust, und er war noch immer barfuß. Der Junge wirkte stark übernächtigt, fand Hansen. Vermutlich würde er einschlafen, sobald er sich im Klassenzimmer auf seinen Platz setzte.

»Bist du noch immer nicht fertig?«, herrschte seine Mutter ihn an, die mit den Hoteldaten für Hansen in der Hand zurückkam. »Du musst in einer Viertelstunde los! Und du wirst heute nicht wieder zu spät kommen! Du hast schon genug Ärger! Noch ein verschärfter Verweis, und du fliegst von der Schule. Das weißt du ganz genau!«

»Mann, chill mal!« Er verdrehte die Augen.

»So sprichst du nicht mit deiner Mutter!« Höppner blickte seinen Sohn mit hartem Gesichtsausdruck an. Der Junge verdrehte die Augen, zog es aber vor, auf die Rüge nichts zu erwidern.

»Moritz, ich bin Kommissarin Hansen.« Louisa

zwang sich zu lächeln, um das Eis zu brechen. »Sie können sich sicher denken, warum ich hier bin.«

»Geht es um Brunos Alte?«

»Um Brunos Mutter, ja.« Hansens Stimme klang mit einem Mal eisig. Derartige Respektlosigkeiten stießen ihr sauer auf. »Sie haben gegenüber meinen Kollegen ausgesagt, dass Bruno zur Tatzeit, also vorletzte Nacht, hier bei Ihnen war. Die ganze Nacht. Bleiben Sie bei dieser Aussage?«

»Klar! Er war die ganze Nacht hier! Hatte keinen Bock, in das Kaff zurückzufahren. Ist ja auch verständlich, oder?«

»Moritz, was haben deine Mutter und ich dir gesagt? Du erinnerst dich sicher. Keinen Besuch, solange wir weg sind!« Höppner verschränkte die Arme vor der Brust. »Wenn wir dir nicht vertrauen können …«

»Regt euch ab! Es kann euch doch egal sein, ob hier jemand übernachtet, wenn ihr nicht da seid! Und nur weil ihr seine *Mutter*«, an dieser Stelle blickte er Hansen mit ironisch nach oben gezogenen Augenbrauen an, »nicht gemocht habt, braucht ihr nicht auf Bruno rumzuhacken!«

»Du weißt sehr genau, was wir gegen ihn haben.« Sonja Höppner atmete tief ein und aus. »Ich habe euch beide mehrmals mit Alkohol und Joints erwischt. Du selbst hast gesagt, dass er das mitgebracht hat. Ich will diesen Jungen nicht mehr in unserer Wohnung haben! Und wenn du dieses Schuljahr nicht schaffst, kommst du aufs Internat. Das ist unser letztes Wort.«

»Hey, das könnt ihr nicht …«

»Moritz.« Hansens Stimme nahm einen gebieterischen Tonfall an. »Falls Sie es noch nicht begriffen haben: Ich ermittle in einem Mordfall. Und ganz egal, was Sie von Frau Piero-Schuster gehalten haben, sie hat es nicht verdient, ermordet zu werden. Und ich möchte, dass Sie mir jetzt die Wahrheit sagen. War Bruno tatsächlich die ganze Nacht hier und ist nicht nach Hause zurückgefahren?«

»Wie oft noch? Ich lüge nicht! Bruno war hier. Er hatte einen Streit mit seiner Mutter und wollte nicht mehr in diesem vollgeschneiten Kuhdorf bleiben. Er hasst es dort und ist fast ständig hier. Nur wenn meine Al- meine Eltern hier sind, dann kommt er nicht. Sie hören ja, dass sie ihn hier nicht haben wollen.«

»Wenn Ihre Eltern also hier sind, dann bleibt er in Krindelsdorf?«, hakte Hansen nach. »Oder ist er dann bei einem anderen Freund in München?«

»Nee, er bleibt dann in dem Kaff. Erst recht, seit Clayton dort ist.«

»Clayton?« Hansen horchte auf.

»Clayton Hundmeier. Er ist ein alter Freund von uns, und …«

»Du hast noch Kontakt zu Clayton?«, rief seine Mutter und warf die Arme in die Luft. »Nach allem, was er sich geleistet hat?«

»Wir haben einiges zu besprechen heute Abend«, meinte sein Vater. Sein strenger Gesichtsausdruck verhieß für seinen Sohn nichts Gutes, stellte Hansen mit sanfter Genugtuung fest. Moritz Höppner hatte offensichtlich große Schwierigkeiten, sich an Regeln zu halten.

»Ist Clayton etwa einer der Jugendlichen, die in Krindelsdorf resozialisiert werden sollen?«, erkundigte sich die Kommissarin und unterdrückte ein Niesen. Ihre Stimme nahm einen nasalen Tonfall an, als ihre Nasenschleimhäute unangenehm anschwollen.

»Ja.« Moritz grinste. »Wenn er nur genügend Süppchen zusammenrührt, kommt er bestimmt nicht mehr auf schlimme Gedanken. Aber nur zur Info: Clayton war nicht besonders gut auf die Piero-Schuster zu sprechen. Vor einem Jahr oder so hat er Bruno besucht, und sie hat ihn mehr oder weniger schreiend aus ihrer Luxuswohnung geworfen. Sie meinte, sie wolle keine zukünftigen Zuchthäusler auf ihrer Couch sitzen haben. Sie wollte ihn anzeigen, falls er sich noch einmal bei ihnen blicken lässt. Wenn Sie aber mich fragen, geschieht ihm das ganz recht. Immerhin hat er sich tatsächlich erwischen und verknacken lassen. Der Hellste ist er also nicht.«

»Und trotzdem sind Sie befreundet«, stellte Hansen nüchtern fest.

»Er ist eigentlich mehr Brunos Freund. Bruno hängt irgendwie an ihm, weil sie sich schon seit dem Kindergarten kennen. Clayton hat auch keinen Vater, das verbindet wohl. Er weiß zwar, wer sein Vater ist, aber er ist kurz nach seiner Geburt abgehauen. Und ich finde Clayton ganz okay.« Moritz zuckte grinsend mit den Schultern. »Er kann manchmal ganz nützlich sein, wenn ...«

»Moritz!« Sein Vater warf ihm einen warnenden Blick zu. »Das reicht.«

»Danke, Moritz.« Hansen verzog ihren Mund zu einem schiefen Grinsen. Höppner wollte offenbar verhindern, dass sein Sohn sich mit irgendetwas selbst belastete. »Ihr Vater ist Anwalt. Er wird Sie sicher aufklären, was passiert, falls Sie uns belogen haben.« Sie sah, wie er die Augen verdrehte und seine Hände in die Hosentaschen steckte. »Viel Spaß in der Schule. Sie sollten sich beeilen, es ist gleich acht. Und auch Schulschwänzen wird geahndet. Vergessen Sie das nicht. Sie wollen doch sicher nicht eines Morgens von der Polizei in die Schule gebracht werden, oder?«

Hansen verabschiedete sich von den Höppners und war erleichtert, als die Tür ins Schloss fiel. Aufgebrachte

Stimmen drangen nach außen an ihr Ohr. Sie schüttelte sich. Dieser Junge war die beste Verhütungsmethode, schoss es ihr sarkastisch durch den Kopf, als sie ihr Smartphone zückte.

»Setzen Sie sich, Herr Hirschberg.« LKA-Präsident Krämer deutete mit einer gestresst anmutenden Geste auf den Stuhl vor seinem Schreibtisch. Er selbst ließ sich seufzend auf seinen Schreibtischsessel fallen und blickte den Hauptkommissar aus müden Augen an. Krämer schien in der vergangenen Nacht nicht gut geschlafen zu haben, schoss es Hirschberg mitfühlend durch den Kopf. »Haben Sie das hier schon gesehen? ›Mordsshow – kocht Rangler mit Mördern?‹« Er griff nach dem Boulevardblatt auf seinem Schreibtisch und hielt es Hirschberg unter die Nase. »Solche Schlagzeilen haben uns gerade noch gefehlt! Das Medieninteresse ist allein schon wegen diesem Rangler sehr groß. Und jetzt kommt auch noch ein neuer Mord in Krindelsdorf dazu!«

»Ich habe schon befürchtet, dass die ersten Schlagzeilen nicht lange auf sich warten lassen werden.« Hirschberg seufzte. Reporter kamen nach Krindelsdorf, um über Starkoch Rangler und dessen soziales Engagement zu berichten, und stolperten dabei über einen Mord. Ein Festmahl der anderen Art, dachte er ironisch bei sich.

»Was ist an diesem Ort nur los, Herr Hirschberg? Warum bringen sich die Menschen dort gegenseitig um? Erklären Sie es mir! Und das Schlimme ist, dass ausgerechnet wir es jedes Mal ausbaden müssen.« Krämer griff sich an seinen Hals und lockerte seine Krawatte.

»Der zukünftige Herr Landrat hat mich schon zwei Mal angerufen, um sicherzugehen, dass wir alles unternehmen, um den Mord bald aufzuklären.«

»Der Herr Noch-Bürgermeister sähe Krindelsdorf gern als ein neues Mekka für Gourmets, am besten nicht nur aus Bayern, sondern aus ganz Deutschland. Dass ihm der Mord an Frau Piero-Schuster in der derzeitigen Situation nicht gelegen kommt, ist wenig überraschend«, entgegnete Hirschberg trocken. »Wo sich doch Roman Rangler mit seiner Entourage in Krindelsdorf aufhält. Ich nehme an, die Medien warten händeringend auf eine Stellungnahme von Ihnen, nicht wahr?«

»Sie sind bereits dabei, meine Tür einzutreten.« Krämers Gesichtsausdruck verdüsterte sich. »Die Sache ist ernst, Herr Hirschberg. Bürgermeister Seitlbach besteht auf einer raschen Aufklärung, um, wie er sich ausgedrückt hat, den Frieden am Ort wiederherzustellen. Noch spricht er uns sein vollstes Vertrauen aus. Natürlich habe ich ihm versichert, dass Sie alles in Ihrer Macht Stehende unternehmen, um den Mord an dieser Zugereisten schnellstmöglich aufzuklären.« Er zog vielsagend die Augenbrauen nach oben. »Können Sie mir schon irgendetwas sagen? Haben Sie irgendwelche Anhaltspunkte, wer den Mord begangen haben könnte?«

»Nun ja, wir konnten gestern zumindest schon einmal eine Verdächtige ausschließen.« Er berichtete Krämer von Annika Blasius und deren Vorhaben, Renate Piero-Schusters Haus zu kaufen. »Das Problem ist, dass Frau Piero-Schuster unglaublich unbeliebt war. Innerhalb kürzester Zeit hat sie sämtliche Krindelsdorfer gegen sich aufgebracht. Sie war eine Querulantin, wie sie im Buch steht. Selbst ihr Sohn hatte Schwierigkeiten mit ihr und scheint jetzt nicht besonders um seine Mutter zu trauern.«

»Könnte er es getan haben?« Krämer beugte sich schwerfällig nach vorne und vergrub sein Gesicht einen Augenblick in seinen Händen. »Können Sie sich vorstellen, was die Medien erst aus einem etwaigen Muttermord auf dem beschaulichen bayerischen Land machen?« Seine Stimme triefte vor düsterer Verzweiflung.

»Wir können momentan außer Annika Blasius leider niemanden ausschließen, aber ich kann mir nicht vorstellen, dass Bruno Schuster seine Mutter auf dem Gewissen hat. Angeblich war er zur Tatzeit bei einem Freund hier in München. Er hat bei Moritz Höppner übernachtet, und der bestätigt das.«

»Könnte er lügen, um seinen Freund zu schützen?«

»Sicher, aber ich glaube das nicht.« Hirschberg schüttelte den Kopf. »Ich glaube vielmehr, dass die beiden die halbe Nacht wach waren und gekifft haben. Und der Junge hatte zwar Schwierigkeiten mit seiner Mutter, aber sie war auch die Einzige, die die Identität seines Vaters kannte. Sie hat ihm nie erzählt, wer sein Vater ist«, fügte er erklärend hinzu. »Da sie jetzt tot ist, wird er wohl nie etwas über ihn erfahren. Und das belastet den Jungen.«

»Das entkräftet sein Motiv.« Krämer nickte. »Wie sieht es mit anderen möglichen Verdächtigen aus?«

»Brigitte Schreiber hatte einen fürchterlichen Streit mit ihr im Supermarkt. Sie kennen vielleicht das Video?«

»Oh, ja«, bestätigte Krämer. »Auch die Tante Ihrer Frau ist ziemlich auf das Opfer losgegangen, aber sie hat ja ein wasserdichtes Alibi, wie ich erfahren habe. Wie geht es Ihrer Frau jetzt?«

»Susan geht es Gott sei Dank besser. Ich wäre auch sehr froh, wenn der Kleine erst käme, wenn das hier vorbei ist.« Hirschberg grinste. »Aber um auf Frau Piero-Schuster zurückzukommen: Das Problem ist, dass sie so streitsüchtig war. Sie konnte offenbar nicht anders mit ihrer Umgebung kommunizieren.« Der Hauptkommissar seufzte und verschränkte die Arme vor der Brust. »Sie hatte mit so vielen Menschen Streit, dass wir gar nicht wissen, wo wir anfangen ...« Er stockte.

»Ja?«

»Es hat vielleicht nichts zu bedeuten, aber Bruno Schuster erwähnte etwas von einer alten Geschichte zwischen seiner Mutter und Martin Schreiber.«

»Diesem Bauleiter?«, hakte der Präsident nach.

»Genau der. Ich konnte den Jungen nicht näher dazu befragen, weil das Jugendamt ihn abgeholt hat, aber ich werde nachher Herrn Schreiber auf den Zahn fühlen.«

Hirschberg schüttelte über sich selbst den Kopf. Wie hatte er das nur vergessen können? Ein flaues Gefühl machte sich in seiner Magengegend breit. Hatte Renate Piero-Schuster etwas gegen Schreiber in der Hand gehabt und musste deshalb sterben? Und wenn ja, was konnte das sein, und wusste Brigitte Schreiber davon? Er war sich sicher, dass Schreiber etwas vor ihm verbarg. Bei ihrer letzten Unterhaltung hatte er ihm kaum in die Augen schauen können.

»Herr Hauptkommissar?«

Hirschberg schreckte aus seinen Überlegungen auf und lächelte sein Gegenüber entschuldigend an. »Es tut mir sehr leid, Herr Präsident, ich habe nur ein paar Überlegungen angestellt.«

»Schon gut.« Krämer grinste. »Das ist schließlich Ihre Aufgabe. Aber es gibt auch noch andere potenzielle Verdächtige, sagen Sie? Die Ermordete muss Krindelsdorf ja zu einem wahren Kriegsgebiet gemacht haben.«

»Da wäre noch Hubert Knoll, der Filialleiter des Supermarktes, der den Streit zwischen unserem Opfer und Brigitte Schreiber schlichten wollte und ...«

»Er ist von einem Ei im Gesicht getroffen worden,

nicht wahr?« Krämer fiel Hirschberg mit verräterisch zuckenden Mundwinkeln ins Wort.

»Ich fürchte, ja.« Auch Hirschberg musste gegen seinen Willen grinsen. »Er hat Frau Piero-Schuster Hausverbot erteilt. Er ist nach dieser Geschichte sicher auch nicht gut auf sie zu sprechen gewesen. Ich bin sicher, dass wir im Zuge der Ermittlungen noch auf weitere Verdächtige stoßen werden. Zum Beispiel gibt es da noch einen Haufen Drohbriefe.«

»Das ist ein ziemlicher Schlammassel, Herr Hauptkommissar.« Krämer lehnte sich auf seinem Sessel zurück und verschränkte die Arme hinter seinem Kopf. »Ich muss den Medien irgendetwas sagen können. Schon damit sie nicht weiter einfach irgendetwas schreiben oder berichten.« Er schüttelte den Kopf. »Ich persönlich mag diesen Rangler ja nicht besonders, aber meine Frau ist ein großer Fan. Sie kocht seine Rezepte mit Begeisterung nach. Zu Weihnachten hat sie von ihrer besten Freundin ›Omas Winterküche. Rezepte aus meiner Kindheit‹ geschenkt bekommen. Sie glauben ja gar nicht, wie vieles aus Ranglers Kindheit ich in letzter Zeit verdauen musste. Und nicht alles glückt meiner Frau.« Er zog vielsagend die Augenbrauen nach oben. »Ich habe zwar nichts gegen gutes Essen, aber ich kann meine Frau nicht mehr länger von diesem Rangler schwärmen hören! Das macht mich noch wahnsinnig!« Er schüttelte den Kopf. »Und Bürgermeister Seitlbach hat auch mehrmals erwähnt, wie glücklich sich Krindelsdorf doch schätzen könne, dass ausgerechnet Roman Rangler dort den Brei verdirbt«, kam es ironisch über seine Lippen. »Es sei ein Ritterschlag für den Ort. Und die Sicherheit für alle am Projekt Beteiligten solle für uns oberste Priorität haben. Er sei sich aber sicher, dass er das nicht extra betonen müsse.«

»Ich kann mir gut vorstellen, dass das nicht einfach für Sie ist, Herr Präsident.« Hirschberg blickte ihn mitfühlend an. »Herr Seitlbach möchte vor seinem Einzug ins Landratsamt nicht mehr straucheln. Ihm liegt sicher viel daran, aus dieser, nennen wir es, Krise gestärkt hervorzugehen. Und falls es Sie tröstet, Herr Präsident: Auch ich werde schon von Reportern belagert. Quirin Heimerl vom *Krindelsdorfer Boten* hat mich gestern Abend abgefangen, als ich nach Hause kam. Ich hoffe, er hetzt die Bewohner nicht gegen die Jugendlichen auf. Er wollte nämlich wissen, ob einer von ihnen Renate Piero-Schuster auf dem Gewissen haben könnte.«

»Könnte das sein?«

»Ich werde Hansen natürlich die Alibis überprüfen lassen. Aber die Jugendlichen sollten eigentlich unter strikter Aufsicht stehen. Außerdem müssten wir noch ein Motiv finden. Es scheint ja kein Raubmord gewesen zu sein«, ließ er ihn wissen. »Augenscheinlich fehlt nichts von Wert. Wenn also nicht einer der Jugendlichen eine Verbindung zu Renate Piero-Schuster gehabt hat, dann ...«

»Dann ist es unwahrscheinlich, dass einer der Jugendlichen etwas mit ihrer Ermordung zu tun hat. Es könnte also durchaus sein, dass der Täter ein persönliches Motiv für die Tat hat.« Krämers Stimme klang dumpf. »Aber sagen Sie mir, Herr Hauptkommissar, wie kann es sein, dass eine frisch Zugezogene an einem Ort, an dem sie niemanden kennt, aus persönlichen Gründen ermordet wird? Querulantin hin oder her?«

»Genau das müssen wir herausfinden, Herr Präsident. Können Sie uns die Medien vielleicht noch ein wenig vom Hals halten?«

»Ich werde mein Möglichstes tun, Herr Hauptkommissar«, versprach er.

»Entschuldigen Sie mich, Herr Präsident.« Hirschberg fischte sein vibrierendes Smartphone aus seiner Jackentasche hervor. »Das ist die Kollegin Hansen. Vielleicht gibt es ja Neuigkeiten. Ja, hallo?«

»Ich wollte Ihnen nur Bescheid geben, dass ich gerade in Krindelsdorf angekommen bin, Chef. Ich war vorhin bei den Höppners und wollte noch mal Bruno Schusters Alibi überprüfen.«

»Und?«

»Moritz Höppner pubertiert fröhlich vor sich hin, aber er schwört Stein auf Bein, dass sein Kumpel Bruno zur Tatzeit bei ihm war. Ich habe ihn zwar zur Sicherheit nochmals auf die Konsequenzen einer Falschaussage hingewiesen, aber ich glaube nicht, dass er lügt. Zumal er jetzt großen Ärger am Hals hat, da seine Eltern Bruno nicht in ihrer Wohnung haben wollen. Erst recht nicht, wenn sie nicht da sind. Ich glaube, heute Abend bekommt er noch einen richtigen Einlauf«, prophezeite sie.

»Also haben Sie wieder nichts Neues erfahren.« Hirschberg seufzte.

»Doch, eine Sache schon. Einer der Jugendlichen, die von Roman Rangler auf den Krindelsdorfer Pfad der Tugend zurückgeführt werden sollen, ist ein alter Freund von Bruno und Moritz. Sein Name ist Clayton Hundmeier. Frau Piero-Schuster hat ihn wohl vor einiger Zeit rausgeworfen, als er Bruno besucht hat. Sie hat ihn als ›Zuchthäusler‹ bezeichnet. Ich werde mich jetzt mit ihm unterhalten. Vielleicht war er ja doch wütend genug auf sie, dass ...«

»Verstehe. Tun Sie das, Frau Kollegin. Vielleicht finden Sie ja etwas heraus.

»Ach, und Chef!«, rief Hansen, bevor er auflegen konnte. Sie hustete. »Entschuldigung! Noch zwei Sachen: Erstens Massimo Piero ist raus. Die Schweizer Kollegen haben sich vorhin gemeldet. Er ist seit einer Woche im Waldorf Astoria in New York. Es gibt massenhaft Zeugen. Also, wenn er keinen Auftragskiller angeheuert hat ...«

»Und das ist unwahrscheinlich, weil er seine Frau ja per Scheidung losgeworden ist. Das passt nicht, Hansen.« Hirschberg schüttelte den Kopf. »Ich denke, wir können ihn von der Liste streichen. Hier geht es um etwas anderes. Da bin ich mir ziemlich sicher. Was war zweitens?«

»Die Technik hat jetzt die Telefondaten vollständig ausgewertet. Einer der letzten Anrufe ging von Frau Piero-Schusters Haus an den Anschluss von Bürgermeister Seitlbach. Der Anruf dauerte gute drei Minuten.«

»Ach, sieh einer an!« Ein leises Pfeifen kam über Hirschbergs Lippen. »Dann bin ich ja gespannt, mit wem Renate Piero-Schuster gesprochen hat. Mit dem Herrn Bürgermeister selbst oder mit seiner Verlobten?«

13.

Kommissarin Hansen betrat die alte Gaststätte und blickte sich suchend um. Die Renovierungsarbeiten schienen dank Schreibers Bemühungen stetig voranzuschreiten. Einer der Jugendlichen stand unter Anleitung eines von Schreibers Mitarbeitern auf einer Leiter und weißelte mit konzentriertem Gesichtsausdruck die Decke des hohen Raumes. Es roch nach Farbe, doch auch nach appetitanregenden Aromen aus der Küche.

»Kann ich Ihnen helfen?« Ein blonder Mann von eindrucksvoller Körpergröße kam lächelnd auf die Kommissarin zu. »Ich bin Stefan Angelsberger, der leitende Sozialpädagoge.«

»Ich bin Kommissarin Hansen.« Sie erwiderte sein Lächeln und hielt ihm ihren Dienstausweis unter die Nase. »Das sieht ja schon sehr gut aus hier«, bemerkte sie wohlwollend und ließ ihren Blick einen Moment lang bewundernd umherschweifen.

»Ja, ich finde auch.« Angelsberger nickte. »Herr Schreiber und seine Mitarbeiter machen das großartig. Und Alessandro macht es echt Spaß, ihnen zur Hand zu gehen.« Er deutete auf den Jungen auf der Leiter. »Aber Sie sind bestimmt nicht hier, um sich über das Voranschreiten der Arbeiten mit mir zu unterhalten, nicht wahr?« Ein wachsamer Ausdruck erschien in seinen Augen.

»Leider nein.« Hansen nickte und unterdrückte ein Niesen. »Tut mir leid, aber ich bin total erkältet. Allerdings habe ich noch Glück. Meinen Mann hat es viel schlimmer erwischt. Ich kenne ihn jetzt seit fast neun Jahren, und er war wirklich niemals krank. Jetzt hat er sich zum ersten Mal krankgemeldet und liegt mit Halsschmerzen und Fieber im Bett. Er hat seine Mandeln noch.« Sie zog vielsagend die Augenbrauen nach oben. »Ich hoffe, er brütet keine Mandelentzündung aus.«

»Dann drücke ich Ihnen mal die Daumen.« Der Sozialpädagoge grinste. »Aber was führt Sie denn nun zu uns, Frau Kommissar? Möchten Sie mit Bruno sprechen?«

»Eigentlich möchte ich zu Clayton Hundmeier.«

»Zu Clayton? Warum denn das?« Er blickte sie verwirrt an, doch bevor Hansen antworten konnte, mischte sich ein dynamisch aussehender Mann von der Seite ein.

»Herr Angelsberger, möchten Sie mir die junge Dame nicht vorstellen? Ich bin Jo Preston, der Produzent.«

»Kommissarin Hansen.« Sie schüttelte lächelnd Prestons ausgestreckte Hand. »Ich bin hier, um mit Clayton Hundmeier zu sprechen.«

»Mit Clayton? Weshalb denn? Er kann nichts verbrochen haben! Die Jugendlichen sind ständig unter Aufsicht, und ...«

»Ist er hier?«, fiel Hansen ihm sanft, aber bestimmt ins Wort. »Ich möchte umgehend mit ihm sprechen.«

Aus der Küche drang ein lautes Klirren in die Gaststube.

»Hast du denn noch nie ein Ei aufgeschlagen?«, polterte eine männliche Stimme los, und Preston erbleichte. »Wenn das so weitergeht, können wir uns morgen eine neue Küchenausstattung anschaffen! Das passiert, wenn man von lauter Dilettanten umzingelt ist!«

»Herr Rangler, beruhigen Sie sich!« Die kräftige Stimme einer Frau bremste seinen vorwurfsvollen Wortschwall. »Ich kümmere mich darum. Machen Sie eine

Pause. Vielleicht sollten Sie einen Schluck trinken.« Die Ironie in ihrer Stimme war unüberhörbar.

Preston eilte wie von der Tarantel gestochen in die Küche und versprach Hansen, Clayton umgehend zu ihr zu schicken.

Kurz darauf kam ein dunkelhaariger, breit grinsender Junge auf Hansen zu. »Sie wollen mit mir sprechen, Frau Kommissar? Wollen Sie mich festnehmen, weil ich ein Ei zerschlagen habe?«

»Dürfen wir Ihnen vielleicht etwas anbieten, Frau Kommissar?« Preston erschien hinter Clayton. Der Sturm in der Küche schien sich gelegt zu haben, denn Prestons Lächeln war auf sein Gesicht zurückgekehrt. »Die Jugendlichen bereiten gerade einige Frühstücksklassiker zu. Wir hätten Porridge mit winterlicher Beerengrütze oder auch Pancakes mit Blaubeeren, wenn Sie möchten …«

»Das ist sehr nett von Ihnen, Herr Preston, aber ich bin so erkältet, dass ich gar nichts richtig schmecke. Und mein Appetit hält sich derzeit auch in Grenzen«, lehnte Hansen lächelnd ab. »Ich würde mich nur eben gern mit Clayton unterhalten.«

»Selbstverständlich. Wir werden die Behörden in vollstem Umfang unterstützen«, versicherte ihr der Produzent.

»Ich sehe eben in der Küche nach dem Rechten.« Angelsberger warf Clayton einen strengen Blick zu. »Sollten Sie mich brauchen, rufen Sie mich einfach.«

»Worum geht's, Frau Kommissar? Was soll ich angestellt haben?«

»Sie sind mit Bruno Schuster befreundet, nicht wahr?«

»Wenn Sie das sagen.«

»Clayton, das ist kein Spiel!« Ihre belegte Stimme

nahm einen harten Tonfall an. »Brunos Mutter ist ermordet worden, und ich habe erfahren, dass Sie nicht besonders gut auf sie zu sprechen waren. Sie wollte Ihrer Freundschaft einen Riegel vorschieben, hat Sie einen Zuchthäusler genannt.«

»Man hat mich schon Schlimmeres genannt.« Er zuckte mit den Schultern.

»Sie müssen wütend auf sie gewesen sein«, beharrte Hansen und ließ ihn nicht aus den Augen. »Angeblich hat sie Sie vor einiger Zeit schreiend aus ihrer Wohnung geworfen.«

»Hören Sie, Brunos Alte hatte einen an der Waffel.« Er machte eine ausladende Handbewegung. »Aber deswegen bringe ich sie doch nicht gleich um. Bruno ist immerhin mein Freund! Und er hatte doch nur sie.«

»Wo waren Sie vorletzte Nacht zwischen dreiundzwanzig Uhr und, sagen wir, ein Uhr morgens?«

»Warten Sie einen Moment.« Clayton erhob sich grinsend und kam kurz darauf mit einem blonden jungen Mädchen zurück. Ihr Haar war straff zurückgebunden, und ihre Wangen waren gerötet von der Hitze des Herds. Sie richtete fragende Augen auf die Kommissarin. »Das ist Leni«, stellte Clayton sie vor. »Fragen Sie einfach sie, wo ich vorletzte Nacht zwischen dreiundzwanzig Uhr und ein Uhr morgens war«, forderte er Hansen auf.

»Er war bei mir.« Sie kicherte. »Wollen Sie auch noch wissen, was wir gemacht haben?«

»Das reicht, Leni!« Angelsberger erschien hinter den beiden und warf Hansen einen zerknirschten Blick zu. »Geh bitte wieder an die Arbeit.«

»Das Alibi, das Ihre Freundin Ihnen gibt, ist nicht unbedingt ein besonders stichhaltiges«, erklärte ihm Hansen, obwohl sie dem Mädchen glaubte.

»Ich war's nicht!«, beteuerte Clayton und blickte sie aufrichtig an. »Die Alte war mir egal. Und außerdem bin ich mit dem Star der Show zusammengeprallt, als ich aus Lenis Zimmer kam.« Er verdrehte die Augen. »Sie können ja ihn fragen. Er hat mich angeherrscht, dass ich gefälligst in mein Zimmer gehen soll. Dass schließlich ein harter Tag vor mir liegt.«

»Wie spät war es da?«, erkundigte sich Hansen.

»Es muss so ungefähr zwanzig vor eins gewesen sein«, schätzte Clayton. »Ich wollte noch ein wenig schlafen. Ich war ziemlich k. o. Sie wissen schon.« Er grinste.

»Und du weißt, was dir blüht, wenn das noch mal vorkommt, Clayton«, erinnerte ihn Angelsberger.

»Ist ja schon gut. Brauchen Sie mich noch?«, wollte er von Hansen wissen. »Ich habe ein Omelett mit Steinpilzen und Kräutern zuzubereiten.«

»Gehen Sie nur.« Sie wandte sich an Angelsberger. »Ich muss rasch mit Herrn Rangler sprechen, damit er Claytons Angaben bestätigt.«

»Kommen Sie.« Der Sozialpädagoge warf ihr einen bedauernden Blick zu. »Er ist nur gerade etwas gestresst, wie Sie vorhin vielleicht gehört haben.«

»Keine Sorge.« Sie lächelte. »Es wird nicht lange dauern.«

Nachdem ein mürrischer Roman Rangler Claytons Angaben bestätigt hatte, verließ Hansen den Trubel der Gaststätte. Das unangenehme Pochen hinter ihren Schläfen und das Kratzen in ihrem Hals trugen nicht dazu bei, ihre Enttäuschung zu mildern. Dieser Mord führte sie von einer Sackgasse in die nächste, und die Medien warteten nur darauf, ihnen ihr Versagen um die Ohren zu klatschen.

»Es trifft sich sehr gut, dass ich Sie und Ihre Verlobte gemeinsam antreffe, Herr Seitlbach.«

Hirschberg folgte dem Krindelsdorfer Bürgermeister ins Wohnzimmer, wo die Dessousdesignerin ihm fragend entgegenblickte. Nicole schenkte ihm zur Begrüßung ihr überlegenes Lächeln und legte die Mappe mit den Aufnahmen eines Shootings beiseite.

»Eine neue Kollektion, Frau Reinhardt?« Der Hauptkommissar deutete auf die Fotos.

»Ganz recht, Herr Hauptkommissar. Auch wenn der Wahlkampf noch so heiß ist, darf ich meine Arbeit nicht ganz vernachlässigen.« Ihr Lächeln wurde noch breiter. »Die Tante Ihrer Frau hat übrigens bereits einige Artikel vorbestellt. Sie und Herr Dornberg haben wahrlich Geschmack. Die beiden haben uns übrigens auch auf Ihre Hochzeit nach Schottland eingeladen.«

»Ach?« Hirschberg zog seine Mundwinkel mechanisch nach oben. »Dann fliegen wir also im Juni alle nach Schottland.«

»Das wird leider aus terminlichen Gründen nicht möglich sein«, bedauerte Seitlbach und räusperte sich. »So Gott will, werde ich dann ja ein neues verantwortungsvolles Amt bekleiden. Da kann ich leider nicht einfach ein paar Tage wegfahren. Außerdem wird im Juni das neue Sportheim festlich eröffnet. Ob nun als Bürgermeister oder als Landrat, ich werde der Einweihung auf jeden Fall beiwohnen müssen. Obwohl ich es natürlich sehr bedaure, die Einladung Ihrer Tante und Ihres zukünftigen Onkels ausschlagen zu müssen.«

»Da hat Günther vollkommen recht.« Nicole nickte.

»Wir wären sehr gerne gekommen. Man trifft schließlich selten so kultivierte Persönlichkeiten wie Mrs. Burton und Herrn Dornberg. Ganz besonders hier. Aber auch ich werde natürlich an einigen Terminen teilnehmen müssen. Schließlich bin ich dann die First Lady des Landkreises.« Hirschberg konnte das ironische Blitzen in ihren Augen sehen.

»Aber was können wir denn für Sie tun, Herr Hauptkommissar? Sie sehen mir nicht danach aus, als wollten Sie uns einen privaten Besuch abstatten«, bemerkte Seitlbach nüchtern und bot Hirschberg an, Platz zu nehmen. »Ich möchte auch keineswegs unhöflich erscheinen, aber ich muss Sie leider bitten, sich so kurz wie möglich zu fassen. Ich habe in einer halben Stunde eine wichtige Unterredung mit Bertram, also Herrn Hofstadler.«

Hirschberg nickte kaum merklich. Bertram Hofstadler war Seitlbachs favorisierter Nachfolger auf dem Sessel des Krindelsdorfer Bürgermeisters. Er und seine Verlobte rührten eifrig die Werbetrommel für den Unternehmer und ehemaligen Bodybuilder. Hirschberg war sich sicher, dass Hofstadler das Krindelsdorfer Rathaus im Sturm erobern würde. Er selbst war skeptisch, was den Bürgermeisterkandidaten betraf. Er musste gegen seinen Willen schmunzeln, als er daran dachte, dass Susan Hofstadler wegen dessen schwarzen Vollbarts Räuber Hotzenplotz nannte.

»Nun ja, Herr Seitlbach, wir haben herausgefunden, dass Renate Piero-Schuster am Nachmittag vor ihrer Ermordung hier angerufen hat«, kam er ohne Umschweife auf den Punkt. »Einer von Ihnen beiden muss also mit ihr telefoniert haben. Mich interessiert es nun natürlich brennend, worum es bei dem Telefonat ging.« Er blickte fragend zwischen den beiden hin und her.

Die Dessousdesignerin zeigte sich von seiner Frage

unbeeindruckt, doch Günther Seitlbach blickte seine Lebensgefährtin überrascht an.

Ihr Opfer hatte also nicht mit dem zukünftigen Herrn Landrat gesprochen, schlussfolgerte Hirschberg. Seitlbachs Verwunderung schien echt.

»Ihrer Reaktion nach zu urteilen, Herr Seitlbach, hat Frau Piero-Schuster nicht mit Ihnen telefoniert. Aufgrund der Dauer des Gesprächs gehen wir aber davon aus, dass sie sich nicht einfach verwählt haben kann. Ich darf also annehmen, dass sie mit Ihnen gesprochen hat, Frau Reinhardt?«

»Sie hat hier angerufen?«, fragte Seitlbach und blickte seine Verlobte verwirrt an. »Davon hast du mir gar nichts erzählt, Nicole.«

»Es war auch nicht weiter wichtig, Günther.« Sie legte ihre Hand beschwichtigend auf seinen Arm. Hirschberg wusste, dass es nicht besonders viel gab, was Nicole Reinhardt aus der Ruhe brachte.

»Was wollte sie denn dieses Mal um Gottes willen? Ging es wieder um die Katzen von Frau Moosberger, die angeblich ihre Terrasse vollscheißen?« Seitlbachs Stimme klang gequält. »Ich bin mir als Bürgermeister meiner Verantwortung ja durchaus bewusst, aber ich kann doch nicht jeden kleinlichen Nachbarschaftsstreit schlichten.« Er warf die Hände in die Luft. »Außerdem muss ich mich um meine Kandidatur kümmern.« Er blickte Hirschberg verständnisheischend an. »Es wird einiges auf Herrn Hofstadler zukommen, wenn er erst mal Bürgermeister ist. Aber, ich bin mir sicher, das Amt des Bürgermeisters hier wird ihn für jeden noch so hohen politischen Seegang wappnen.« Seitlbach verschränkte kopfschüttelnd die Arme vor der Brust.

»Es ging nicht um die Katzen von Frau Moosberger. Aber wenn sie sich über die Tiere beschwert hätte, hätte ich ihr den Marsch geblasen. Ich liebe Katzen, wie du weißt.« Sie lächelte ihren Verlobten an. Dabei hielt Hirschberg Nicole nicht zum ersten Mal selbst für eine provokant schnurrende Raubkatze. »Sie wollte dieses eine Mal tatsächlich nichts von dir, Günther. Diesmal wollte sie mit mir sprechen.« Sie verdrehte die Augen. »Diese Frau war wirklich die Pest. Wenn ich es mir recht überlege, hat sie eigentlich ganz gut hierhergepasst.«

»Und was genau wollte sie mit Ihnen besprechen, Frau Reinhardt? Ging es etwa um Spitzendessous?«

Hirschbergs Stimme klang spöttisch. Aus den Augenwinkeln heraus konnte er sehen, wie Seitlbach peinlich berührt zu Boden blickte. War es dem zukünftigen Herrn Landrat womöglich unangenehm, dass seine Verlobte ihr Geld mit Reizwäsche verdiente, die Frauen und Männer gleichermaßen um den Verstand brachte? Seine Mundwinkel zuckten hämisch. Er senkte rasch den Kopf und räusperte sich.

»Ob Sie es nun glauben oder nicht, aber genau darum ging es, Herr Hauptkommissar.« Nicole griff nach der Kaffeekanne und füllte ihre Tasse, bevor sie sich entspannt auf ihrem Sessel zurücklehnte.

Keine Befragung war hitzig genug, um den Eisberg zum Schmelzen zu bringen, dachte Hirschberg bei sich.

»Sie wissen vielleicht von Mrs. Burton, dass meine Dessous bis Größe vierundvierzig gehen, und dann ist Schluss. Ich lasse keine richtigen Übergrößen fertigen. Es sei denn natürlich, es handelt sich um Spezialaufträge gut betuchter Kunden. Das kommt durchaus ab und an vor. Diese Maßanfertigungen haben dann aber natürlich auch ihren Preis.«

»Wollte Frau Piero-Schuster demnach eine Maßanfertigung bei Ihnen in Auftrag geben?«

»Herr Hauptkommissar, wo denken Sie denn hin?«

Sie lachte hämisch. »Diese Person mag ja nach ihrer Scheidung großzügig abgefunden worden sein, aber so locker konnte sie ihr Portemonnaie dann doch nicht öffnen.« Nicole nahm einen Schluck Kaffee. »Aber Sie haben doch sicherlich ihren leicht bekleideten toten Körper gesehen, nicht wahr? Ja, es hat sich auch bereits herumgesprochen, dass sie nur spärlich bekleidet war«, ließ sie Hirschberg wissen, als er sie ein wenig erstaunt anblickte. »Glauben Sie denn etwa, ihr Körper hätte in meine Dessous gepasst?« Es war eine rhetorische Frage. »Natürlich nicht, und jeder konnte das sehen. Nur leider sie nicht.« Nicole zog die Augenbrauen vielsagend nach oben und nippte an ihrem Glas. »Sie hat sich allen Ernstes eingebildet, sie würde in Größe zweiundvierzig passen, wo sie doch mindestens eine Achtundvierzig war, wenn man sie mit wohlwollenden Augen betrachtet.« Sie zuckte die Schultern. »Vor ein paar Jahren noch, so zum Zeitpunkt ihrer Hochzeit, wäre es kein Problem für mich gewesen, sie einzukleiden. Aber sie hat sich nun einmal zwischenzeitlich viel zu sehr gehen lassen. Kein Wunder, dass ihr Exmann die Flucht ergriffen hat.«

»Moment!« Hirschberg hob die Hand. »Wollen Sie mir etwa sagen, dass Sie Renate Piero-Schuster von früher kannten?«

»Nein, natürlich nicht.« Nicole schüttelte den Kopf. »Sie gehört ganz sicher nicht zu den Menschen, mit denen ich Umgang pflege. Aber ich kenne ihren Exmann Massimo.« Aus ihrem Mund klang es, als wäre es das Natürlichste auf der Welt, mit reichen und zwielichtigen Geschäftsmännern bekannt zu sein. »Er ist ab und zu auf meinen Modenschauen und kauft für gute Freundinnen bei mir ein.« Sie schenkte ihm ein vielsagendes Lächeln. »Massimo kann sehr großzügig sein. Er hat mir bei mehr als nur einer Gelegenheit erzählt, wie sehr seine Ehe zu einer Belastung ausgeartet sei. Seine Frau lasse sich einfach nur noch gehen, seit er ihr das Jawort gegeben habe. Du erinnerst dich doch auch, Günther?« Seitlbach nickte bekräftigend. »Er wusste, dass Günther und ich ihn nur allzu gut verstehen konnten. Sie erinnern sich ja gewiss an meine Tante. Gott hab sie selig. So heißt es doch, nicht wahr?«

»Und was wollte Frau Piero-Schuster nun so dringend mit Ihnen besprechen, Frau Reinhardt?« Hirschberg fiel es schwer, seine Ungeduld zu zügeln.

»Diese streitsüchtige Wahnsinnige hat sich in eine meiner Spitzenkreationen gezwängt und dabei die Nähte gesprengt«, gab sie abfällig von sich. »Sie hatte ein völlig verzerrtes Selbstbild und hat mir daran die Schuld gegeben. Sie wollte mich verklagen und mich öffentlich schlechtmachen. Sie hat allen Ernstes behauptet, meine Dessous wären von schlechter Qualität. Ich habe lachend aufgelegt. Was hätte ich auch anderes tun sollen?«

»Sie waren also nicht wütend?«, hakte der Hauptkommissar nach.

»Ich gebe zu, ich war zunächst ein wenig verärgert, Herr Hauptkommissar, aber das war auch schon alles.« Nicole zuckte gleichgültig mit den Schultern. »Was hätte sie mir denn anhaben können? Sie hätte doch nur Spott und Hohn geerntet – vor Gericht wie auch in der Öffentlichkeit.«

»Da muss ich meiner Verlobten recht geben«, schaltete Seitlbach sich ein. »Was hätte diese Person schon machen können? Selbst einem Blinden wäre aufgefallen, dass sie sich bezüglich ihrer Konfektionsgröße etwas vormacht. Ich bin mir sicher, sie hätte sich diesem Hohn und Spott nicht ausgesetzt.«

Nicole Reinhardt warf ihm einen wohlwollenden Blick zu.

Hirschberg konnte das Schnurren der Raubkatze nun ganz deutlich hören.

»Ja, was hätte Sie wohl machen können«, entgegnete Hirschberg ungerührt, und er konnte sehen, wie Seitlbach erbleichte. Sein Gesichtsausdruck besagte, dass er nicht schon wieder in einen Mordfall hineingezogen werden wollte. Erst recht nicht in der Endphase des Wahlkampfs.

Nicole Reinhardt legte ihrem Verlobten beschwichtigend die Hand auf den Arm.

»Sie hätte gar nichts machen können, Günther. Der Herr Hauptkommissar spekuliert nur. Theorien zu entwickeln, seien sie auch noch so abstrus, ist schließlich sein Job. Wussten Sie eigentlich, Herr Hauptkommissar, dass Isobel, also Mrs. Burton, große Stücke auf Sie hält? Dass sie und ihr Verlobter glauben, Sie würden Ihr Talent verschwenden? Ich persönlich finde ja auch, Sie könnten so viel mehr erreichen, wenn Sie hier nicht durch Kuhfladen stapfen und vereiste Heuhaufen nach irgendwelchen Mördern durchsuchen würden.«

»Hier geht es nicht um mich, Frau Reinhardt«, entgegnete Hirschberg ungerührt. »Ich wüsste nun gerne von Ihnen beiden, wo Sie vorgestern Abend zwischen dreiundzwanzig Uhr und ein Uhr morgens waren. Mit dem polizeilichen Prozedere sind Sie mittlerweile ja bestens vertraut.«

»Wir waren auf einer Veranstaltung meiner Partei«, antwortete Seitlbach wie aus der Pistole geschossen. »Meine Verlobte hat mich selbstverständlich begleitet, denn ich schätze ihren Rat sehr. Ich kann Ihnen versichern, Herr Hauptkommissar, es gibt genügend Zeugen«, fügte der Noch-Bürgermeister hinzu. »Wir haben die Veranstaltung erst gegen zwei Uhr morgens verlassen, denn es gab und gibt nach wie vor sehr viel zu besprechen. Aus dem Grund möchte ich Sie jetzt auch bitten, zu gehen. Ich werde, wie ich Ihnen eingangs erklärt habe, vermutlich schon händeringend von Herrn Hofstadler erwartet. Anschließend haben meine Verlobte und ich eine kurze Unterredung mit Herrn Preston wegen des Projekts. Allem Anschein nach läuft es hervorragend«, behauptete er.

»Dabei fallen mir die Eröffnung und das Galadiner ein, Günther!«, rief Nicole strahlend. »Wenn alles glattläuft und auch Schreiber seine Arbeit pünktlich beendet, dann ist schon in einer Woche die Eröffnung des Restaurants.« Sie wandte sich strahlend an Hirschberg. »Sie, Ihre Frau und natürlich Mrs. Burton und Herr Dornberg müssen unbedingt dabei sein! Ich bestehe darauf! Ich werde Ihre Tante noch heute anrufen.«

»Das ist eine großartige Idee, mein Schatz«, pflichtete Seitlbach ihr euphorisch bei. »Ich habe mir diesbezüglich auch schon Gedanken gemacht. Und gerade Herr Dornberg scheint mir ein wahrer Gourmet zu sein!«

»Ich brauche die Namen der Zeugen«, entgegnete Hirschberg nüchtern und zückte einen Notizblock. Hoffentlich lag Susan am Abend des Galadiners in den Wehen, schoss es ihm verzweifelt durch den Kopf.

14.

Hubert Knoll, der Filialeiter des Supermarkts, kam mit großen Schritten auf Hauptkommissar Hirschberg zu. Einige der Kunden beobachteten die beiden mit unverhohlener Neugier.

Seit der handgreiflichen Auseinandersetzung zwischen Brigitte Schreiber und ihrem Opfer war der Supermarkt ab dem späten Nachmittag meist brechend voll, hatte eine der Verkäuferinnen Hirschberg zugeflüstert. Der »Eiermann« war mittlerweile eine solche Internetsensation, dass viele einen Blick auf ihn erhaschen wollten.

Ein zweifelhafter Ruhm, fand Hirschberg mitfühlend. Seine plötzliche Popularität war Hubert Knoll sicherlich nicht willkommen.

»Herr Hauptkommissar.« Der schlaksige Filialleiter reichte Hirschberg mit verkniffenem Mund die Hand und forderte ihn auf, ihm in sein Büro im hinteren Teil des Supermarkts zu folgen. »Nehmen Sie bitte Platz. Es war ja nur eine Frage der Zeit, bis Sie hier auftauchen«, seufzte er, als er sich an seinen Schreibtisch setzte. »Allerdings weiß ich nicht, wie ich Ihnen helfen könnte.«

»Na ja, nach dem …« Hirschberg räusperte sich, während er nach dem passenden Wort suchte. »Zwischenfall mit Frau Piero-Schuster und Frau Schreiber hier vorgestern muss ich natürlich auch Sie befragen, Herr Knoll. Das bringt mein Beruf nun einmal so mit sich.«

Knolls hageres Gesicht war bleich, und seine blaugrauen Augen blickten ihn unterkühlt an. Er schlug seine langen Beine übereinander. Der Filialleiter strahlte eine verbissene Freudlosigkeit aus, fand Hirschberg.

»Natürlich. Sie müssen dem ›Eiermann‹ ja auch auf den Zahn fühlen«, stieß er verbittert hervor. Seine Hände verkrampften sich ineinander.

»Es tut mir sehr leid, was da passiert ist.« Hirschberg unterdrückte das Zucken seiner Mundwinkel, als er an die Szene dachte. Für Hubert Knoll mussten die im Netz kursierenden Videos die schlimmste Demütigung sein. »Ich bin mir sicher, Frau Schreiber ist untröstlich und …«

»Frau Schreiber kann doch nichts dafür!«, fiel Knoll ihm unwirsch ins Wort. »Sie ist ein ausgesprochen angenehmer Mensch.« Er beugte sich nach vorne, während ein fanatischer Ausdruck in seinen Augen erschien. »Es war dieses Miststück!«, spie er Hirschberg entgegen, sodass Speichel auf seinen Schreibtisch spritzte. »Es gibt einen Grund, warum die meisten hier sich nicht über Zugereiste freuen«, zischte er finster. Hirschberg fragte sich, ob diese Spitze auch direkt gegen ihn und Susan gerichtet war. »Bei den Alteingesessenen hier weiß man, was einem im Falle eines Falles blüht, aber Außenseiter sind unberechenbar! Ihnen ist meistens nicht klar, dass es gerade in kleineren Gemeinden Regeln gibt, an die man sich halten muss.« Seine Worte lösten ein unangenehmes Prickeln in Hirschbergs Nacken aus. »Dieses Mistvieh hat überall angeeckt und die niedersten Instinkte in vielen hier geweckt – auch in der armen Frau Schreiber!«

»Gab es …« Hirschberg räusperte sich. Knolls merkwürdiges Verhalten erweckte sein Misstrauen. »Gab es vor diesem Zwischenfall schon einmal Probleme mit Frau Piero-Schuster?«

»Ihrer Ansicht nach verkauften wir minderwertige Ware. Das Angebot sei ein Witz im Vergleich zu München. Sie würde hier nur einkaufen, weil die Konkurrenz gegenüber ein noch erbärmlicheres Sortiment habe«, zählte er auf. »Unsere Verkäuferinnen seien ferner unfähig und unfreundlich. Soll ich weitermachen?«

»Nicht nötig. Ich verstehe schon, Herr Knoll. Aber Sie wissen ja, Frau Piero-Schuster hatte mit den meisten hier am Ort so ihre Schwierigkeiten.«

»Ein jeder bekommt letzten Endes, was er verdient, Herr Hauptkommissar.«

»Und was hat Frau Piero-Schuster Ihrer Meinung nach verdient?«, provozierte Hirschberg.

»Sie wissen doch genau, was ich meine.« Hitze schoss in seine Wangen. »Das Karma kann ganz schön hinterhältig sein, wie man heute so schön sagt. Und es gibt wohl auch immer wieder Menschen, die dem Karma gern auf die Sprünge helfen.«

»Wie meinen Sie das?«

»Na, ganz offenbar hat Frau Piero-Schuster jemanden so sehr verärgert, dass er sie nicht einfach so davonkommen lassen wollte. Jemand hat sich, wenn Sie so wollen, zum Rächer aufgeschwungen. Nicht, dass ich das gutheißen würde«, beeilte er sich hinzuzufügen.

»Herr Knoll.« Ein eisiger Schauer lief Hirschberg über den Rücken, als er Knolls harten Gesichtsausdruck sah. »Ich muss Sie jetzt natürlich wie alle anderen auch nach Ihrem Alibi fragen. Wo waren Sie vorgestern Abend zwischen dreiundzwanzig Uhr und ein Uhr morgens?«

»Oh, da ist sie also ermordet worden?« Genugtuung schlich sich in seine Züge. »Wer auch immer sich unser erbarmt hat, verdient einen Orden, Herr Hauptkommissar, auch wenn es mir für den Sohn dieses fürchterlichen Frauenzimmers natürlich sehr leidtut. Der arme Junge ist schließlich auch nur ein Opfer. Aber um Ihre Frage zu beantworten: Ich war sicherlich nicht derjenige, der diesen Mord begangen hat. Ich war mit Quirin Heimerl, einem alten Schulfreund, zusammen. Er arbeitet in der Bank am unteren Marktplatz und ist nebenberuflich Reporter bei unserem Lokalblatt. Sie haben ihn ja bereits getroffen, wie er mir berichtet hat.«

»Ich hatte schon das Vergnügen, ja«, entgegnete Hirschberg spitz. Ein verärgerter Ausdruck erschien auf Knolls Gesicht.

»Quirin hat mir von seinem Gespräch mit Ihnen erzählt.« Knoll nickte unterkühlt. »Er hätte gern ausführlich über die Ermordung von Frau Piero-Schuster berichtet. Wir haben schließlich das Recht, informiert zu werden, wenn in unserer Mitte jemand ermordet wird. Doch Sie als ermittelnder Beamter hätten sich nicht besonders kooperativ gezeigt. Aber Quirin ist zäh.« Ein boshaftes Lächeln erhellte sein Gesicht. »Er lässt sich nicht so leicht von der Obrigkeit abschütteln, die uns tagtäglich hinters Licht führen will. Sie werden schon sehen, Herr Hauptkommissar! Wenn er erst einmal den verdorbenen Braten gerochen hat …«

»Was dann?«, fiel Hirschberg ihm mit klirrend eisiger Stimme ins Wort. Knoll erbleichte.

»Er wird die Wahrheit ans Licht bringen«, nuschelte er einen Moment später vor sich hin und wich Hirschbergs Blick aus. »Aber um Ihre Frage zu beantworten: In der Nacht, als Frau Piero-Schuster ermordet worden ist, waren wir von neun bis ungefähr halb drei Uhr morgens zusammen und haben uns über die Ereignisse des Tages unterhalten. Wie Sie wissen, war mein Tag eine Katastrophe! Wer den Schaden hat, braucht für den Spott nicht zu sorgen, wie es so schön heißt!« Er schnaubte verächtlich. »Und im Übrigen fände ich es angebracht, wenn Sie als Ordnungshüter sich ein wenig um diese Jugendlichen kümmern würden! Wenn Sie mich fragen, hat unser Noch-Bürgermeister den Verstand verloren, diesem Projekt zuzustimmen! Mir ist so gar nicht wohl, wenn diese Halbstarken hier manchmal zum Einkaufen kommen. Man weiß ja nie …«

»Was weiß man nie, Herr Knoll?« Bei allem Mitleid für den Internetstar wider Willen stieß Knolls kleinkarierte Engstirnigkeit dem Hauptkommissar säuerlich auf. Er stellte fest, dass der Filialleiter ihn wütend machte.

»Na, die haben doch alles Mögliche auf dem Kerbholz!«, rief Knoll und warf die Arme in die Luft. »Fragen Sie Quirin! Er ist sich ziemlich sicher, dass diese Kuschelpädagogen doch überhaupt keine Ahnung haben, was diese Halbstarken treiben, sobald sie ihnen den Rücken zuwenden! Und Quirin hat Menschenkenntnis! Das kann ich Ihnen sagen!« Er atmete tief ein und aus, bevor er sich wieder beruhigte und sich nachsichtig lächelnd nach vorne beugte. »Für Menschen, die wie die Tante Ihrer Frau von jemandem wie Frau Piero-Schuster zur Weißglut getrieben werden, habe ich aber natürlich größtes Verständnis«, kam es gönnerhaft über seine Lippen. »Die sind mir hier auch stets willkommen.«

Hirschberg erkannte urplötzlich, dass Knoll diesen Supermarkt als das Territorium seiner uneingeschränkten Macht begriff. Der Ort, an dem er das Sagen hatte, wenn er sonst doch nirgends gehört wurde.

»Aber Jugendliche, die jederzeit zu Langfingern oder – Gott bewahre! – noch Schlimmerem werden können, möchte ich in meinem Supermarkt nicht haben!«

»Chef.« Hansen nieste am anderen Ende der Leitung. »Ich habe mit Clayton Hundmeier gesprochen. Der hat zur Tatzeit offensichtlich ein Mädchen namens Leni beglückt. Sie wird ebenfalls im Rahmen des Projekts betreut und hat sein Alibi bestätigt.« Sie schniefte. »Die beiden haben angegeben, dass er sich erst so gegen zwanzig vor eins zurück in sein Zimmer schleichen wollte. Kein Geringerer als der Star der Show hat das übrigens bestätigt. Clayton ist auf dem Flur mit Roman Rangler zusammengestoßen, und so ist auch sein Schäferstündchen mit Leni aufgeflogen.«

»Dann ist also wieder ein Verdächtiger raus«, entgegnete Hirschberg trocken. »Langsam gewöhne ich mich an das Spiel. Ich hatte bei Seitlbachs genauso viel Glück! Nicole Reinhardt hatte zwar Streit mit ihr, aber die beiden haben angegeben, zum Zeitpunkt ihrer Ermordung auf einer Veranstaltung der Partei gewesen zu sein. Ich bin mir sicher, dass sich das bestätigen wird. Es wird genügend Zeugen geben.«

»Renate Piero-Schuster hat sich auch mit Nicole Reinhardt angelegt?« Er konnte das Grinsen in Hansens Stimme hören. »Ging es etwa um Spitzendessous?«

»Allerdings!« Hirschberg lachte. »Der Hauch von Nichts, in dem wir sie gefunden haben, stammte aus Nicole Reinhardts Kollektion. Und die Nähte haben die geballte Ladung Piero-Schuster nicht ausgehalten.«

»Die Frage ist nur, wen sie verführen wollte, und ob er unser Täter ist«, überlegte Hansen.

»Genau das frage ich mich auch. Ich habe außerdem mit diesem Hubert Knoll, dem Filialleiter des Supermarktes, gesprochen und …«

»Dem Eiermann?« Ihr schulmädchenhaftes Kichern wurde von einem kräftigen Niesen abgewürgt.

»Genau dem. Er ist ein ganz komischer Kauz, wenn

Sie mich fragen. Er scheint ein Regelfanatiker zu sein. Und gegen Zugezogene hat er etwas, weil sie nicht so berechenbar sind wie die Alteingesessenen.«

»Das klingt tatsächlich nach einem kleinen Fanatiker. So jemand kann durchaus gefährlich werden. Trauen Sie ihm den Mord zu, weil er sein Krindelsdorf sozusagen reinhalten wollte?«, fragte Hansen.

»Ich weiß es nicht. Wir müssen auf jeden Fall sein Alibi überprüfen. Und da kommen Sie ins Spiel, Frau Kollegin.« Er grinste. »Solange Sie noch einsatzfähig sind, könnten Sie sich mal bei Knolls Nachbarn umhören. Er hat mir gegenüber ausgesagt, dass er bis in die frühen Morgenstunden, also auch zur Tatzeit, mit seinem besten Freund zusammen war. Mit diesem Quirin Heimerl.«

»Dem Lokalreporter?«

»Mit eben dem. Er hat mich auch wissen lassen, dass Heimerl sich festbeißen und die Wahrheit ans Licht bringen wird. Womöglich campiert er ja von jetzt ab vor meinem Haus.« Seine Stimme klang ironisch.

»Schicken Sie mir die Adresse auf mein Handy. Ich mache mich gleich auf den Weg.«

»Mache ich. Vielleicht finden Sie ja etwas Interessantes heraus. Ich werde anschließend Heimerl noch auf den Zahn fühlen, aber davor möchte ich zu den Schreibers.«

»Glauben Sie, die beiden haben etwas mit dem Mord zu tun?« Hansen hustete. »Ich war vorhin bei Brandl, um mich zu erkundigen, wann Schreiber von ihm weggegangen ist am Tatabend. Zeitlich könnte es passen. Brandl und seine Frau meinen, dass er so gegen dreiundzwanzig Uhr die Wirtschaft verlassen hat. Er muss einiges getrunken haben. Hat etwas von einem angeblichen Streit mit seiner Frau gefaselt.«

»Und Bruno Schuster hat mir gegenüber etwas von einer alten Geschichte zwischen seiner Mutter und Schreiber erwähnt. Ich fürchte, ich werde mich jetzt gleich sehr unbeliebt machen, Frau Kollegin.«

»Ich beneide sie nicht, Chef!« Hansen nieste. »Ich melde mich, falls ich etwas in Knolls Nachbarschaft in Erfahrung bringen kann!«

»Tun Sie das! Und bitte halten Sie sich noch aufrecht, bis der Fall geklärt ist!«

Hirschberg parkte seinen Wagen vor dem Haus der Schreibers und stieg aus. Er blickte nach oben, als eine dicke Schneeflocke auf dem Ärmel seiner Winterjacke landete. Er fluchte innerlich, weil er fürchtete, abends noch Schnee räumen zu müssen. Die weiße Pracht wurde immer mehr zur Belastung.

An der Haustür hielt er einen Moment inne. Aufgebrachte Stimmen drangen von innen an sein Ohr. Er stöhnte innerlich, als er auf den Klingelknopf drückte.

»I geh scho!«, rief Schreiber. »Wenn i bleib, vergess i mi am Ende no!«

»Weglaufen kannst du ja am besten in letzter Zeit!«, rief seine Frau ihm aufgebracht hinterher.

Hirschberg hörte, wie sich rasche Schritte der Tür näherten.

»Ach, der Herr Hauptkommissar!« Schreiber blickte ihm aufmüpfig und mit erhitzten Wangen entgegen. »Wollen Sie mir den Mord an dem Mistvieh jetzt anhänga? Sind Sie deswegen da?«

»Herr Schreiber, bitte beruhigen Sie sich. Ich möchte nur mit Ihnen sprechen. Und mit Ihrer Frau auch.«

»Lass ihn gfälligst rein, Martin!«, rief Brigitte Schreiber. »Vielleicht bist du wenigstens zum Herrn Hauptkommissar ehrlich, wenn du's zu deiner Frau schon nicht bist!«

»I bin ehrlich! Zefix no amoi!« Seine Hände zitterten vor Wut. »Was soll i denn sagn? Nix ist gwesen mit dem Flitscherl! Gar nix!«

»Es geht um die alte Geschichte zwischen Ihnen und Frau Piero-Schuster, nehme ich an.« Hirschberg blickte zwischen den beiden hin und her.

»Woher wissen denn Sie …« Brigitte Schreiber sah ihn fassungslos an.

»Bruno Schuster hat etwas aufgeschnappt, Frau Schreiber«, erklärte ihr Hirschberg. »Also, was war zwischen Ihnen und Frau Piero-Schuster, Herr Schreiber?«

»Ja, nix! Zum hundertsten Moi! Die is mir a oanzigs Moi in meinem Leben übern Weg glaufen, und i hätt die doch gar nimmer erkannt! Du weißt doch, dass i so a schlechts Personengedächtnis hab, Brigitte! Und außerdem is sie auseinandergegangen wie a Dampfnudel!« Er wandte sich an Hirschberg. »Es is knapp zwanzig Jahr her! Auf dem Junggesellenabschied von einem Freund in München! Sie hat sich an der Isar an mi und a paar andere rangmacht, aber gwesen is nix, weil wir dann weiter in den Biergarten sind! Ohne sie! Und i hab dir letztes Moi scho gsagt, Brigitte, dass sie sowieso koan Mann vom Land wollte! Zu ihrer Freundin hat sie gsagt, dass Männer vom Land allesamt Trampel sind! Das arrogante Miststück!«

»Wer sagt mir denn, dass das stimmt? Dass du net am Ende doch der Vater von ihrem Sohn bist?« Brigitte Schreibers Stimme klang schrill.

»Könnte das sein, Herr Schreiber?« Hirschberg ließ ihn nicht aus den Augen.

»Na! Zefix no amoi! Spinnts denn ihr alle?«

»Jetzt langt's!« Die Haustür wurde von außen geöffnet, und Marianne Dachshofer, die selbst ernannte Kräuterhexe des Ortes, stand mit gebieterischem Gesichtsausdruck im Flur der Schreibers. »Ihr hörts jetzt sofort auf, euch so aufzuführen! Spinnts denn ihr? I hab einen Zweitschlüssel für alle Fälle, Herr Hauptkommissar. Und wenn die Zwoa mal im Urlaub sind, kümmer i mi ums Haus«, erklärte sie Hirschberg. »Und die Ulrike, Frau Moosberger, hat mi angrufen, dass die Zwoa da«, sie bedachte die beiden mit einem tadelnden Blick, »wie die Irren aufeinander losgehn!«

»Aber Marianne …«, begann Brigitte.

»A Ruah is! Nur weil das daherglaufene Miststück so einen Schmarrn gredt hat, brauchts ihr jetzt net so durchdrehn!«, rief die Kräuterhexe oder vielmehr Paartherapeutin. Hirschberg grinste. »Was soll denn der Herr Hauptkommissar denken?«

»Ich wüsste einfach nur gern, wo Sie beide vorletzte Nacht zwischen dreiundzwanzig Uhr und ein Uhr morgens waren. Ich muss Sie beide das fragen.«

»Ich war im Bett, und mein Mann …«

»Nicht. Das wissen wir von Herrn Brandl.« Hirschberg atmete tief ein und aus. Brigitte Schreiber senkte den Kopf. »Was haben Sie gemacht, Herr Schreiber, als Sie so gegen dreiundzwanzig Uhr die Gaststätte verlassen haben?«

»I bin in der Kälte rumglaufen.« Er zuckte mit den Schultern. »Wir hatten Streit wegen dem Flitscherl. I wollt no net hoam.«

»Zeugen?«

»Der Mond und die Schneeflocken.« Er blickte Hirschberg herausfordernd an. »Aber i hab dem Mistvieh nix getan! *I* hab's bestimmt net umbracht!«

»Das heißt, Sie haben beide kein Alibi«, stellte Hirschberg mit Unbehagen fest.

»Sie glaubn doch net …«

»Ich glaube gar nichts, Frau Schreiber.« Er hob beschwichtigend die Hand. »Aber wir müssen nun mal ermitteln. Hat Sie denn irgendjemand gesehen, Herr Schreiber?«

»I wüsst net, wer.« Der Bauunternehmer senkte den Kopf. »Bei der Kälte und um die Uhrzeit …«

Schreiber hatte recht, schoss es Hirschberg durch den Kopf. Vermutlich konnte niemand seine Geschichte bestätigen, aber er hielt das Ehepaar nicht für kaltblütige Mörder. Auf dem Ziegelstein konnten überdies bis auf Frau Piero-Schusters Blut keine Spuren sichergestellt werden. Hirschberg erinnerte sich an den Laborbericht, den er an diesem Morgen erhalten hatte. Solange sie nichts Konkretes in der Hand hatten, konnte und wollte er weder Schreiber noch seine Frau festnehmen, dachte Hirschberg mit Erleichterung bei sich.

»Kann i gehn?« Schreiber blickte ihn argwöhnisch an. »I muss in die Gaststätte. Die Mittagspause is längst vorbei. Meine Leute warten auf mi.«

»Ja, gehen Sie nur, Herr Schreiber. Aber halten Sie sich bitte zu unserer Verfügung.«

»Wir waren das net, Herr Hauptkommissar!«, beteuerte Brigitte, als die Haustür hinter ihrem Mann ins Schloss gefallen war.

»Natürlich net«, beeilte sich Marianne Dachshofer ihr zu versichern. »Und der Herr Hauptkommissar wird das a beweisen! Es wird sich alles aufklären!«

»Ich werde tun, was in meiner Macht steht, Frau Schreiber«, seufzte er. Marianne Dachshofer schien blindes Vertrauen in ihn zu haben.

»Siehst! Und jetzt beruhigst di. Wenn dein Mann heut Abend heimkommt, dann kochst was Scheens! Die Streiterei is doch lachhaft! Net wahr, Herr Hauptkommissar?«

15.

Louisa Hansen schnäuzte und kniff einen kurzen Moment lang ihre Augen zusammen. Die Schmerzmittel entfalteten ihre Wirkung, und ihre Kopfschmerzen verebbten allmählich. Ihre erste Erkältung seit Jahren setzte ihr enorm zu. Sie war nicht gewappnet für einen derartigen Kälteeinbruch, und erst recht nicht dafür, durch Schneemassen auf dem bayerischen Land zu stapfen. Ihr Körper war das vergleichsweise zahme Klima des Rheinlands gewöhnt, aber nicht den bayerischen Winter und Temperaturen weit unter null Grad. Sie verharrte einen weiteren Augenblick lang in der Wärme ihres Wagens, bevor sie seufzend die Tür öffnete.

Knolls Haus lag in einer ruhigen Seitenstraße abseits des Marktplatzes. Nur in wenigen der Fenster brannte Licht. Die Kommissarin vermutete, dass die meisten Anwohner bei der Arbeit waren. Sie unterdrückte einen Aufschrei, als sie auf den vereisten Gehwegen schlitterte und beinahe den Halt verloren hätte. Ihre Erkältung sollte nicht auch noch von einem Knochenbruch gekrönt werden, schoss es ihr sarkastisch durch den Kopf.

»Obacht gebn!« Ein älterer Herr mit einer schwarzen, wohl selbst gestrickten Wollmütze kam mit einem breiten Grinsen auf sie zu. Sie konnte eine Goldkrone blitzen sehen. Der schwarze Labrador an seiner Seite beäugte Louisa schwanzwedelnd. »Bei dem Wetter brauchn's festeres Schuhwerk.« Er deutete augenzwinkernd auf ihre Stiefeletten, die der Kälte tatsächlich kaum standhalten konnten. Ihre Zehen wurden langsam so taub, dass Hansen sich innerlich kopfschüttelnd vornahm, sich demnächst nach geeigneten Winterstiefeln umzusehen.

»Ich fürchte, das ist wahr«, stimmte sie ihm lachend zu, und der Labrador bellte bekräftigend. Hansen lächelte und zog ihren Handschuh aus. Der Hund beschnüffelte ihre ausgestreckte Hand mit enthusiastischem Schwanzwedeln und presste seine warme feuchte Hundeschnauze an ihre Finger.

»Freddie mag Sie. Wenn's jetzt a no a Leckerli für ihn hätten, dann würd er Sie auffressen vor Liebe!« Freddies Herrchen lächelte und tätschelte den Kopf des Labradors. »Er ist recht verfressen, müssen's wissen. Und jetzt geht's ihm a wieder besser. Er hatte die letzten Tage einen Magen-Darm-Infekt. Sie glaubn ja gar net, wie oft man dann da mit einem Hund raus muss. Zu jeder Tages- und Nachtzeit.« Er schüttelte den Kopf.

»Das tut mir leid.« Kommissarin Hansen schenkte Herrchen und Hund einen bedauernden Blick. »Ich bin übrigens erkältet, Freddie. Das ist auch nicht schön.« Der Hund antwortete mit einem schmachtenden, zustimmenden Bellen.

»Sind Sie neu hier?«, erkundigte sich der Hundebesitzer neugierig. »I hab Sie hier no gar nia gsehn. Und an Sie hätt i mi bestimmt erinnert!« Er zwinkerte ihr zu.

»Wie man's nimmt.« Sie zuckte grinsend ihren Dienstausweis. »Ich bin Kommissarin Hansen vom LKA.«

»Ah, Sie ghörn zum Herrn Hirschberg, net wahr?«, rief er lächelnd. »Karl Leitner.« Er streckte ihr die Hand entgegen. »Wissen's d'Leut hier sind immer a bissl skeptisch was Zuagroasde angeht, aber i sag immer, das sind a nur Menschen, gell?«

»Das stimmt!« Hansen lachte. Der ältere Herr gefiel

ihr. Nebenbei fiel ihr auf, dass ihr Bayerisch stetig besser wurde.

»Der Herr Hirschberg und seine Frau sind ja so nett. Und i sag a immer zu meiner Frau, dass da jetzt überhaupt kein hässliches Kind rauskommen kann.« Er lachte gutgelaunt. »Bei manchen Paaren denkt man sich ja immer glei: ›Das gibt Kinder zum Wegschmeißen‹, aber beim Herrn Hirschberg und seiner Frau hab i da gar koa Angst!«

»Da wird er sich bestimmt freuen, das zu hören!«, lachte Louisa.

»I sag nur die Wahrheit. Und die Frau Hirschberg ko ja so gut Deutsch.« Er schien mit seiner Lobeshymne noch nicht am Ende. »Die ko Bayerisch fast besser als i! Und a ihre Tante, hat meine Frau gmeint, ko sehr gut Deutsch. Sie hat's nämlich im Supermarkt gsehn, als sie sich mit dem Mistvieh anglegt hat.«

»Sie meinen Frau Piero-Schuster.« Die Kommissarin nickte. »Ja, sie hatte mit vielen Menschen Streit. Ihre Ermordung führt mich ehrlich gesagt auch hierher.«

»Echt? Aber wieso?« Er blickte sie ein wenig verdutzt an. »Meine Frau und i waren's net!« Leitner lachte schallend. »Uns war die wurscht!«

»Das glaube ich Ihnen, Herr Leitner. Es geht um Herrn Knoll, den Leiter des Supermarkts. Er ist ja verständlicherweise nicht gut auf Frau Piero-Schuster zu sprechen gewesen, und ...«

»Der Depp!«, kam es verächtlich über Leitners Lippen. Freddie stimmte ein zustimmendes Knurren an. »Wenn Sie mi fragen, dann war's längst Zeit, dass der amoi oane aufs Maul kriegt hat!«

»Sie mögen ihn demnach nicht besonders, Herr Leitner?«

»A arroganter Lackaff ist der!«, rief er aufgebracht.

»Der stolziert durch den Supermarkt wie a Pfingstgockel und kommt sich ganz toll vor! Der Depp, der blöde! Und die blöden Theaterstücke, die er schreibt! Er ist ja a der Leiter der Theatergruppe am Ort.« Er schüttelte den Kopf. »Den Schmarrn kannst dir net anschauen, aber dann ist er beleidigt, wenn man net hingeht.«

»Ich bin ja hier, um sein Alibi zu überprüfen für die Tatzeit«, ließ Hansen ihn wissen. »Er hat ausgesagt, dass er in der Nacht, als Renate Piero-Schuster ermordet worden ist, also zwischen dreiundzwanzig Uhr und ein Uhr morgens, zusammen mit Herrn Heimerl zu Hause war.«

»Der Heimerl ist der gleiche Depp!«, rief Leitner, woraufhin Freddie wieder zustimmend bellte. Louisa konnte ihre Mundwinkel zucken fühlen. »Der ist jedes Moi so unfreundlich, wenn man in der Bank ist und das Glück hat, von dem bedient zu werden. Wenn Sie mi fragen, die Zwoa passen gut zam!«

»Herr Knoll meinte wohl zu Herrn Hirschberg, dass Herr Heimerl sein bester Freund sei, und …«

»Ah! Bester Freund! Das sind warme Brüder! Das sieht man doch auf hundert Meter!« Er beugte sich nach vorne. »Nicht, dass i dagegen was hätt, überhaupt net! Solang i da net mitmacha muas! Aber die Zwoa sind so was von ekelhaft! Es wär scho besser, die vermehren sich net! *Das* gäb Kinder zum Wegschmeißen!« Leitner lachte schallend. Der Labrador blickte schwanzwedelnd zu ihm auf. Er zeigte seine Lefzen, und sein Herrchen strich ihm über den Kopf. »Ja, Freddie, zeig der Frau Kommissar, wie schee du lachen kannst! Hunde lachen auch«, erklärte er Hansen.

»Ich weiß.« Sie streichelte Freddie lächelnd über den Kopf. »Meine Großmutter hatte einen Spaniel. Er hat auch immer mitgelacht, wenn wir gelacht haben. Aber sagen Sie, Herr Leitner, ist Ihnen zufällig irgendetwas aufgefallen? Können Sie vielleicht bestätigen, dass Herr Knoll und Herr Heimerl vorgestern Nacht zwischen elf und eins hier gewesen sind?«

»So ungern i das zugeb, aber i hab mit Freddie ja immer wieder in der Nacht raus müssen.« Leitner blickte sie mit aufrichtigem Gesichtsausdruck an. »Die Zwoa waren recht lang beinander. I hab's immer gsehn, wenn i mit Freddie um die Ecke bin. Außerdem kann man von unserem Wohnzimmerfenster a zu ihm rübersehen. I hab auf der Couch gschlafen wegen Freddie. I wollt net, dass meine Frau ständig wach wird, wenn i mit ihm rausgeh«, erklärte er einer verständnisvoll nickenden Hansen. »Beim Knoll hat bis mindestens drei oder halb vier Licht brannt.« Leitner schnaubte verächtlich. »Und Rücksicht kennt der a net, sag i Ihnen! Der macht seine Rollläden immer so spat zua in der Nacht, dass es meine Frau und mi regelmäßig ausm Bett hebt! Und deswegen konnt i a sehn, dass er und der andere Depp die halbe Nacht vorm Fernseher gsessen sind. Also umbracht hat der das Miststück wohl net.« Seine Stimme klang bedauernd. Sein lästiger Nachbar würde wohl nicht ins Gefängnis kommen. Die Kommissarin unterdrückte ein Grinsen.

»Dann können wir jetzt wohl wieder einen Verdächtigen von der Liste streichen.« Louisa lächelte und tätschelte den Kopf eines schmachtenden Freddie. »Sie haben mir wirklich sehr geholfen, Herr Leitner.«

»Aber gern doch!« Freddies Herrchen lächelte. »Wenn i der Polizei helfen kann, bin i immer zur Stelle!«

Hauptkommissar Hirschberg betrat die Bankfiliale im Ortskern von Krindelsdorf und blickte sich suchend um. Er trat rasch zur Seite, als sich eine Frau mit vollem Einkaufskorb an ihm vorbeidrängte.

Der Hauptkommissar öffnete den Reißverschluss seiner Winterjacke, während er auf den Schalter zusteuerte, an dem Quirin Heimerl die Kunden bediente. Hirschberg musterte ihn einen Augenblick lang verstohlen. In seinem dunkelgrünen Anzug mit kanarienvogelgelber Krawatte erinnerte er an ein kostümiertes Kind, dachte der Hauptkommissar mitfühlend.

»Herr Heimerl«, machte er den Bankangestellten auf sich aufmerksam. »Kann ich Sie vielleicht einen Moment unter vier Augen sprechen?«

Quirin Heimerl wirkte keineswegs überrascht, ihn zu sehen. Hirschberg fragte sich, ob Knoll ihn bereits auf seinen Besuch vorbereitet hatte.

»Sie sehen doch, was hier los ist, Herr Hauptkommissar«, entgegnete Heimerl zögerlich und deutete auf die Schlange hinter dem Schalter.

Die Kunden beobachteten die beiden neugierig. Farbe schoss in Heimerls Gesicht, als eine ältere Dame mit dem Herrn hinter ihr zu tuscheln begann.

»Kann das nicht warten?« Er räusperte sich. »Ich mache heute um siebzehn Uhr Schluss und dann ...«

»Aber selbstverständlich hat Herr Heimerl ein paar Minuten Zeit für Sie, Herr Hauptkommissar.«

Der Leiter der Bankfiliale, dessen Namensschild ihn als Helmut Stanglmeier auswies, näherte sich dem Bankschalter mit großen Schritten. Heimerls gesetzestreuer Chef schien den Ermittlungen des LKA nicht im Weg stehen zu wollen.

»Gehen Sie doch am besten in mein Büro, Herr Hauptkommissar. Dort können Sie sich ungestört mit

Herrn Heimerl unterhalten. Ich übernehme derweil für Sie«, fügte er an seinen Mitarbeiter gewandt hinzu, bevor er die nächste Kundin begrüßte.

Hirschberg bedankte sich und folgte dem zaghaft voranschreitenden Heimerl ins Büro des Filialleiters.

Unangefochtener Blickfang in Stanglmeiers Büro war ein Gemälde, das der Hauptkommissar als eines von Arthur Kraxlmaier erkannte. Rosina Baumann, die ebenfalls eines seiner Werke besaß, hatte ihm und Susan bei einem Besuch erzählt, dass der im neunzehnten Jahrhundert in Krindelsdorf geborenen Künstler sich mit seiner Landschaftsmalerei zumindest bayernweit einen Namen gemacht hatte. In Krindelsdorf war man stolz auf den Bauernsohn, der Getreidefelder lieber gemalt als die Ernte eingefahren hatte. Das Waldstück am Ortsausgang, das nun in Öl hinter Stanglmeiers Schreibtisch hing, galt als eines der Lieblingsmotive des Malers.

Heimerl steuerte die kleine Sitzgruppe gegenüber dem Schreibtisch an und bedeutete Hirschberg, Platz zu nehmen.

»Was kann ich denn für Sie tun, Herr Hauptkommissar? Was ist so dringend, dass ich meine Arbeit unterbrechen muss?«, erkundigte sich der Lokalreporter und presste seine Lippen aufeinander. »Ich nehme nicht an, dass Sie Neuigkeiten für meine Leser bezüglich des Mordes haben.«

»Leider noch nicht, Herr Heimerl. Aber ich kann Ihnen versichern, es wird nur ein paar Minuten dauern. Dieses Mal muss *ich Sie* interviewen, fürchte ich.« Hirschberg kämpfte gegen seine Abneigung an und versuchte sich an einem Lächeln. »Es geht aber tatsächlich um den Mord an Frau Piero-Schuster.«

»Ich dachte mir schon, dass Sie mit dem Finger auf sämtliche Einwohner zeigen, Herr Hauptkommissar.

Aber das ist nun einmal ihre Aufgabe. Sie müssen Ihre Arbeit ja gründlich machen«, erwiderte Heimerl gönnerhaft und schlug die Beine übereinander. »Ich hoffe nur, dass Sie sich das nächste Mal mir gegenüber auch kooperativer zeigen. Wenn ein Mord in unserer Mitte geschieht, dann müssen die Einwohner schließlich darüber informiert werden. Auch wenn es nur ein paar magere Zeilen sind.«

»Wir müssen uns im Rahmen der Ermittlungen bedeckt halten. Schon um den Täter nicht unnötig aufzuscheuchen. Das verstehen Sie sicher, Herr Heimerl. Aber um auf Frau Piero-Schuster zurückzukommen: Sie war nicht besonders beliebt hier am Ort und hat mit vielen Menschen Streit angefangen. Unter anderem auch mit Ihrem Freund Herrn Knoll. Er war ebenfalls Leidtragender, als sie im Supermarkt diese Auseinandersetzung mit Frau Schreiber hatte.«

»Diese Frau hat sich unmöglich benommen! Sie hatte nicht das geringste Schamgefühl oder so etwas wie Respekt vor den Alteingesessenen hier!«, stieß Heimerl hervor. Wenn er sich aufregte, klang seine Stimme noch höher als sonst. Hirschberg kniff gequält die Augen zusammen. »Und dann dieser unsägliche Auftritt, den sie im Supermarkt hingelegt hat! Die ganze Welt hat doch mittlerweile die Videos gesehen! Der arme Hubert!« Er schüttelte den Kopf, bevor er Hirschberg herausfordernd anblickte. »Außerdem war, soweit ich weiß, auch Ihre Frau anwesend. Mit ihr und ihrer Tante hatte diese Person doch auch Streit, nicht wahr?« Ein boshaftes Grinsen erhellte seine Züge.

Hirschberg ignorierte die Provokation. Falls Heimerl Mauscheleien in den Reihen des LKA vermutete und eine prestigebringende Story witterte, würde er bitter enttäuscht werden.

»Da haben Sie völlig recht, Herr Heimerl«, nahm er ihm den Wind aus den Segeln. »Allerdings waren Mrs. Burton und Herr Dornberg zur Tatzeit mit mir und meiner Frau im Krankenhaus. Hätten sie kein wasserdichtes Alibi, hätte ich den Fall sofort an einen Kollegen abgeben. Und im Übrigen bin ich nicht hier, um mit Ihnen über meine Familie oder meine berufliche Integrität zu sprechen, sondern über Herrn Knoll. Da auch er mit Frau Piero-Schuster in Konflikt stand, wie die Videos belegen, musste ich ihn natürlich nach seinem Alibi befragen.« Er nickte Heimerl mit nach oben gezogenen Augenbrauen zu. »Und nun möchte ich gern von Ihnen wissen, wo Sie vorgestern Abend zwischen dreiundzwanzig Uhr und ein Uhr morgens waren, Herr Heimerl.«

»Ich war mit Hubert zusammen«, antwortete Heimerl und verschränkte die Arme vor der Brust. »Das hat er Ihnen aber sicherlich bereits gesagt. Hubert und ich sind Nachteulen, Herr Hauptkommissar. Wir kommen beide mit recht wenig Schlaf aus. Wer etwas erreichen will im Leben, darf seine Zeit nicht vergeuden, wie meine Mutter immer sagt. Und wo sie recht hat … Hubert und ich haben schließlich beide noch einen zeitaufwendigen Zweitjob, wie Sie ja wissen. Da müssen wir jede freie Minute optimal nutzen.«

»Herr Knoll hat auch noch einen zweiten Job? Das wusste ich nicht.«

»Allerdings! Wir haben beide viel zu tun! Wie Sie sich vorstellen können, muss ich sehr oft noch einen Artikel für den *Krindelsdorfer Boten* verfassen, wenn ich aus dem Büro komme. Erst recht, wenn hier die Leute in Scharen umgebracht werden.« Seine Stimme war ein zynisches Seufzen. »Daher gehe ich meistens erst sehr spät ins Bett. Hubert schreibt nach Feierabend für unser Laientheater und führt auch des Öfteren selbst Regie. Ich kann Ihnen versichern, er hat mehr Talent als manch einer meiner ehemaligen Kommilitonen. Sie können sich ja gar nicht vorstellen, wer alles Germanistik studiert! Dilettanten, denen es in jedem wissenschaftlichen Bereich an Begabung mangelt, zieht es mit Vorliebe in die germanistischen Fakultäten. Es ist wahrhaft zum Weinen! Aber Sie sollten sich bei Gelegenheit eine von Huberts Aufführungen ansehen«, meinte Heimerl und brachte so etwas wie ein Lächeln zustande, was seine Züge zu einer grotesken Maske verzerrte. »Derzeit probt Hubert mit der Theatergruppe eine Verwechslungskomödie, die er vor einiger Zeit geschrieben hat.«

Das humorlose Gesicht des Supermarktleiters tauchte vor Hirschbergs innerem Auge auf. Den Hauptkommissar beschlichen ernste Zweifel an der komödiantischen Qualität des Stücks.

»Sie waren dann also zur Tatzeit mit Herrn Knoll zusammen? Den ganzen Abend und die halbe Nacht, ohne Unterbrechung?«, vergewisserte er sich. »Keiner von Ihnen beiden hat zu irgendeinem Zeitpunkt das Haus verlassen? Nicht einmal für einen kurzen Zeitraum?«

»Das sagte ich bereits, Herr Hauptkommissar.« Der Lokalreporter beugte sich ungeduldig nach vorne. »Wir haben uns nach Feierabend getroffen, eine Flasche Wein getrunken und uns bis spät in die Nacht über diesen unsäglichen Tag unterhalten! Sie können sich sicher vorstellen, dass Hubert jemandem sein Herz ausschütten musste.«

»Ja, das kann ich mir sehr gut vorstellen«, nickte Hirschberg und bemühte sich um einen mitfühlenden Tonfall.

»Aber es war ja nicht nur der Vorfall mit Frau Piero-Schuster. Es sind ja auch diese Resozialisierungs-Jugendlichen, die immer wieder in den Supermarkt kommen, um Zigaretten oder auch Bier zu kaufen. Sie verhalten sich äußerst undiszipliniert, meint Hubert.« Heimerl blickte Hirschberg herausfordernd an. »Diese Jugendlichen machen doch, was sie wollen, wenn man sie nur kurz aus den Augen lässt! Ich möchte gar nicht erst wissen, was sie alles auf dem Kerbholz haben! Aber man muss sie sich ja nur ansehen! Und erst dieser Rangler! Dieses versoffene Weinfass! Wenn Sie mich fragen, ist dieses Projekt eine Farce!« Er warf die Hände in die Luft. »Ich frage mich ernsthaft, was sich unser sogenannter Bürgermeister nur dabei gedacht hat, diese zwielichtigen Gestalten hierher zu holen!« Ein hämisches Grinsen umspielte seinen Mund. »Aber Herrn Seitlbachs Prioritäten lagen ja immer schon in anderen Bereichen als beim Wohlergehen unserer Gemeinde.«

»Gibt es denn konkrete Probleme mit den Jugendlichen?« Hirschberg unterdrückte seine Ungeduld.

»Ich bitte Sie, Herr Hauptkommissar. Sie sind doch vom Fach. Ein Blick in die Gesichter dieser Jugendlichen genügt doch, um zu sehen, dass aus ihnen niemals unbescholtene Bürger werden. Erst recht nicht unter der Schutzherrschaft dieses versoffenen Proleten. Mich persönlich würde es ja nicht wundern, wenn es bald noch mehr Mord und Totschlag geben würde!«

»So, so«, kam es säuselnd über Hirschbergs Lippen, was Heimerl erröteten ließ.

»Sie wissen doch, wie ich das meine, Herr Hauptkommissar!«

»Nein, eigentlich nicht, Herr Heimerl. Ich möchte Sie aber nochmals dringend davor warnen, falsche Verdächtigungen in Umlauf zu bringen.«

Wenige Minuten später verließ Hirschberg, nachdem

Stanglmeier noch einige Worte mit ihm gewechselt hatte, die Bank und zückte sein Smartphone.

»Chef?« Hansens belegte Stimme meldete sich schon nach dem zweiten Läuten. Über die Freisprechanlage konnte er das Motorengeräusch des Wagens hören.

»Sie hören sich nicht gut an, Hansen«, bemerkte er mitfühlend.

»Halb so schlimm! Die Grippemittel helfen, und ich breche erst zusammen, wenn wir den Täter haben! Versprochen!« Hirschberg konnte das gutgelaunte Grinsen in ihrer Stimme hören.

»Sie glauben ja gar nicht, wie sehr es mich freut, das zu hören! Ich nehme an, Sie sind schon wieder auf dem Weg ins Büro? Ich fahre jetzt auch los, weil ich Krämer noch rasch über den Ermittlungsstand informieren möchte. Haben Sie in Knolls Nachbarschaft etwas herausfinden können? Heimerl bestätigt nämlich sein Alibi.«

»Ich habe mit einem Nachbarn von Knoll gesprochen. Einem gewissen Karl Leitner. Freddie hatte einen Magen-Darm-Infekt, weshalb Herr Leitner öfters nachts raus musste. Er ist sich sicher, dass die beiden bis frühmorgens bei Knoll waren. Auch zur Tatzeit. Also wieder kein Treffer. Tut mir leid, Chef.«

»Schon gut, zumindest können wir Leute ausschließen. Aber wer in Gottes Namen ist Freddie?«, erkundigte Hirschberg sich verwirrt.

»Ein entzückender schwarzer Labrador. Ich hätte ihn am liebsten mit nach Hause genommen!«, schwärmte sie.

»Ach, *der* Freddie!« Hirschberg lachte. »Ja, Susan, schwärmt auch von ihm. Sie hätte sogar selbst gern einen Hund, seit sie Freddie kennengelernt hat. Ich kannte nur den Namen seines Besitzers nicht. Wir haben uns noch nicht vorgestellt.«

»Das macht nichts! Herr Leitner kennt Sie und Ihre Frau dafür umso besser!« Hansen lachte. »Leitner und seine Frau sind schon sehr gespannt auf Ihren Nachwuchs. Er hat mir versichert, dass Sie beide keine Kinder zum Wegschmeißen haben werden!«

»Was?«

16.

Hauptkommissar Hirschberg warf einen abschätzenden Blick auf die Uhr, als er vor Renate Piero-Schusters Haus aus seinem Wagen stieg. Kurz vor halb sieben. Sein Gespräch mit Krämer hatte länger gedauert als erwartet, was angesichts der Brisanz jedoch nicht weiter verwunderlich war. Die Medien machten Druck, und die Ermittlungen kamen nur schleppend voran. Krämer stand eine weitere unruhige Nacht bevor.

Hirschberg kalkulierte rasch. Hobbykoch Dornberg erwartete die Familie pünktlich um halb acht am Esstisch. Er musste schmunzeln. Die fürsorgliche Seite des Pornotycoons nahm ihn zunehmend für Isobels Zukünftigen ein.

Er blickte nach oben, als dicke Schneeflocken auf seinem Handgelenk landeten und sich sofort verflüssigten. Die weißen Flocken tanzten hypnotisierend im Licht der Straßenlaterne vor dem Haus. Bereits am frühen Abend wurde es stockdunkel. Hirschberg fröstelte trotz seiner dicken Winterjacke. Auf dem Land war es noch einige Grade kälter als zwischen den hohen Gebäuden der Stadt. Er sehnte sich nach den milden Temperaturen des Frühlings.

Das Krindelsdorfer Spukhaus machte trotz Schreibers Bemühungen auf Hirschberg einen wenig einladenden Eindruck. Anders als die abergläubischen Krindelsdorfer Seelen aber scheute der Hauptkommissar die etwaige Begegnung mit Alfred Glöckners Geist nicht. Das Eingangstor war festgefroren, und Hirschberg trat kräftig dagegen, um es aufzustoßen.

Er entfernte das polizeiliche Siegel und öffnete die Haustür. Hirschberg lauschte einen Moment lang in die Dunkelheit. Im Inneren des Hauses, das durch all das Blutvergießen seine Unschuld längst verloren hatte, war es mucksmäuschenstill. Ihn beschlich das irrationale Gefühl, dass die Gewaltakte der Vergangenheit ihre unsichtbaren Spuren in Piero-Schusters Haus hinterlassen hatten.

Würde Annika Blasius als neue Besitzerin die Schatten der Vergangenheit vertreiben können?, fragte er sich. Was erhoffte sich Rosina Baumanns Freundin vom Erwerb des Hauses? Was glaubte sie, zu entdecken? Konnte es der Historikerin wirklich gelingen, den guten Ruf ihres Ururgroßvaters wiederherzustellen?, überlegte Hirschberg, während er an der Wand entlang nach dem Lichtschalter tastete.

Er ließ die Haustür ins Schloss fallen und ging ins Wohnzimmer. Hinter den Türen des weißen Wohnzimmerschranks hoffte er auf Spuren eines Lebens zu stoßen, das sich ihm bisher verschloss.

Alles deutete darauf hin, dass ihr Opfer nicht von einem Fremden erschlagen worden war. Auch ein Raubmord kam nicht in Frage. Bevor er mit Angelsberger und Preston in die Gaststätte fuhr, hatte Bruno bestätigt, dass zumindest auf den ersten Blick nichts von Wert fehlte.

Beim Gedanken an den Sohn des Opfers hielt Hirschberg inne. Ihr ganzes Leben sollte sich ändern, hörte er Bruno sagen. Vor allem das seine.

Was genau hatte seine Mutter damit gemeint? Und wen hatte sie am Abend ihres Mordes erwartet? Renate hatte keine Freunde hier am Ort. Hirschberg war sich sicher, dass es auch keinen Liebhaber gab. Eine Affäre hätte sich in Rekordzeit herumgesprochen, dachte er innerlich grinsend bei sich. Zweifelsfrei aber hatte sie zumindest damit gerechnet, einem Mann die Tür zu öffnen.

Blickte sie wider Erwarten dann doch einer eifersüchtigen Ehefrau entgegen? Auch eine Frau konnte schließlich mit einem Ziegelstein ausholen. War ihr Streit mit Schreiber am Ende nur Show gewesen? Und war Brigitte Schreiber zur Mörderin geworden, um ihren Mann zurückzugewinnen? Er dachte an Brigittes verzweifeltes Gesicht und schüttelte den Kopf. Er hielt sie weder für eine Mörderin, noch glaubte er, dass Schreiber und das Opfer zu irgendeinem Zeitpunkt eine Affäre gehabt hatten.

Hirschberg überlegte, ob einer der Jugendlichen am Ende doch etwas mit dem Mord an Renate Piero-Schuster zu tun hatte. War einer von ihnen oder waren gar mehrere womöglich auf Wertsachen aus gewesen? Wollten sie vielleicht einbrechen und die Hausherrin einfach nur außer Gefecht setzen, ohne sie töten zu wollen?

Der Hauptkommissar verließ das Wohnzimmer und ging die Treppen hinauf in Piero-Schusters Schlafzimmer. Da er keine Ahnung hatte, wonach er suchte, blieb ihm nichts anderes übrig, als jeden noch so intimen Winkel des Hauses in Augenschein zu nehmen.

Hirschberg stockte der Atem, als sein Blick auf Piero-Schusters pompöses Nachtlager fiel. Ein kitschiges Himmelbett, in dem sich ein echter Kerl nie räkeln würde, dominierte den Raum. Spätestens zwischen den lilafarbenen Laken hätte ihr anberaumtes Rendezvous ein jähes Ende gefunden, fürchtete der Hauptkommissar. Das Bett passte in das Mädchenzimmer eines verwöhnten Töchterchens, aber nicht in das Schlafzimmer einer erwachsenen Frau. Was hatte sich ihr Opfer nur dabei gedacht, sich jede Nacht wie Dornröschen aufzubahren?

»Was stimmt denn nicht mit dir?«, murmelte Hirschberg kopfschüttelnd vor sich hin und riss sich vom Anblick des Betts los.

Der große Spiegelschrank an der gegenüberliegenden Wand beherbergte nicht nur Kleidung für jeden Anlass, sondern auch für jede figürliche Veränderung. Piero-Schusters Kleider variierten von Konfektionsgröße sechsunddreißig bis achtundvierzig. Scheinbar war es ihr nie in den Sinn gekommen, modischen Ballast abzuwerfen. Es schien fast so, als habe sie jede ihrer Lebensphasen konservieren wollen, fand Hirschberg.

Neben dem Schrank wachte eine Schneiderpuppe über den Raum, der sie ihr pompöses Brautkleid übergeworfen hatte. An ihrem großen Tag konnte Piero-Schuster vor dem Altar noch eine schmale Taille an Massimos Hüfte schmiegen. Es grenzte in Hirschbergs Augen an Masochismus, sich die Unerreichbarkeit einer glücklichen Vergangenheit ständig vor Augen zu führen. Die kopflose Schneiderpuppe mit dem Brautkleid hatte etwas Gespenstisches. Leichter Grusel überkam ihn. Er war alles andere als ein abergläubischer Mensch, aber in diesem Haus gab es zu viele dunkle Ecken. Was würden ihm die Wände wohl zuflüstern, wenn sie sprechen könnten?

Der Hauptkommissar wandte sich entschlossen um, da er außer Kleidern, Schuhen und Hüten nichts Aufschlussreiches in Piero-Schusters Schrank finden konnte.

Sein Blick fiel auf den altmodischen Schminktisch zwischen den beiden Fenstern, durch die man in Ulrike Moosbergers Garten sehen konnte. Der ovale Spiegel reichte fast bis zur Decke. Neben einem weinroten Schmuckkästchen befanden sich zwei Parfumflakons, einige Lippenstifte, eine Puderdose und eine Haarbürste.

Hirschberg öffnete das Schmuckkästchen und zog die einzelnen Fächer heraus.

Auf den ersten Blick barg die Schmuckschatulle keine großen Überraschungen. Einige Halsketten, Ringe, Broschen und Ohrstecker blitzten ihm entgegen, bevor sein Blick auf die unscheinbare weinrote Lasche am Boden des Kästchens fiel. Er zog daran, und der samtige Deckel hob sich.

Verborgen unter Piero-Schusters Schmuck kamen einige alte Fotos zum Vorschein. Hirschbergs Puls beschleunigte sich, als er die Aufnahmen herausnahm. Aufmerksam betrachtete er alte Kinderfotos, die ihr Opfer entweder allein, mit ihrer Mutter oder mit anderen Kindern zeigten.

Hirschberg runzelte die Stirn. Hatten die Fotos einen besonderen ideellen Wert für Renate oder gab es einen anderen Grund, warum sie sie in ihrem Schmuckkästchen versteckt vor neugierigen Blicken aufbewahrte und nicht einfach in einem Fotoalbum?

Der Hauptkommissar nahm die Aufnahmen an sich und schloss das Schmuckkästchen. Tief in seine Überlegungen versunken, machte er sich auf den Weg nach unten.

Die alten Fotos mussten Renate Piero-Schuster sehr wichtig gewesen sein. Er war sich mit einem Mal ganz sicher, dass der Schlüssel zu ihrer Ermordung irgendwo in ihrer Vergangenheit zu finden war. Und er musste dringend herausfinden, ob sie diese am Abend ihres gewaltsamen Todes wieder heraufbeschwören wollte.

17.

»Alexander!« Vincent Dornberg schoss aus Susans Arbeitszimmer, kaum dass Hirschberg die Haustür geöffnet hatte. »Wie genau stellst du dir das vor, wenn ich fragen darf! Ich kann so nicht arbeiten! Isobel und ich leiten ja wirklich gern alles für die Ankunft eures kleinen Engels in die Wege, aber ich muss auch ab und zu störungsfrei Unterlagen sichten und geschäftliche Telefonate führen können, ohne dabei von irgendwelchen Bittstellern der Gemeinde aus dem Konzept gebracht zu werden! Und du weißt auch sehr genau, dass Isobel ihre festen Regenerationszeiten braucht! Hier geht es ja zu wie im Taubenschlag«, fügte er naserümpfend hinzu.

»Wovon um alles in der Welt sprichst du eigentlich, Vincent?«, kam es verständnislos über Hirschbergs Lippen, als er seine Winterjacke auf einen Kleiderbügel im Garderobenschrank hängte.

»Von dieser zweifelhaften Gestalt, die seit einer halben Stunde in eurem Wohnzimmer sitzt und darauf besteht, mit dem für den Ort zuständigen Ordnungshüter zu sprechen. Ich gehe davon aus, dass er dich meint.« Ein ironisches Grinsen umspielte Dornbergs Mund.

»Und den Namen kennst du nicht zufällig?«, zischte Hirschberg, als er sich an ihm vorbeidrängte und ins Wohnzimmer eilte.

»Ah, Herr Hirschberg.« Ein hagerer Mann in grünen Cordhosen und mit dazu passendem Schal sprang von der Couch auf und kam mit einem breiten Lächeln auf den Hauptkommissar zu. »Ich bin hocherfreut, Sie zu sehen!« Der Geruch nach Räucherstäbchen umgab seinen Gast, und sein dunkelbrauner Rollkragenpullover hing sackartig an ihm herunter. Er schien in der Masse an Wolle regelrecht zu ertrinken, fand Hirschberg.

»Was führt Sie zu mir, Herr …« Hirschberg kannte seinen Besucher nur flüchtig vom Sehen.

»Oh, Verzeihung.« Er lächelte. »Wir sind uns ja noch nicht offiziell vorgestellt worden. Ich bin Jochen Wiesner von der Ökologischen Partei.«

Wiesner blickte Hirschberg an, als könne der Hauptkommissar erahnen, weshalb er sein Wohnzimmer okkupierte. Hirschberg zwang sich, seine Ungeduld zu verbergen.

»Weshalb genau möchten Sie mich sprechen, Herr Wiesner?«, half er ihm lächelnd auf die Sprünge, bevor er sich verstohlen umblickte. Wo zur Hölle war Susan?

»Sehen Sie, Herr Hirschberg, da Sie ja der zuständige Polizeibeamte hier am Ort sind …«

»Herr Wiesner, ich wohne zwar hier am Ort, aber ich bin keineswegs der zuständige Polizeibeamte hier. Ich arbeite für das LKA, und …«

»Aber nun mal keine falsche Bescheidenheit, Herr Hauptkommissar«, fiel Wiesner ihm lachend ins Wort und tätschelte jovial seinen Arm. »Sehen Sie, wir von der Ökologischen Partei sind uns der wertvollen Arbeit, die unsere Ordnungshüter tagtäglich im Fadenkreuz des Verbrechens leisten, durchaus bewusst. Daher möchte ich Ihnen meine Hilfe anbieten.«

»Ach ja?«

»Ja!« Wiesner nickte enthusiastisch. »Als gewissenhaftes Gemeinderatsmitglied komme ich natürlich nicht umhin, die doch etwas prekäre Stimmung hier im Ort wahrzunehmen. Bedenken Sie doch! Dieser grauenvolle Mord! Und dann das Projekt mit den bedauernswerten

Jugendlichen, das vielen hier ein Dorn im Auge ist. Auch wenn der *Krindelsdorfer Bote* eigentlich nicht gelesen wird, erreicht Quirins Berichterstattung doch den einen oder anderen reaktionären Geist. Und auch Pfarrer Schmalzengruber bezieht ja vehement Stellung gegen diese Resozialisierungsmaßnahme, was meines Erachtens nichts weiter ist als ein unüberlegter und widerwärtiger Akt der Menschenverachtung.« Er schüttelte nachdrücklich den Kopf. »Ich persönliche ziehe ja die Lehren Buddhas denen der katholischen Kirche vor.«

»Und weshalb genau wollten Sie mich sprechen, Herr Wiesner?« Hirschberg blickte ihn verwirrt an.

»Gut, dass Sie fragen, Herr Hauptkommissar! Sie haben die starke Verunsicherung unter den Einwohnern bestimmt selbst schon bemerkt. Würde es Ihnen an emotionalem Scharfsinn mangeln, wären Sie bestimmt nicht Hauptkommissar geworden.« Er lachte. »Aus diesem Grund sehe ich die Notwendigkeit gegeben, die Menschen in unserer Gemeinde ein wenig zu beruhigen. Und es gäbe da durchaus eine Möglichkeit, Herr Hauptkommissar. Wäre es Ihnen vielleicht möglich, sich im Gemeinderat ...«

»Ich bin nicht im Gemeinderat«, entgegnete Hirschberg mit unterdrückter Ungeduld.

»Ja, aber Ihre Stimme – die Stimme des aufrechten örtlichen Gesetzeshüters – hat Gewicht«, erklärte ihm Wiesner in bedeutungsschwangerem Tonfall. »Vielleicht könnten Sie also dem Gemeinderat meinen Vorschlag unterbreiten.« Er nieste mehrmals kräftig und kramte ein weißes Stofftaschentuch aus seiner Hosentasche hervor. »Sie müssen wissen, meine Frau Indira ist eine begnadete Auraleserin. Wir könnten also ihre Fähigkeiten nutzen, um das Konflikt- und Gewaltpotenzial der Jugendlichen auszuloten. Wenn sie dann nichts Böses erkennen kann, beruhigt sich vielleicht die aufgeheizte Stimmung hier am Ort wieder. Indira hat in Indien wirklich bei den Besten gelernt! Sie können sich keinen größeren Geist als den ihren vorstellen!«, rief er. Dabei klang seine Stimme ein wenig zu fanatisch für Hirschbergs Geschmack. »Sie hat auch gerade die Aura unserer Putzfrau Ulrike wieder gereinigt, nachdem sie ja die arme Frau Piero-Schuster gefunden hat. Selbstverständlich ist meine Frau auch gerne bereit, Ihnen bei der Suche nach dem Mörder unter die Arme zu greifen. Seine Aura wird ihn schließlich früher oder später verraten.« Wiesner lächelte zuversichtlich.

Hirschberg starrte ihn ungläubig an. Aurareinigung? Sein Zwerchfell fing an, ihn zu foltern. »Ulrike Moosberger putzt für Sie?«, stellte er die nächstbeste Frage, die sein überforderter Geist ausspuckte.

»Ja, Indira ist so vielbeschäftigt, dass sie selbst nicht dazu kommt, das Haus sauber zu halten. Aber Sie wissen ja, wie das bei Auralesern so ist«, fügte er hinzu.

»Nein«, hörte Hirschberg sich sagen. Wiesner und seine Frau schienen übergeschnappt zu sein, schoss es ihm durch den Kopf. Seine Mundwinkel zuckten.

»Wo um Gottes willen ist Susan?«, ertönte eine fordernde Stimme mit englischem Akzent. Bevor der Kommunalpolitiker noch etwas hätte sagen können, platzte Isobel Burton ins Wohnzimmer. In ihrem cremefarbenen Designerkostüm bildete sie einen harschen Kontrast zu Wiesners ökologischem Outfit. Hirschberg hätte es niemals für möglich gehalten, aber er war dankbar, sie zu sehen. Ihre Hand wanderte schützend vor ihre Nase.

»Hier riecht es ja wie in einer Hippiekommune.« Sie bedachte Wiesner mit einem vorwurfsvollen Blick. »Ist Susan deshalb nirgendwo auffindbar? Ihre Geruchsnerven sind derzeit ja sehr empfindlich.«

»Ja, ist sie denn nicht hier?« Irgendwo in Hirschbergs Kopf schrillten Alarmglocken.

»Ich kann sie nirgends finden.« Isobel schüttelte den Kopf. »Dabei wollte ich doch vor dem Abendessen noch die Vorhänge für das Kinderzimmer mit ihr besprechen. Warum in Gottes Namen läuft dir deine Frau eigentlich ständig davon?«, herrschte sie ihn an. »Wenn ihr nun etwas zugestoßen ist in diesem Dorf voller Mörder!« Sie deutete einen ungeduldigen Finger auf Wiesner. »Und wer um Gottes willen ist dieser Mensch, Alex, und was möchte er?« Die englische Lady in ihr vermied es, den Pöbel direkt anzusprechen, dachte Hirschberg gegen seinen Willen schmunzelnd bei sich. »Kann ich dich kurz unter vier Augen sprechen, Alex?« Ohne seine Zustimmung abzuwarten, zog sie ihn am Arm mit sich nach draußen in den Flur. »Hast du den Verstand verloren? Du darfst solche Gestalten doch nicht einfach hereinbitten und ihnen erst recht kein Geld geben«, zischte sie ihm leise zu. »Den wirst du jetzt bestimmt nie wieder los!«

»Das ist Herr Wiesner von der Ökologischen Partei«, flüsterte Hirschberg zurück und schenkte ihm über die Schulter hinweg ein erzwungenes Lächeln. »Was denkst du denn? Das ist doch kein Hausierer!«

»Lass dir doch von ihm nichts erzählen, Alex!« Sie verdrehte die Augen, als er sie weg von der Wohnzimmertür weiter in den Flur bugsierte. »Schau dir nur seinen ärmlichen Aufzug an. Ich möchte wetten, dass er alles von der Altkleidersammlung oder der Heilsarmee hat. Und auch wenn ich sehr für diszipliniertes Essverhalten bin, wage ich zu bezweifeln, dass er regelmäßige ausgewogene Mahlzeiten zu sich nimmt. Aber was soll's! Auch ich habe ein soziales Gewissen. Ich gehe mein

Portemonnaie holen! Ausnahmsweise, Alex! Und hoffentlich sind wir ihn dann ein für alle Mal los!«

»Du bleibst hier«, presste Hirschberg zwischen seinen Zähnen hervor. »Herr Wiesner ist Kommunalpolitiker, der ökologisch bewusst lebt, und kein Obdachloser! Du wirst ihn nicht vergraulen oder beleidigen!« Hirschberg holte tief Luft, als er Wiesner in seinem Wohnzimmer lautstark niesen hörte. »Aber das alles ist jetzt nicht wichtig. Wo ist Susan? Und vor *mir* ist sie ganz sicher nicht davongelaufen!«

»Aber vor wem denn sonst?« Isobel machte eine verständnislose Handbewegung. »Vor mir und Vincent etwa? Wir tun doch alles, um ihr das Leben zu erleichtern!« Sie nickte in Richtung Wohnzimmer. »Alex, hat der Ökologe vor, hierzubleiben, oder können wir uns jetzt mit Susans Verbleib beschäftigen?«

»Dieser Mensch scheint mir schwer erkrankt zu sein.« Vincent kam mit aufgescheuchten Schritten aus dem Arbeitszimmer. »Wenn ich auch nur geahnt hätte, dass er eine wandelnde Biowaffe ist, hätte ich ihn niemals das Haus betreten lassen«, versicherte er seiner Zukünftigen. »Weiß der Himmel, welche Krankheitserreger er hier ins Haus getragen hat!«

»Aber das weiß ich doch, Darling.« Sie strich ihm über die Wange. »Du bist ein so verantwortungsbewusster und rücksichtsvoller Mann.« Sie bedachte Hirschberg mit einem unterkühlten Blick. »Im Gegensatz zu manch anderem, der sich den ganzen Tag unters mörderische Volk begibt und keinen Gedanken an seine schwangere Frau verschwendet.«

»Diese Bazillenschleuder muss das Haus sofort verlassen!«, bestimmte Dornberg an Hirschberg gewandt. »Deine Frau ist hochschwanger, Alexander! Susan darf sich doch in ihrem Zustand keine Bakterien einfangen!

Nicht auszudenken, welche Auswirkungen das auf euren ungeborenen Sohn haben könnte!« Er warf suchende Blicke um sich. »Wo ist Susan überhaupt? Die Quiche müsste jeden Moment fertig sein«, meinte er mit einem prüfenden Blick auf die Uhr an seinem Handgelenk. »Ich hoffe, du magst Quiche mit Zucchini, Kirschtomaten und Ziegenkäse, Alex. Liebling, hast du den Tisch schon gedeckt?«, erkundigte er sich an Isobel gewandt, bevor er nach Susan rief.

18.

Susan Waters-Hirschberg hatte die Gunst der Detox-Cocktailstunde zur Flucht genutzt. Ihr Heim war von einer fürsorglichen Übernahme bedroht. Mit ihrer Quark-Maske im Gesicht und den Gurkenscheiben auf den Augen wirkte ihre Patentante fast ein wenig bedrohlich, fand Susan. Kaum waren Isobels Lider bedeckt, hatte sich Susan einem plötzlichen Impuls folgend ihre Winterjacke geschnappt und sich klammheimlich aus dem Staub gemacht.

Jetzt atmete sie die kühle Luft des Winterabends gierig ein und blickte nach oben. Sie öffnete den Mund, um einige winzige Schneeflocken einzufangen, wie sie es in ihrer Kindheit oft getan hatte. Ihre Kapuze rutschte nach hinten, und Susan zog sie rasch wieder über ihren Kopf. Die Luft war eisig.

Gemächlichen Schritts schlenderte sie am Sportplatz vorbei, wo Maximilian Schäfer in der hell erleuchteten Sporthalle gerade seine Fußballmannschaft aus dem Training entließ. Das Fußballfeld war von einer dicken Schneeschicht bedeckt, weshalb Schäfer das Training in die Sporthalle verlegt hatte. Im Frühjahr sollten die Renovierungsarbeiten im Sportheim weitergehen. Bis zum Ende des Resozialisierungsprojekts ruhten die Arbeiten nun, wusste Susan von Lars Baumann.

Sie seufzte, als ihre Gedanken zu den Jugendlichen wanderten. Susan hielt es zwar für abwegig, aber die Gegner des Projekts brächten die Jugendlichen nur allzu gern mit dem Mord an Frau Piero-Schuster in Verbindung.

Sie zuckte zusammen, als irgendwo in der Dunkelheit ein Hund bellte und sie aus ihren Überlegungen riss. Unruhiges Strampeln in ihrem Bauch ließ sie kurz innehalten. Ein mulmiges Gefühl beschlich Susan. Sie blickte sich wachsam um. In der Dunkelheit konnte sie kaum etwas erkennen. Der Kirchweg, der zurück in den Dorfkern und nach Hause führte, war nur sehr spärlich beleuchtet.

Sie begann zu frösteln, da der Hund von Krindelsville nicht mehr aufhören wollte zu bellen. Susan beschleunigte ihren Schritt, kam aber einige Augenblicke später am Haus des ehemaligen Schuldirektors Wegener abrupt zum Stehen. Sie runzelte die Stirn. Irgendetwas stimmte nicht. Unschlüssig trat sie von einem Fuß auf den anderen. Ihre Zehen waren fast taub und ihre Hände eiskalt.

Die unbeleuchteten Fenster des Hauses starrten Susan wie die hohlen Augen eines Totenschädels entgegen. Ihre Zähne begannen zu klappern, und ein Schaudern durchfuhr ihren Körper. Das Außenlicht über der Haustür brannte und brachte die Schneedecke vor dem Haus zum Glitzern.

Wie in Trance ging Susan auf das Haus zu, und ihr stockte der Atem. Die Eingangstür war nur angelehnt, doch kein Laut drang durch den offenen Spalt nach draußen. Susans Magen verkrampfte sich. Gänsehaut schien sich in Windeseile auf ihrem ganzen Körper auszubreiten, und sie schlang schützend die Arme um sich. Sie warf hektische Blicke um sich, doch sie konnte niemanden erspähen.

Dreh dich um und geh nach Hause, hörte sie eine kleine Stimme in ihrem Hinterkopf flüstern. Wenn Isobel und Vincent merken, dass du dich einfach weggeschlichen hast ...

Susan kniff die Augen zusammen, während die Stimme der Vernunft sie weiter anflehte, kehrt zu machen. Die Alarmglocken in ihrem Bauch läuteten Sturm und ließen auch ihren strampelnden Sohn nicht zur Ruhe kommen. Im Flur des Hauses war alles dunkel. Sie schluckte. Ihr Mund fühlte sich auf einmal sehr trocken an.

»Frau Waters-Hirschberg?«

Susan fuhr herum, als Maximilian Schäfer plötzlich in der Dunkelheit auftauchte. Ihr Herz hämmerte bis hinauf in ihre Kehle.

»Herr Schäfer!«, rief sie atemlos und schlug sich die Hand vor den Brustkorb. »Haben Sie mich erschreckt.«

»Was machen Sie denn hier? Möchten Sie zu meinem Onkel? Sie sollten in Ihrem Zustand nicht so lange allein durch die Gegend laufen. Erst recht nicht nach Einbruch der Dunkelheit und in der Kälte.«

»Ich bin ...« Sie schnippte mit den Fingern und suchte nach dem richtigen Wort, »... getürmt.« Sie lachte nervös. »Ich musste weg von meiner überfürsorglichen Tante und ihrem Zukünftigen. Ich bin auch eigentlich schon wieder auf dem Heimweg, aber dann bin ich hier vorbeigekommen und habe gesehen, dass das Außenlicht an ist. Und dass die Tür offensteht.«

Schäfers Gesicht versteinerte sich. Susan wusste, dass Georg Wegener und sein Neffe ein sehr enges Verhältnis hatten. Wegeners Frau war vor einigen Jahren gestorben. Vermutlich kümmerte sich Schäfer um den alten Herrn.

»Onkel Georg?« Schäfer stieß die Tür auf und knipste das Licht im Flur an. Nichts rührte sich. Die Stille war erdrückend und raubte Susan fast den Atem.

»Onkel Georg?«, wiederholte Schäfer dieses Mal etwas lauter, als er gefolgt von Susan das Wohnzimmer seines Onkels ansteuerte.

Der Raum war nur spärlich beleuchtet. Allein die Leselampe am Fenster zum Garten spendete dämmriges Licht. Maximilian Schäfer erstarrte, und Susan drängte sich sanft an ihm vorbei.

Eine reglose Gestalt lag auf der Couch. Ihr schlaff herunterhängender linker Arm berührte fast den Boden. Susan schlug sich geschockt die Hand vor den Mund, als ein Aufschrei ihrer Kehle entfuhr. Ein beiges Couchkissen verdeckte das Gesicht. Der Brustkorb hob und senkte sich nicht mehr.

»Onkel Georg!« Schäfer löste sich aus seiner Erstarrung und stürzte in Richtung Couch, doch Susan hielt ihn geistesgegenwärtig am Arm zurück. Wenn sich ihr schrecklicher Verdacht bestätigte, dann war es wichtig, dass Schäfer so wenig wie möglich anfasste.

»Nein, Herr Schäfer, warten Sie. Lassen Sie mich rasch nach Ihrem Onkel sehen.« Susan drückte mitfühlend seinen Arm, bevor sie vorsichtig auf Wegener zuging und versuchte, seinen Puls zu ertasten. Sie achtete darauf, nichts zu berühren oder zu verändern. Wie sie bereits befürchtet hatte, war Wegeners Puls nicht zu erfühlen. Eine eisige Faust rammte sich in ihren Magen, und ihr wurde schlagartig schwindlig.

»Ich muss jetzt meinen Mann anrufen, Herr Schäfer.«

»Ihr beide habt auch nichts angefasst?«, vergewisserte sich Hirschberg mit einem Blick auf seine Frau, die unter ihrer dicken Winterjacke zitterte.

»Ganz sicher nicht, Alex«, nickte Susan mit klappernden Zähnen. »Ich habe nur nach seinem Puls getastet, und dann habe ich dich auch gleich angerufen.«

Hirschberg blickte sie besorgt an. Sie war blass, und die Erschöpfung schien ihr in den Gliedern zu sitzen.

»Du siehst müde aus. Du solltest nicht so lange allein unterwegs sein. Außerdem haben wir uns Sorgen gemacht.« Er dankte dem Himmel, dass es seiner Frau gut ging. Nicht auszudenken, wenn sie den Täter überrascht hätte.

»Mir geht es gut. Es tut mir leid, dass du beunruhigt warst, aber ich bin fast verrückt geworden mit Isobel und Vincent. Ich musste einfach raus. Ich konnte doch nicht ahnen, dass …« Ihre Stimme verebbte, und sie bedachte Schäfer mit einem mitfühlenden Blick. »Mir ist jetzt nur sehr kalt, und ich bin müde.«

Hirschberg nickte verständnisvoll. Durch die offene Haustür drang eisige Nachtluft in Wegeners Haus.

In der dunklen Jahreszeit hatten Mörder oft leichtes Spiel. Die Abenddämmerung setzte sehr früh ein, überlegte der Hauptkommissar. Im Schutz der Dunkelheit war es ein Kinderspiel, nicht aufzufallen. Bei den eisigen Temperaturen hätte sich zudem niemand über eine vermummte Gestalt gewundert, wäre der Täter jemandem über den Weg gelaufen.

Hirschberg warf einen Blick auf seine Uhr. Es war fast halb neun.

»Ich lasse dich gleich nach Hause bringen. Die Kollegen sind hoffentlich auch bald hier.«

Dr. Meißner und die Spurensicherung waren auf dem Weg nach Krindelsdorf, doch dank der vereisten Straßen würde sich ihr Eintreffen sicherlich verzögern, vermutete er.

»Wer macht denn so etwas?« Aus Schäfers Gesicht

war jegliche Farbe gewichen. Der durchtrainierte Trainer schien vor ihren Augen geschrumpft zu sein. »Ich begreife das einfach nicht. Noch heute Mittag habe ich mit ihm zusammen gegessen. Wie soll ich das meiner Mutter beibringen? Mein Onkel hat doch nie irgendjemandem etwas getan.« Schäfers Verzweiflung war ihm anzusehen. Wut und Schmerz lösten sich auf seinem Gesicht in rascher Abfolge ab. »Was für ein Mensch ermordet denn einen alten, wehrlosen Mann? Sie müssen denjenigen finden, der das getan hat, Herr Hauptkommissar.«

»Ich werde alles tun, was in meiner Macht steht, Herr Schäfer«, versicherte ihm Hirschberg.

Auch ohne Dr. Meißners vorläufige Begutachtung schien klar, dass Georg Wegener keines natürlichen Todes gestorben war. Das Couchkissen lag sicherlich nicht zur Zierde auf seinem Gesicht, dachte er mit trauriger Ironie.

Der Hauptkommissar schüttelte den Kopf. Georg Wegener gehörte zu den aufgeschlossenen Krindelsdorfern, die Außenseitern nicht grundsätzlich mit Skepsis begegneten. Er erinnerte sich, wie der ehemalige Schuldirektor Susan und ihm stets zuwinkte, wenn er ihnen auf seinem täglichen Spaziergang über den Weg lief. Er war ein freundlicher alter Herr, der im ganzen Ort beliebt war. Wer also sollte ein Motiv haben, ihn umzubringen?

»Wie genau haben Sie beide ihn gefunden?« Hirschberg blickte prüfend von Susan zu Schäfer.

»Wie gesagt, ich habe gesehen, dass das Außenlicht gebrannt hat, und die Haustür stand offen. Aber im Haus selber war es dunkel. Das kam mir irgendwie komisch vor. Ich habe mir gerade überlegt, ob ich ins Haus gehen und nachsehen soll, als Herr Schäfer kam.«

»Du wolltest hineingehen?«, rief Hirschberg mit nach

oben gezogenen Augenbrauen. »Allein und ohne zu wissen, was oder wer hinter der Tür ist?«

»Nein«, ruderte Susan zurück und senkte betreten den Kopf. »Wäre Herr Schäfer nicht gekommen, hätte ich dich angerufen.«

»Das will ich sehr hoffen«, meinte er und blickte ihr eindringlich in die Augen. »Das Außenlicht war also an.« Er warf Schäfer einen fragenden Blick zu. »Geht es von selbst an? Der Täter hätte bestimmt den Schutz der Dunkelheit bevorzugt.«

»Das Licht wird von einem sehr empfindlichen Bewegungsmelder gesteuert.« Der Fußballtrainer nickte. »Wenn man nur ein bisschen zu nah am Haus vorbeigeht, geht das Licht an. Ihre Frau hat den Bewegungsmelder vermutlich ausgelöst.«

»So wird es wohl gewesen sein, Alex. Ich war ziemlich in Gedanken. Da war auch noch dieser Hund, der irgendwo sehr laut gebellt hat. Ich habe gar nicht so richtig auf meine Umgebung geachtet und nur plötzlich gemerkt, dass die Lampe oberhalb der Haustür brennt.« Sie biss sich nachdenklich auf die Unterlippe. »Und dann habe ich die offene Tür gesehen.«

»Ich wollte nach dem Training rasch nach meinem Onkel sehen«, erklärte Schäfer. »Das hat sich so eingespielt. Da habe ich dann Ihre Frau vor seiner Tür getroffen.«

»Wir müssen natürlich noch auf die Spurensicherung warten, aber es sieht mir nicht nach einem Einbruch aus«, Hirschberg deutete auf das Schloss. Er konnte an der Haustür keine verdächtigen Spuren gewaltsamen Eindringens entdecken. Ließ der alte Herr seinen Mörder etwa herein und legte sich dann auf die Couch, um ein Nickerchen zu machen?

»Oh Gott! Mein Onkel hat schon immer einen Zweitschlüssel für den Notfall unter dem Blumentopf vor dem Eingang deponiert.« Schäfer schlug sich gequält die Hände vor sein Gesicht. »Es gab einmal eine Zeit, da war Verbrechen an diesem Ort ein Fremdwort. Onkel Georg und auch Tante Thea wollten immer, dass wir Kinder, ich und meine Schwester, jederzeit kommen und gehen konnten. Ohne dass wir extra hätten läuten müssen«, fügte er hinzu. »Es war ein offenes Geheimnis, wo dieser Zweitschlüssel lag. Ich bin mir sicher, dass der ganze Ort davon weiß. Wir haben in den letzten Jahren zwar immer wieder versucht, ihn zu überreden, den Schlüssel nicht mehr dort aufzubewahren, weil sich die Zeiten geändert haben, und jeder von uns ohnehin einen Schlüssel für den Notfall hat, aber alte Gewohnheiten wird man nur schwer los.« Er zuckte mit den Schultern. »Erst recht in dem Alter.«

Hirschberg nickte düster. Routine und eingefleischte Angewohnheiten waren ein Glücksfall für jeden Verbrecher. Er hegte keinen Zweifel daran, dass der ehemalige Direktor der Krindelsdorfer Grundschule ermordet worden war. Es sah alles danach aus, als hätte Wegener ein Nickerchen auf der Couch gemacht. Der Mörder musste sich einfach nur mit dem Zweitschlüssel ins Haus schleichen und ihm das Kissen aufs Gesicht drücken. Aber warum nur, um Himmels willen? Und gab es am Ende eine Verbindung zwischen dem Mord an Renate Piero-Schuster und dem an Georg Wegener? Hirschberg glaubte nicht an Zufälle. Der Hauptkommissar war fest davon überzeugt, dass die beiden Morde miteinander zu tun hatten.

Reifen knirschten im Schnee vor der Einfahrt zu Wegeners Haus. Kurz darauf ertönte eine Hupe.

»Entschuldigen Sie uns bitte einen Moment, Herr Schäfer. Ich muss noch rasch mit meiner Frau sprechen.«

Er konnte sehen, wie erschöpft Susan war, als er sie nach draußen führte. »Ich komme, sobald ich kann«, versprach er ihr. »Und du wirst mir versprechen, dass du zukünftig vorsichtiger bist.« Er war noch immer verärgert über ihr riskantes Verhalten, das sie schon einmal fast das Leben gekostet hätte. Wäre er damals nicht gerade noch rechtzeitig gekommen, hätte es ihr Ende sein können. »Wenn der Täter noch hier gewesen wäre, wärst du vielleicht sein nächstes Opfer geworden!« Es gab Momente, da machte seine Frau ihn wahnsinnig. Aber sie war nun einmal mit einer Isobel Burton verwandt … »Tu so etwas nie wieder! Versprich mir, dass du mich das nächste Mal gleich anrufst und dich in Sicherheit bringst!«

»Es tut mir leid, Alex«, entgegnete sie schuldbewusst. »Aber es hätte ja sein können, dass Herr Wegener Hilfe braucht, und außerdem war sein Neffe ja gleich da, und …«

»Versprich es mir!« Seine Augen bohrten sich in ihre, während er ihre Schultern ergriff.

»Ist ja gut«, kam es trotzig über Susans Lippen. »Ich verspreche es. Darf ich jetzt bitte nach Hause? Ich friere, und dein Sohn hat Hunger.«

»Susan Emily Cecilia Waters!« Eine aufgebrachte Isobel stieg aus Dornbergs Wagen und kam mit raschen Schritten auf sie zu.

»Das ist nicht dein Ernst«, zischte Susan ihrem breit grinsenden Mann zu. »Bist du wirklich so wütend auf mich?«

»Strafe muss sein«, entgegnete dieser und kniff seiner fassungslos dreinblickenden Frau in die Wange.

»Du tust ja gerade so, als hätte ich den armen Herrn Wegener umgebracht«, flüsterte sie. »Was glaubst du, was ich mir jetzt anhören darf? Ich wollte ihnen doch nur eine halbe Stunde entkommen und …«

»Wie gesagt, Strafe muss sein.«

»Was fällt dir eigentlich ein, Susan, dich einfach so davonzuschleichen?«, polterte ihre Tante vorwurfsvoll los. Hirschberg fragte sich fasziniert, wie es der echauffierten Lady gelang, in ihren hochhackigen Manolos nicht auf dem vereisten Weg auszurutschen. »In deinem Zustand! Ich habe deiner Mutter hoch und heilig versprochen, auf dich und ihren Enkel aufzupassen, und dann schleichst du dich einfach aus dem Haus und spielst den Leichenspürhund! Haben wir dir das in deiner Kindheit beigebracht? Deine Familie hat sich die größte Mühe gegeben, dir so etwas wie Verantwortungsbewusstsein mit auf den Weg zu geben! Und so dankst du es uns?«

»Tante Isobel …«

»Darüber reden wir noch, junge Dame! Du steigst jetzt sofort in den Wagen, und dann fahren wir nach Hause! Du holst dir noch den Tod in dieser sibirischen Kälte! Glaubst du, es geht spurlos an eurem Sohn vorüber, wenn du dir irgendetwas einfängst? Und weiß der Himmel, was du eurem Kind mit diesem Stress angetan hast! Du solltest dich wirklich mehr mit Epigenetik beschäftigen! Das Verhalten der Mutter wirkt sich nämlich auf die genetische Entwicklung des Ungeborenen aus! Wenn ich daran denke, was ich für große Hoffnungen in dich gesetzt habe, als ich dich damals über das Taufbecken gehalten habe! Und jetzt verhältst du dich wie die jüngere Ausgabe einer spießigen Miss Marple, die sich von St. Mary Mead nach Krindelsdorf verirrt hat!«

»Das wirst du bereuen«, hauchte Susan ihrem Mann ins Ohr, bevor Isobel sie am Arm wegzog.

Hirschbergs Mundwinkel zuckten, als Susan sich dem Griff ihrer Tante entriss und ins Auto stieg.

»Herr Hauptkommissar?« Hirschberg stand mit dem trauernden Maximilian Schäfer in Wegeners Wohnzimmer und konnte hören, wie Dr. Meißner sich vor der geöffneten Haustür den Schnee von seinen Stiefeln trat. »Es hat etwas länger gedauert wegen der Straßenverhältnisse. Ich habe schon gedacht, wir kommen nie mehr an!«

»Kein Problem, Dr. Meißner! Ich bin froh, dass Sie hier sind. Kommen Sie herein.«

»Ich mache mich gleich an die Arbeit.« Meißners Blick fiel auf die reglose Gestalt auf der Couch.

»Meine Frau hat Herrn Wegener zusammen mit seinem Neffen gefunden«, ließ Hirschberg ihn düster wissen, als sich der Polizeifotograf daranmachte, den Tatort zu fotografieren. Die Kollegen der Spurensicherung waren zu Hirschbergs Erleichterung fast zeitgleich mit dem Rechtsmediziner eingetroffen.

»Chef?« Louisa Hansen wirkte abgekämpft, als sie einige Minuten später Wegeners Haus betrat.

»Geradeaus durch, Frau Kollegin«, rief Hirschberg über seine Schulter hinweg. »Sie halten sich noch immer aufrecht?«, erkundigte er sich mit einem Blick auf ihre entzündete Nase. Ein schlechtes Gewissen beschlich ihn, dass seine junge Kollegin so spät noch nach Krindelsdorf gekommen war.

»Es ist zumindest nicht schlimmer geworden«, grinste sie. »Das Immunsystem soll schließlich auch ab und zu mal etwas tun.«

»Das freut mich zu hören. Ich komme gleich, Frau Hansen.« Er wandte sich an Schäfer. »Herr Schäfer, ich muss Sie jetzt leider bitten, mir nach draußen zu folgen.« Hirschberg legte ihm die Hand auf die Schulter. Er zog ihn sanft am Arm in die Diele. »Die Kollegen müssen ihre Arbeit machen.«

»Das hat er nicht verdient, Herr Hauptkommissar.« Schäfer schüttelte fassungslos den Kopf. »Er war ein herzensguter Mensch. Sie müssen denjenigen finden, der das getan hat. Ich bitte Sie!«

»Das habe ich vor, Herr Schäfer«, versicherte ihm Hirschberg. »Ich weiß, dass Ihr Onkel allgemein sehr beliebt war hier in Krindelsdorf, aber gab es vielleicht doch jemanden, der ihn nicht gemocht hat? Der etwas gegen ihn hatte?«

»Mir fällt niemand ein. Er ist wirklich mit jedem sehr gut ausgekommen. Ich weiß, das sagen die meisten Hinterbliebenen von …« Er stockte, und es dauerte eine Weile, bis er fortfahren konnte. »Aber bei Onkel Georg war es tatsächlich so. Er und meine Tante haben sich nie an den kleinlichen Streitereien hier beteiligt. Ich verstehe das einfach nicht.«

»Es sieht mir offen gestanden nicht nach einem Raubmord aus«, meinte Hirschberg. »Oder haben Sie das Gefühl, dass irgendetwas fehlt?«

»Es sieht eigentlich alles aus wie immer«, antwortete Schäfer achselzuckend. »Es ist nichts durchwühlt. Auf den ersten Blick fehlt auch nichts.« Er ging zur Kommode in der Diele und zog die oberste Schublade auf. »Da drin hat er immer sein Portemonnaie aufbewahrt. Hier ist es auch.«

»Warten Sie bitte.« Hirschberg zog sich ein paar Latexhandschuhe über und griff nach dem schwarzen Geldbeutel. »Sicher ist sicher.«

»Es scheint nichts zu fehlen«, meinte Schäfer mit einem Blick auf den Inhalt. »Ein Dieb hätte die zweihundert Euro und die EC-Karte bestimmt mitgehen lassen, oder?«

Der Hauptkommissar nickte düster. Es sah immer mehr danach aus, dass der Täter den alten Herrn einfach nur aus dem Weg haben wollte.

»Herr Schäfer, ist Ihnen in letzter Zeit an Ihrem Onkel irgendetwas Ungewöhnliches aufgefallen? War er irgendwie anders als sonst?«

»Eigentlich nicht«, der Fußballtrainer verzog seinen Mund zu einer abschätzenden Grimasse. »Außer vielleicht ...«

»Ja?«

»Er ist in letzter Zeit gedanklich immer sehr in der Vergangenheit gewesen.« Wegeners Neffe zuckte mit den Schultern. »Ich denke, das bringt das Alter wohl so mit sich. Wir haben ... hatten aber die Befürchtung, dass er an beginnender Demenz leiden könnte. Er wäre im Juli immerhin fünfundachtzig geworden.« Schäfer kniff die Lippen zusammen und senkte den Kopf. »Wir hatten schon Pläne für seinen Geburtstag«, meinte er leise, bevor er fortfuhr. »Er ist in letzter Zeit immer vergesslicher geworden und hat immer öfter von früher gesprochen. Eigentlich harmloses Zeug, aber seit ein paar Tagen hat er angefangen, Dinge zu sagen wie: ›Diese furchtbare Tragödie!‹ oder ›Trotz allem hat der Junge das nicht verdient ...‹. Meine Schwester und ich konnten uns darauf keinen rechten Reim machen. Und wenn wir nachgefragt haben, hat er uns immer nur verständnislos angesehen und so etwas gesagt wie ›der arme Junge‹. Ich habe wirklich keine Ahnung, wen er damit gemeint haben könnte.«

»Und Ihre Mutter?«, hakte Hirschberg nach. »Hat sie vielleicht eine Ahnung, wen Ihr Onkel damit gemeint haben könnte?«

»Sie ist gerade auf Reha nach einer Knie-OP«, antwortete Schäfer. »Sie wird auch noch einige Wochen in der Rehaklinik bleiben müssen. Wir wollten sie deswegen nicht mit Derartigem belasten. Sie sollte selber erst wieder fit werden, bevor sie sich Gedanken um ihren Bruder macht.« Er blickte ihn verständnisheischend an. »Wenn ich ihr jetzt sagen muss, dass Onkel Georg gestorben oder vielmehr ermordet worden ist, wird das den Heilungsprozess nicht unbedingt fördern. Sie hatten ein sehr gutes und enges Verhältnis.«

»Das verstehe ich natürlich, Herr Schäfer. Aber vielleicht könnte sie ein wenig Licht ins Dunkel bringen. Es wäre wirklich wichtig.«

Der Hauptkommissar hielt es keineswegs für einen Zufall, dass der alte Herr sich plötzlich an einen schlimmen Vorfall zu erinnern schien und nun ermordet wurde.

»Natürlich.« Schäfer nickte erschöpft. »Aber lassen Sie uns bitte zuerst mit ihr sprechen. Das ist ein wahrgewordener Albtraum. Wir müssen Sie einigermaßen schonend darauf vorbereiten. Wissen Sie, meine Großeltern sind sehr früh gestorben. Meine Mutter war gerade einmal neunzehn und Onkel Georg einunddreißig. Er hat immer auf seine kleine Schwester aufgepasst. Die beiden hatten ein ganz besonderes Verhältnis. Wenn sie kann, wird sie Ihnen bestimmt helfen wollen, den Mörder meines Onkels zu finden.«

»Sprechen Sie mit Ihrer Mutter, Herr Schäfer, und

falls ihr etwas einfällt, möchte sie sich bitte umgehend bei mir melden.«

»Es ist merkwürdig, Herr Hauptkommissar. Man lebt immer in dem Glauben, dass man Verbrechen nur aus dem Fernsehen oder aus der Zeitung kennt. So etwas Schreckliches passiert immer nur den anderen«, meinte Schäfer. Seine Augen glänzten feucht. »Und wenn es einen dann selbst trifft, geht man zu Boden und weiß nicht mehr, wie man wieder aufstehen soll.«

»Wir finden denjenigen, der das getan hat, Herr Schäfer«, versprach Hirschberg und hoffte, er klang zuversichtlicher, als er sich fühlte. Der Schmerz der Hinterbliebenen war fast genauso schlimm wie der gewaltsame Tod selbst. »Wir werden hier noch eine Weile zu tun haben.« Er deutete auf die Kollegen der Spurensicherung, die gewissenhaft ihrer Arbeit nachgingen. »Soll ich Sie nach Hause bringen lassen? Wir werden anschließend das Haus Ihres Onkels ordnungsgemäß versiegeln. Den Notfallschlüssel würde ich gern wegen der weiteren Ermittlungen vorerst behalten.«

»Sicher«, nickte Schäfer.

Im Wohnzimmer wurde der leblose Körper seines Onkels in den Metallsarg gehoben. Bevor sie ihn zu Grabe tragen konnten, musste ihm der Gerichtsmediziner seine letzten Geheimnisse entlocken.

Hirschberg erriet Schäfers Gedanken mühelos. Die Vorstellung, wie das Skalpell in den leblosen Körper seines Onkels eindrang, raubte ihm wie den meisten Angehörigen von Verbrechensopfern fast den Verstand. In den Augen vieler war die Obduktion nach einem Mord ein weiterer Angriff auf ein wehrloses Opfer. Wegeners Neffe wandte seinen Blick ab.

»Sie müssen mich nicht nach Hause bringen, Herr

Hauptkommissar. Ich brauche ein wenig frische Luft, um mich zu sammeln.«

Hirschberg blickte ihm mitfühlend nach, als er das Haus verließ und von der Dunkelheit verschluckt wurde.

»Ich schätze den Todeszeitpunkt auf zwischen fünf und sieben Uhr.« Dr. Meißner kam aus dem Wohnzimmer. Der Hauptkommissar wandte sich zu ihm um.

»Dann hat er wohl ein Nickerchen gemacht, der Täter hat sich ins Haus geschlichen und ihm das Kissen aufs Gesicht gedrückt«, vermutete Hirschberg. »Hansen und ich sollten die Nachbarn befragen, ob zufällig jemand etwas gesehen hat.«

»Er ist allem Anschein nach erstickt worden«, stimmte ihm der Rechtsmediziner mit düsterem Gesichtsausdruck zu. »Sehen Sie hier die Einblutungen in den Augenbindehäuten? Das sind stauungsbedingte Petechien. Die arterielle Blutversorgung ist zwar noch erhalten, aber das Blut kann venös nicht mehr abfließen. Das Ersticken mit dem Couchkissen ist höchstwahrscheinlich die Todesursache. Genaueres gibt es aber wie immer erst nach der Obduktion.« Meißner blickte ihn nachdenklich an. »Wenn es derselbe Täter war wie bei Renate Piero-Schuster, dann hatte er wieder leichtes Spiel. Auch hier musste er sein Mordwerkzeug gar nicht erst mitbringen.«

19.

Alexander Hirschberg warf seiner Frau über den Rand seiner Kaffeetasse hinweg einen halb zerknirschten, halb amüsierten Blick zu. Susan schmollte noch immer. Während er am vergangenen Abend zusammen mit Hansen den Tatort gesichert hatte, war sie den Vorhaltungen ihrer Tante ausgesetzt gewesen. Auch Dornberg hatte ihr erklärt, dass er enttäuscht von ihrem Verhalten sei. Anstelle von Reue aber sah er nun aufmüpfiges Blitzen in ihren Augen. Er stöhnte innerlich. Seine Frau würde sich bei nächstbester Gelegenheit wieder genauso verhalten und sich ohne mit der Wimper zu zucken in Gefahr bringen, weil sie ihre Neugier nicht zähmen konnte.

»Möchtest du noch etwas von dem Porridge, Susan?« Dornberg kam mit dem Topf an ihren Tisch und machte Anstalten, ihre Frühstücksschale zu füllen.

»Danke, Vincent. Ich bin satt. Aber es war hervorragend.«

»Bist du sicher, Susan? Du brauchst Nährstoffe. Erst recht nach diesem Abenteuer gestern Abend«, bestimmte er und gab ihr einen Nachschlag.

»Vincent hat recht.« Isobel warf ihr einen strengen Blick zu. »Dir steht eine anstrengende Geburt bevor. Du musst Kräfte sammeln. Es wäre schön, wenn du nach der Entbindung so enthaltsam wärst. Immerhin musst du dich dann für unsere Hochzeit in Form bringen, und …

»Ich ziehe dieses Kleid nicht an!«, presste sie mit gefährlich leiser Stimme hervor.

»Welches Kleid?«, erkundigte sich Hirschberg argwöhnisch. Ihm schwante Übles.

»Oh, es ist ein Traum, Alex! Du wirst es lieben!«, schwärmte Isobel. »Es ist …«

»Ein Hauch von Nichts«, fiel ihr Susan ins Wort.

»Solange Nicole Reinhardt dich darunter ausstaffiert ist das nur von Vorteil«, erklärte ihr ihre Tante mit vor Vernunft triefender Stimme.

»Was?« Hirschberg warf seiner Frau einen aufgeschreckten Blick zu.

»Apropos Nicole«, meinte Isobel. »Wie ich höre, möchten sie und der Bürgermeister, dass wir der Eröffnung des Restaurants beiwohnen. Ich finde das herrlich! Wie ihr wisst, legen Vincent und ich sehr viel Wert auf gutes Essen. Kann ich noch etwas Rührei haben, Darling? Du hast dich mit dem Frühstück wieder einmal selbst übertroffen!«

»Ja, und die Scones sind hervorragend, Vincent«, pflichtete Hirschberg ihr bei, als er eine noch warme Hälfte mit selbst gemachtem Himbeergelee bestrich, das Marianne Dachshofer ihnen geschenkt hatte.

»Danke für die Blumen.« Der Pornotycoon strahlte. »Es freut mich sehr, wenn es den Leuten schmeckt! Und ja, ich freue mich auch schon sehr auf die Eröffnung. Roman Rangler ist ein hervorragender Koch. Er pflegt zwar seine Staarallüren, aber so sind Künstler nun einmal. Ich war vor einigen Jahren mal in einem seiner Restaurants essen, und das Straußenfilet mit Rosmarinkartoffeln und Zuckererbsen war grandios!«, schwärmte er. »Ich kann euch versichern, uns steht ein kulinarisches Feuerwerk erster Güte ins Haus!«

»Ich finde es wirklich rührend, dass Nicole uns dabeihaben möchte.« Isobel blickte in die Runde. »Sie wollte uns die offiziellen Einladungen in den nächsten Tagen zukommen lassen.«

»Ich muss erst noch sehen, ob es mir zu anstrengend ist«, wandte Susan mit einem ironischen Lächeln um ihren Mund ein. »Du weißt ja, die Epigenetik, Tante Isobel. Ich will da nichts riskieren.«

Hirschberg senkte den Kopf und räusperte sich geräuschvoll.

»Mach dich nicht lächerlich, Susan«, entgegnete Isobel ungerührt. »Essen gehen ist etwas durchweg Positives, und dein Sohn soll schließlich frühzeitig an erstklassige Ernährung gewöhnt werden. Der Grundstein für das zukünftige Essverhalten wird schließlich bereits im Mutterleib gelegt. Deshalb bin ich auch so froh, dass Vincent hier so gesund und abwechslungsreich kocht.«

Susan verdrehte die Augen und verschränkte die Arme vor der Brust.

»Wie läuft es übrigens mit den Ermittlungen, Alex?«, erkundigte sich Dornberg mit aufrichtigem Interesse. »Der Mord an dem alten Herrn ist ja grauenvoll. Susan meinte, dass er so ein angenehmer und freundlicher Mensch war.«

»Das war er auch, obwohl wir nicht viel mit ihm zu tun hatten.« Hirschberg seufzte. Er machte sich Vorwürfe. Die Ermittlungen führten ihn und Hansen von einer Sackgasse in die nächste. Er war sich sicher, dass derselbe Täter beide Morde begangen hatte. Und ebendiesem Täter war er noch kein Stückchen näher gekommen. Er hatte das Gefühl, selbst für den Mord an Wegener verantwortlich zu sein. Wenn sie doch nur endlich einen Schritt weiterkämen!

»Es ist nicht deine Schuld.« Zum ersten Mal seit dem vergangenen Abend lächelte Susan ihn an. Sie schien seine Gedanken erraten zu haben. »Hat die Befragung der Nachbarn etwas ergeben?«

»Solange ich den Mörder nicht gefunden habe, ist alles, was passiert, irgendwie meine Schuld.« Er drückte ihre Hand. »Und nein, die Nachbarn haben leider nichts gesehen oder gehört. Zwei seiner direkten Nachbarn sind erst von der Arbeit nach Hause gekommen, als wir schon vor Ort waren. Und dieses ältere Ehepaar ein paar Häuser weiter hat noch nicht einmal mitbekommen, dass die Spurensicherung und der Wagen der Gerichtsmedizin gekommen sind. Die beiden ergänzen sich hervorragend. Sie ist fast blind, und er so gut wie taub. Ich musste mich brüllend mit ihm unterhalten, weil er sein Hörgerät verlegt hatte.« Er zuckte resigniert mit den Schultern und warf einen Blick auf die Küchenuhr. »Ich fürchte, ich muss mich langsam auf den Weg machen.«

»Nur damit du nicht allzu überrascht bist, Alex.« Isobel nickte in Richtung Haustür. »Ich habe vorhin diesen Heimerl vor dem Haus herumlungern sehen – dieser Mensch fängt an, mir auf die Nerven zu gehen – und auch noch ein paar andere. Die Medien scheinen hier ihre Zelte aufzuschlagen. Aber das eine sage ich dir: Sollten wir Susan in die Klinik fahren müssen, und auch nur ein Reporter stellt sich uns in den Weg, dann gnade ihm Gott! Und diesen Heimerl zerreiße ich in der Luft!«

»Ich fürchte, man wird mit Fragen über dich herfallen, sobald du das Haus verlässt.« Susan blickte ihn mitfühlend an.

»Damit habe ich leider schon gerechnet.« Er vergrub das Gesicht in seinen Händen. »Dann werde ich mir den Weg zu meinem Wagen wohl oder übel erkämpfen müssen. Aber wenn ich weg bin, werden sie sich sicher auch erst einmal zurückziehen. Dann habt ihr ein paar Stunden Ruhe.« Mit gemischten Gefühlen erhob er sich. Er musste sich an die Arbeit machen. Er konnte der Medienmeute schließlich nicht ewig aus dem Weg gehen und sich hier verschanzen.

»Ach, Alex!« Dornberg warf ihm einen strengen Blick zu. »Ich erwarte, dass du heute Abend ausnahmsweise pünktlich nach Hause kommst. Ich bestehe darauf, dass wir alle gemeinsam essen. Gestern Abend war ein Desaster, und wenn ihr als Familie zusammenwachsen wollt, sind gemeinsame Mahlzeiten das A und O! Es gibt Lachsfilet in Zitronenbutter mit Wildreis und als Nachspeise Crème Brulée, die punktgenau auf den Tisch kommen muss! Du machst dir keine Vorstellung, wie frustrierend es ist, wenn man stundenlang am Herd steht, und die Menschen, die einem am Herzen liegen, lassen dich warten! Wie es sich anfühlt, wenn man auf verkochtem Brokkoli sitzenbleibt! Um halb acht also möchte ich euch alle zu Tisch bitten.«

»Natürlich, Vincent.« Hirschberg seufzte, doch beim Gedanken an Dornbergs Kochkunst lief ihm das Wasser im Mund zusammen.

Kaum dass er aus dem Haus gekommen war, schoss eine mit einem Mikrofon bewaffnete Reporterin auf Hirschberg zu. Sie signalisierte ihrem Kameramann ihr zu folgen. »Herr Hauptkommissar! Was hat es mit dem zweiten Mord auf sich? Hängen die beiden Morde zusammen?«

»Derzeit kann ich Ihnen darüber keine Auskunft geben«, wehrte Hirschberg ab und ging entschlossen auf seinen Wagen zu.

»Wie kann es sein, dass unter den Augen des LKA noch ein weiterer Mord geschieht, Herr Hauptkommissar?«, fragte Heimerl vorwurfsvoll und drängte sich an der Reporterin vorbei. »Sind wir hier überhaupt noch sicher, oder geht ein Serienmörder um?«

»Es spricht derzeit nichts dafür, dass ein Serienmörder hier sein Unwesen treibt, Herr Heimerl.« Hirschberg warf ihm einen warnenden Blick zu. »Es gibt keinerlei Hinweise darauf, dass die breite Einwohnerschaft in Krindelsdorf in Gefahr ist.«

»Aber dennoch sind zwei Menschen gestorben, und Sie hüllen sich in Schweigen! Ich frage Sie daher noch einmal: Kann es sein, dass die jugendlichen Straftäter etwas mit den Morden zu tun haben?«

»Dann antworte *ich* Ihnen nochmals, dass es rein gar keine Anhaltspunkte dafür gibt. Es gibt nicht den geringsten Hinweis darauf, dass die Jugendlichen etwas mit den beiden Verbrechen zu tun haben.«

»Gibt es überhaupt schon Hinweise auf den möglichen Täter?« Die Reporterin hielt ihm das Mikrofon unter die Nase.

»Wir verfolgen zurzeit mehrere Spuren. Herrn Heimerl hier konnten wir übrigens schon ausschließen«, entgegnete Hirschberg mit sanfter Ironie und sah, wie die Reporterin Heimerl mit nach oben gezogenen Augenbrauen anblickte. Farbe schoss in seine Wangen. Hirschberg nutzte die Gunst des Augenblicks zur Flucht. Wohltuende Genugtuung durchflutete seinen Körper und vertrieb das schlechte Gewissen, Heimerl in Bedrängnis gebracht zu haben.

Der Lokalreporter brachte nicht unbedingt seine guten Seiten zum Vorschein, schoss es Hirschberg durch den Kopf, als er seinen Wagen auf die eisige Straße steuerte. Der Hauptkommissar hoffte inständig, sie würden endlich auf eine heiße Spur stoßen. Sie mussten den Täter schnellstmöglich finden. Der Ort wurde mehr und mehr zu einem Pulverfass. Und die Aasgeier der Medien kreisten über ihnen, um ihnen das Fleisch von den Knochen zu reißen, dachte er düster bei sich.

Pfarrer Schmalzengrubers Haushälterin Therese Hackelgruber öffnete die Tür und blickte die fünf unverhofften Besucher erstaunt an.

Ein weiterer Mord an einem wehrlosen alten Mann war am vergangenen Tag geschehen und versetzte den Ort in Aufruhr. Während die Polizei fieberhaft nach dem Täter fahndete, verdächtigten viele noch immer die Jugendlichen von »Ranglers Delikatessenschmiede«.

Jo Preston konnte Thereses Misstrauen nahezu körperlich spüren. Der Produzent schenkte ihr ein, wie er hoffte, gewinnendes Lächeln. Er wäre schließlich niemals beruflich so weit gekommen, wenn er nicht wüsste, wie man Menschen für sich einnahm, erinnerte Preston sich zuversichtlich.

Bratengeruch drang aus der Küche nach draußen. Preston vermutete zynisch, dass die Haushälterin des Pfarrers seit Stunden in der Küche stand, um in einem miesepetrigen Pfarrer Schmalzengruber wenigstens eine kleine Dosis an Endorphinen freizusetzen.

»Frau Hackelgruber, richtig?« Der Produzent reichte ihr die Hand. »Wie ich rieche, machen Sie Ihrem Status als Perle des Pfarrers alle Ehre«, kam es anerkennend über seine Lippen.

Angelsberger boxte Clayton sanft in die Rippen, als seiner Kehle ein verräterisches Lachen entfuhr.

»Wenn Sie das sagn.« Die Haushälterin blickte ihn mit großen Augen an.

Preston war froh, ihren Namen bei den Brandls aufgeschnappt zu haben. Dass er ihren Namen kannte, schien ihr zu schmeicheln.

»Es freut mich sehr.« Preston tat sein Möglichstes, die Flecken auf ihrer Schürze zu ignorieren. Menschen ohne Stil erregten sein Mitleid. Waren sie aber ungepflegt, stießen sie ihn ab. Sein Magen rebellierte, als ihm Frau Hackelgrubers aufdringliches Billigparfum in die Nase stieg. »Frau Hackelgruber, uns ist bewusst, dass wir keinen besonders guten Start hier am Ort hatten, und dass gerade auch Pfarrer Schmalzengruber einige Bedenken wegen des Projekts hegt. Deshalb dachten wir uns, es wäre eine gute Idee, Ihnen und dem Herrn Pfarrer zu zeigen, dass unsere Jugendlichen sich tatsächlich gut hier einfügen und vom steten Willen beseelt sind, sich zum Besseren zu wandeln.«

»Frau Hackelgruber, ist da jemand an der Tür?«

Pfarrer Schmalzengruber kam aus seinem Arbeitszimmer und blickte Preston und seine Entourage gastfeindlich an. Er schien ihr Erscheinen auf seiner Schwelle mit einem Überfall schwerbewaffneter Dschihadisten gleichzusetzen.

»Was führt Sie zu mir?« Schmalzengrubers Tonfall war frostig. »Ich sitze gerade an meiner Predigt. Nach dieser neuerlichen Tragödie ist es wichtig, meiner Gemeinde Trost zu spenden. Unsere Gemeinde hat durch gewissenlose Hände ein weiteres geschätztes Mitglied verloren, wie Sie gewisslich bereits gehört haben.«

»Eine Tragödie«, stimmte Preston ihm mit Grabesmiene zu. »Und wir haben selbstverständlich den größten Respekt vor Ihren Pflichten als Seelsorger, Herr Pfarrer«, beteuerte er mit der Aufrichtigkeit eines Atheisten. »Allerdings war es unseren Schützlingen«, Preston deutete auf Kelly, Clayton und Bruno, »ein Anliegen, Ihnen ihre Rechtschaffenheit zu demonstrieren, wenn Sie so wollen. Sie haben extra für Sie und selbstverständlich auch für Ihre reizende Haushälterin«, er schenkte Therese Hackelgruber ein strahlendes Lächeln, das sie erröten ließ, »Brownies gebacken. Ich kann Ihnen versichern, sie schmecken köstlich!« Das hoffte der Produzent zumindest. Er hatte seinem Lebensgefährten versprochen, sich mit Süßigkeiten ein wenig zurückzuhalten.

»Die drei möchten Ihnen wirklich eine Freude machen, Herr Pfarrer«, fügte Angelsberger lächelnd hinzu.

»Wir haben wirklich nichts Böses getan. Wir wissen, dass das hier eine große Chance für uns ist«, beteuerte Clayton, der für den Besuch im Pfarrhaus seine Baseballcap abgenommen und sein dichtes schwarzes Haar in Form gekämmt hatte. Er blickte den Geistlichen aufrichtig an. »Und wir dachten, vielleicht würden Sie sich über die Brownies freuen. Kelly kann wirklich sehr gut backen.« Ein schwärmerisches Lächeln umspielte seinen Mund.

»Da Ihre fleißige Haushälterin«, Preston stellte mit Entsetzen fest, dass Therese anfing, ihn anzuhimmeln, »ja ganz offensichtlich ein lukullisches Mittagsmahl für Sie zubereitet, kommt unser Dessert doch gerade recht. Meinen Sie beide nicht auch?«

»Scho«, nickte Therese. »Heit bin i net dazu kommen, für nachmittags an Kuchn zu backn, Herr Pfarrer.« Sie zwinkerte Preston verschwörerisch zu. »Der Herr Pfarrer mog so gern Rührkuchen.«

»Nun ja …« Pfarrer Schmalzengruber räusperte sich hoheitsvoll. Sein Widerwille war ihm anzusehen. »Wenn das so ist, begrüße ich als guter Christ diese versöhnliche Geste Ihrerseits natürlich.« Er nahm den Teller von Kelly mit einem verkniffenen Lächeln entgegen. »Sie müssen mich nun aber entschuldigen. Ich muss mich dringend wieder an die Arbeit machen. Sie werden sicher verstehen, dass ich als aufrechter Seelsorger meiner Gemeinde ein vielbeschäftigter Mann bin.«

»Vielleicht können Sie mir irgendwann das Rezept gebn?« Therese Hackelgruber schmachtete Preston dermaßen an, dass der Produzent innerlich stöhnte. Offensichtlich konnten Frau Hackelgrubers Augen das andere Ufer nicht erspähen.

20.

Hauptkommissar Hirschberg stand vor dem Krindelsdorfer Spukhaus. Im trüben Licht des Winters und inmitten der verschneiten Landschaft wirkte Renate Piero-Schusters Haus tatsächlich sehr unheimlich. Da nach dem Tod der Eigentümerin das Haus nun wieder verlassen war, erinnerte das Gemäuer an ein verwunschenes Anwesen aus einem Edgar-Allan-Poe-Roman. Dank der fehlenden Innenbeleuchtung verkamen die dunklen Fenster zu gespenstisch düsteren Augen, die vorbeigehende Fußgänger unheilverheißend anstarrten.

Der Hauptkommissar wusste nicht, ob es die traurige Geschichte des Hauses war oder ob der Aberglaube der Einwohner ganz allmählich auf ihn abfärbte, aber der Tatort eines der beiden jüngsten Krindelsdorfer Morde jagte ihm Schauer über den Rücken. Vielleicht würden die Geister, die in dem alten Gemäuer angeblich ihr Unwesen trieben, endlich zur Ruhe kommen, wenn Annika Blasius das Haus kaufte und die Wahrheit über den Tod der Familie Glöckner herausfand, dachte Hirschberg bei sich.

Das Fauchen einer Katze riss ihn aus seinen Gedanken und ließ ihn herumfahren. Einer von Frau Moosbergers Lieblingen starrte mit aufgestelltem Fell auf das Nachbarhaus. Einen kurzen Moment lang fürchtete er, die Katze könne sich das Rückgrat brechen, würde sie ihren Buckel noch weiter nach oben krümmen. Ihre grünen Augen hefteten sich auf ein Fenster im oberen Stockwerk. Hirschberg begann, unter seiner dicken Winterjacke zu frösteln. Sah die Katze etwas, das er nicht sehen konnte?

»Du wirst mir jetzt nicht erzählen, dass Gespenster in eurem Nachbarhaus wohnen.« Er grinste den Vierbeiner mit erhobenem Zeigefinger an. Die Katze legte den Kopf zur Seite und miaute, bevor sie von der Mauer sprang. Auf schnellen Pfoten lief sie dem Hauptkommissar voraus, als er die Klinke des Gartentors zu ihrem Reich herunterdrückte. Das Tier war wie ausgewechselt, als es mit Hirschberg zusammen vor der Haustür wartete, bis Frau Moosberger die Tür öffnete. Die Katze schnurrte und rieb ihren Kopf an seinem Bein.

»Herr Hauptkommissar.« Ulrike Moosberger blickte ihm fragend entgegen. »Das ist ja eine Überraschung. Kommen Sie doch herein. Kann ich irgendetwas für Sie tun?«

»Vielleicht«, antwortete Hirschberg und ignorierte das Chaos um ihn herum.

Ulrike Moosberger stand in dem Ruf, eine hervorragende Putzfrau zu sein. Jeder riss sich um ihre Dienste, und sie konnte sich vor Arbeitsangeboten kaum retten. Privat in ihren eigenen vier Wänden aber dominierte das Chaos, und Katzenhaare fanden sich in jeder Ecke und Ritze.

»Sie können sich sicher denken, dass ich auch mit Ihnen noch wegen des Mordes an Ihrer Nachbarin sprechen muss«, begann er. »Und ich bin mir sicher, Sie haben von Herrn Wegeners Tod auch bereits gehört, nicht wahr?«

»Sie wissen doch, wie schnell sich solche Nachrichten hier in Krindelsdorf verbreiten, Herr Hauptkommissar.« Ulrike Moosberger zuckte mit den Schultern. Ihr Haar war wie üblich zerzaust, und ihr weißer Wollpullover war übersät mit Katzenhaaren. »Der arme Herr Wegener. Das hat er nicht verdient. Er war so ein netter Mensch.«

»Niemand hat so etwas verdient«, entgegnete Hirschberg sanft, bevor sie auf die Idee kommen konnte, für den Mörder ihrer Nachbarin eine Lanze zu brechen. »Sie haben für ihn geputzt, habe ich gehört.«

»Ja, allerdings nicht gestern«, beeilte sie sich, ihm zu versichern. »Ich bin immer nur montags und eventuell nach Absprache bei ihm.«

»Frau Moosberger, ich muss Sie das jetzt leider fragen, denn auch Sie waren nicht besonders gut auf Ihre Nachbarin zu sprechen. Wo waren Sie zwischen dreiundzwanzig Uhr und ein Uhr morgens in der Nacht, in der Frau Piero-Schuster ermordet worden ist?«

»Ich war, wie ich Ihnen ja bereits gesagt habe, im Bett.«

»Das kann nur leider niemand bezeugen, nehme ich an.«

»Niemand außer Maggie.« Wie auf Befehl sprang die orangegetigerte Katze von der Couch auf ihren Schoß und miaute zustimmend. Hirschbergs felines Empfangskomitee hatte es sich in dem Wollkorb neben der Heizung bequem gemacht.

»Das ist leider kein besonders gutes Alibi, Frau Moosberger. Und Sie waren wie viele andere auch nicht gut auf Frau Piero-Schuster zu sprechen.«

»Herr Hauptkommissar, ich gebe ja zu, dass ich sie nicht ausstehen konnte. Dass ich sie für eine herzlose und tierfeindliche Person gehalten habe. Sie hat doch tatsächlich gedroht, meinen Lieblingen etwas anzutun, wenn sie sich in ihren Garten wagen sollten! Was für ein Mensch macht denn so was?« Sie holte tief Luft und streichelte Maggies Kopf. »Aber ich habe ganz sicher nichts mit ihrer Ermordung zu tun! Glauben Sie denn wirklich, ich würde es nach Einbruch der Dunkelheit wagen, auch nur einen Fuß auf diesen verwunschenen Grund und Boden zu setzen? Sie können mich gerne auslachen, aber da drüben geht es nicht mit rechten Dingen zu!«

»Frau Moosberger, ist Ihnen mittlerweile vielleicht doch noch etwas eingefallen? Können Sie sich an irgendetwas aus der Nacht erinnern? Frau Piero-Schuster ist laut dem Gerichtsmediziner zwischen dreiundzwanzig Uhr und ein Uhr morgens ermordet worden. Könnte es sein, dass Sie womöglich doch etwas gesehen oder gehört haben?«

»Sie können sich ja gar nicht vorstellen, wie oft ich aus diesem Haus komische Geräusche höre. Der alte Glöckner …« Ihre Stimme verebbte plötzlich, und sie runzelte die Stirn.

Hirschberg ließ sie nicht aus den Augen. Wenn er sich nicht täuschte, fiel Ulrike Moosberger gerade wieder etwas ein.

»Warten Sie …« Ihre Stimme klang zögerlich. »In der Nacht, in der dieses Weibsbild ermordet worden ist, da hat Maggie sich doch ganz merkwürdig benommen …« Ulrike blickte die Katze auf ihrem Schoß an, während plötzlich Leben in ihre Züge kam. »Sie schläft immer bei mir unter der Decke, wenn es so kalt ist. Aber in der Nacht bin ich von ihrem Fauchen wach geworden. Ich habe sofort gemerkt, dass sie nicht mehr bei mir im Bett war. Sie ist auf dem Fensterbrett gestanden und hat nach drüben auf das Haus gestarrt. Ich habe sie noch nie so fauchen gehört, Herr Hauptkommissar.« Sie schlang fröstelnd die Arme um sich. »Ich bin aufgestanden und wollte nachsehen, was sie so aufregt.« Ulrike schüttelte ungläubig den Kopf. »Ich bin mir immer noch nicht ganz sicher, aber ich glaube, da habe ich diese dunkle

Gestalt gesehen. Ich dachte, meine Augen würden mir einen Streich spielen. Sie wissen ja, wie kurzsichtig ich bin. Aber jetzt, wo wir drüber reden, fällt mir ein, dass auch das Eingangstor nebenan geknarzt hat. Ich kann gar nicht verstehen, wie ich das vergessen konnte.«

»Sie glauben, Sie haben jemanden durch Frau Piero-Schusters Eingangstor kommen sehen?«

Ulrike Moosbergers Augen waren zwar nicht die besten, doch der Hauptkommissar glaubte ihr. Er war sich sicher, dass sie etwas gesehen hatte. Und fühlte es sich auch noch so merkwürdig an, er vertraute der Katze, deren aufmerksame grüne Augen ihn unablässig musterten. Er musste innerlich über sich selbst schmunzeln.

»Es war zwar sehr dunkel, und ich war sehr müde, aber meine Ohren sind gut! Das Tor hat geknarzt. Es muss jemand bei ihr gewesen sein! Und da *war* eine dunkle Gestalt, da bin ich mir jetzt sicher!«, beharrte Ulrike. Die Katze auf ihrem Schoß miaute zustimmend. »Glauben Sie, dass ich am Ende den Mörder gesehen habe?«

»Vielleicht«, sagte er vorsichtig. »Haben Sie eine Ahnung, wie spät es zu diesem Zeitpunkt war?«

»Ich habe auf die Uhr gesehen«, nickte sie mit einem triumphierenden Lächeln. »Die Digitalanzeige an meinem Radiowecker kann ich auch ohne Brille gut sehen. Es war kurz nach Mitternacht. Ich dachte noch bei mir, dass die Gespenster sich wohl zur Geisterstunde versammeln.«

Hirschberg nickte gedankenverloren. Zeitlich käme das hin, kalkulierte er.

»Was nun Herrn Wegener angeht«, wechselte der Hauptkommissar zum nächsten Opfer, »da Sie ja regelmäßig bei ihm geputzt haben, kannten Sie ihn sicher auch sehr gut, oder? Ist Ihnen in letzter Zeit irgendetwas

Ungewöhnliches an ihm aufgefallen? Hat er sich vielleicht anders verhalten als sonst?«

»Das ist schwer, zu sagen, Herr Hauptkommissar. Er war ja nun nicht mehr der Jüngste. Er wäre im Juli fünfundachtzig geworden. Seine Familie hat befürchtet, dass er langsam, aber sicher dement wird. Herr Wegener war sehr vergesslich und zerstreut in letzter Zeit.« Ulrike runzelte sorgenvoll die Stirn beim Gedanken an ihren gerade verstorbenen Arbeitgeber. »Er hat immer wieder Dinge verlegt. Einmal hat er das Spülmittel in den Kühlschrank gestellt und die Milch ins Bücherregal.«

Hirschberg nickte verständnisvoll. Sein größter Albtraum war es, eines Tages die Kontrolle über seinen Verstand zu verlieren und Alltägliches zu vergessen.

»Herr Schäfer meinte, dass sein Onkel sich gedanklich sehr oft in der Vergangenheit aufgehalten hat. Haben Sie das auch so empfunden?«

»Oh ja, er hat immer von seiner Frau gesprochen, und manchmal hat er mich auch mit ihr verwechselt.« Sie lächelte traurig. »Er hat seine Thea sehr vermisst. Seit sie vor ein paar Jahren gestorben ist, war er nur noch ein halber Mensch. Er hat immer wieder erzählt, wie gern sie nach Frankreich in den Urlaub gefahren sind. Herr Wegener sprach wohl sehr gut Französisch. Sie hatten sogar Freunde an der Côte d'Azur.« Die Putzfrau lächelte bei der Erinnerung an Wegeners Reiseberichte, bevor sich ihre Züge mit einem Mal verdüsterten.

»Frau Moosberger?« Hirschberg konnte sehen, dass etwas an ihr nagte. »Was ist los? Ist Ihnen etwas eingefallen?«

»Es hat vermutlich nichts zu bedeuten«, begann sie nach einer Weile zaghaft, »aber er hat sich immer gern die alten Urlaubsfotos angesehen.«

Maggie rieb ihren Kopf schnurrend an ihrer Schulter.

Die Katze schien zu spüren, dass Frau Moosberger etwas beunruhigte.

»Als ich vor ein paar Tagen bei ihm geputzt habe, war er ganz aufgeregt. Er hat nach einem alten Fotoalbum gesucht. Ich dachte natürlich, er meinte die Urlaubsfotos«, erklärte sie ihm und machte eine selbstverständliche Handbewegung. »Als ich es ihm gebracht habe, hat er aber gemeint, dass es nicht die richtigen Alben sind. Dann fing er plötzlich an, von dieser fürchterlichen Tragödie zu sprechen. Er hat immer wieder gesagt ›Der arme Ludwig‹, ›Das hätte er nicht tun dürfen‹ und ›Er muss es gewesen sein!‹«.

»Haben Sie eine Ahnung, von welchem Ludwig er gesprochen hat?« Hirschbergs Puls beschleunigte sich.

»Hm, es ist ja schon sehr lange her«, überlegte Ulrike und streichelte eine schnurrende Maggie, während ihr schwarzweiß gemusterter Kater Leo ins Wohnzimmer kam und ebenfalls auf ihren Schoß sprang. Sein Fell war noch feucht von seinen Streifzügen im Schnee. »Sehen Sie, ich war damals noch ein Kind. Ich muss sieben oder acht, in der ersten oder zweiten Klasse gewesen sein«, überlegte sie laut und legte ihre Stirn in Falten. »Herr Wegener war damals noch Konrektor der Grundschule.«

»Und weiter?«, half Hirschberg ihr auf die Sprünge, nachdem sie eine Weile geschwiegen hatte. Der Hauptkommissar hasste es, auf wichtige Informationen zu stoßen und sie dann tröpfchenweise aus den Befragten herausholen zu müssen.

»Damals ist etwas Fürchterliches passiert«, erinnerte sie sich. »Ein Junge namens Ludwig, seinen Nachnamen weiß ich leider nicht mehr, ist eines Tages auf dem Nachhauseweg von der Schule unten am Fluss erschlagen worden. Der Täter muss ihm wohl aufgelauert haben, nehme ich an. Soweit ich mich erinnere, hat niemand etwas gesehen oder beobachtet. Sein Mord ist nie aufgeklärt worden.«

»War der Junge in Ihrer Klasse?«

Hirschberg fragte sich, ob der Mord an diesem Ludwig womöglich etwas mit den beiden aktuellen Morden zu tun haben mochte.

»Nein, er war zwei oder drei Jahre älter.« Sie wiegte ihren Kopf abschätzend hin und her. »Er muss in der vierten Klasse gewesen sein. Ich kann mich dumpf daran erinnern, dass er nach München aufs Gymnasium gehen sollte.« Ulrike begann auf ihrer Unterlippe zu kauen und wich seinem Blick aus.

»Frau Moosberger? Möchten Sie mir noch etwas sagen?«

»Nun ja.« Sie zögerte. »Das hat ja vielleicht gar nichts zu bedeuten, aber ...«

»Aber?«

»Soweit ich weiß, war er nicht nur ein heller Kopf, sondern hat auch sehr gern andere schikaniert.«

Hirschberg konnte sehen, dass sie diese Information gern zurückgehalten hätte. Schlecht über Verstorbene zu sprechen, erst recht über getötete Kinder, galt als unschöner Charakterzug.

»Gab es jemanden, auf den er es besonders abgesehen hatte?«, hakte der Hauptkommissar nach. Kinder konnten grausam sein, wusste er. Und auch ein Kind konnte sich gegen seinen Peiniger auflehnen, wenn man es nur weit genug trieb.

»Da fällt mir niemand speziell ein. Vermutlich war jeder einmal an der Reihe.«

»Was ist mit seiner Familie? Lebt sie noch hier?«

»Nein«, schüttelte Ulrike den Kopf. »Wenn ich mich recht erinnere, war seine Familie nicht von hier. Sie sind nach seiner Ermordung auch sehr bald von hier weggezogen. Ludwig ist auch nicht hier beerdigt worden. Ich weiß aber leider nicht mehr, woher die Familie kam. Es tut mir leid, dass ich Ihnen nicht mehr sagen kann, Herr Hauptkommissar.«

»Es muss Ihnen nicht leidtun, Frau Moosberger.« Hirschberg lächelte. »Sie haben mir durchaus weitergeholfen. Sollte Ihnen doch noch etwas einfallen, dann rufen Sie mich bitte sofort an.«

Hirschberg verließ Ulrike Moosbergers Haus zuversichtlicher, als er es betreten hatte. Seit Beginn ihrer Ermittlungen war er zum ersten Mal ein Stück weitergekommen.

»Guten Tag, Herr Schäfer.« Wegeners Neffe meldete sich schon nach dem zweiten Läuten. »Hier ist Hauptkommissar Hirschberg. Hatten Sie schon Gelegenheit, mit Ihrer Mutter zu sprechen?«

»Ja, ich bin gerade bei ihr in der Klinik. Sie ist sehr mitgenommen«, hörte er Schäfer sagen. »Der Arzt hat ihr ein Beruhigungsmittel gegeben. Könnten Sie vielleicht später …«

»Herr Schäfer, ich habe größtes Verständnis für Ihre Mutter, aber es ist sehr, sehr wichtig. Schläft sie auf die Medikamente hin?«

»Nein, aber …«

»Herr Schäfer, ich brauche Ihre Hilfe oder vielmehr die Ihrer Mutter. Ich hätte nur eine Frage, und die können gerne Sie ihr stellen. Ich warte solange am Telefon. Was meinen Sie?«

»Na schön.« Seine Stimme klang zögerlich, aber

Hirschberg wusste, dass er den Mord an seinem Onkel gesühnt sehen wollte.

»Fragen Sie Ihre Mutter bitte, ob Sie sich an den Mord an einem Jungen erinnern kann, der sich vor einigen Jahrzehnten hier in Krindelsdorf ereignet hat. Ihr Onkel hat doch in letzter Zeit immer wieder von einer Tragödie gesprochen, erinnern Sie sich? Fragen Sie sie doch bitte, ob sie sich an den Namen des Jungen erinnern kann oder ob sie zumindest noch weiß, woher seine Familie stammte. Sie kamen wohl nicht aus Krindelsdorf.«

»Sie meinen, dass …«

»Herr Schäfer, bitte fragen Sie Ihre Mutter«, unterbrach Hirschberg ihn sanft. Noch wollte er ihm keine Hoffnungen auf einen schnellen Ermittlungserfolg machen. »Es ist wirklich wichtig.«

Es dauerte einige Minuten, bis Schäfers Stimme wieder an sein Ohr drang.

»Also, meine Mutter kann sich nur an den Vornamen des Jungen erinnern.« Er klang bedauernd. »Er hieß Ludwig. Er ist wohl Anfang der Siebziger Jahre am Fluss erschlagen aufgefunden worden. Sein Mord ist nie aufgeklärt worden. Seine Eltern sind bald darauf mit seiner kleinen Schwester zurück nach Schliersee gezogen. Da kamen sie wohl ursprünglich her, meint meine Mutter. Sie konnten nach dem Mord an ihrem Sohn unmöglich hierbleiben.«

»Ich danke Ihnen und Ihrer Mutter, Herr Schäfer. Ich werde alle Hebel in Bewegung setzen, um den Mörder Ihres Onkels schnellstens zu finden«, versprach Hirschberg und verabschiedete sich.

»Hansen.« Hirschberg startete seinen Wagen, als sich die erkältete Stimme seiner jungen Kollegin meldete. »Es könnte sein, dass ich endlich auf etwas gestoßen bin, was uns weiterbringt. Ich weiß, es klingt nach Fronarbeit, aber finden Sie bitte alles über den Mord an einem Jungen in Krindelsdorf heraus.« Hirschberg berichtete Hansen die spärlichen Details, die er von Schäfers Mutter erfahren hatte. »Den Nachnamen müssen Sie leider selbst herausfinden.«

»Glauben Sie, Ludwigs Ermordung hat etwas mit unseren beiden Morden zu tun?«, wollte Louisa interessiert wissen, nachdem sie mehrmals kräftig genießt hatte.

»Ich bin mir ziemlich sicher. Allerdings kann ich mir noch nicht so recht erklären, wie Renate Piero-Schuster in all das passt«, gab er seufzend zu. »Aber Wegener hat in den letzten Tagen immer wieder von einer Tragödie gesprochen, dass der Junge das nicht verdient hätte und dergleichen. Nach dem, was Ulrike Moosberger mir gerade gesagt hat und was ich von den Schäfers erfahren habe, müssen wir davon ausgehen, dass Wegener womöglich gewusst hat, was damals mit diesem Ludwig passiert ist. Vielleicht hatte er sogar eine Ahnung, wer den Jungen ermordet hat. Die Frage ist nur, warum er damals geschwiegen hat, und wieso er ausgerechnet jetzt in halb dementem Zustand plötzlich angefangen hat, darüber zu sprechen. Irgendetwas muss die Erinnerung an den Mord zurückgebracht haben«, schätzte er. »Der Mord ist nämlich nie aufgeklärt worden, müssen Sie wissen.«

»Ich mache mich gleich an die Arbeit, Chef«, versprach Hansen und legte auf

Susan Waters-Hirschberg warf ihrer Tante einen erschöpften Blick zu. Die Vorwürfe bezüglich ihres unerlaubten Entfernens von der Gluckenfront waren zwar verebbt, doch nun folgte die erwartbare Flut an guten Ratschlägen.

Wie gerne hätte sie einen Spaziergang ohne Isobel und Vincent unternommen, aber ihre Tante bestimmte, dass sie in ihrem Zustand das Haus nicht mehr allein verlassen dürfe. Solange sich »tollwütige Provinzkiller« hier herumtrieben, würde sie ihre hochschwangere Nichte nicht mehr aus Augen lassen, verkündete Isobel. Zumal Susan auch die zweifelhafte Angewohnheit habe, an jeder Straßenecke über irgendwelche Leichen zu stolpern. Erst letzten Sommer sei sie zudem selbst in Lebensgefahr geraten, weil sie sich einfach nicht aus Alex' Ermittlungen habe heraushalten wollen. Ihre Patentante könne auch rein gar nicht verstehen, woher sie nur diese mordlüsterne Ader habe. Niemand in ihrer Familie leide schließlich an Nekrophilie. Es sei ihr daher ein Rätsel, warum ihre Nichte so gern auf Leichensuche ging. Für derartige Aufgaben, deren Wichtigkeit sie ja beileibe nicht unterschätze, gebe es schließlich einen speziell dafür ausgebildeten Personenkreis.

»Ein postnataler Ernährungsplan ist ausgesprochen wichtig, Susan«, betonte Isobel, als sie zusammen mit ihr und Dornberg am Krindelsdorfer Rathaus vorbeiging. »Ich habe diesbezüglich mit Brandon und Kayla gesprochen. Die beiden haben mir die besten Tipps gegeben, wie du nach der Geburt am schnellsten wieder in deine alte Form zurückfindest. Ich spreche natürlich von der Form, in der du warst, bevor du nach Bayern gekommen bist und dich ab da nur noch kalorienlastig ernährt hast. Ich persönlich würde dich ja immer noch so gerne in diesem entzückenden königsblauen Kleid sehen und …«

»Zum letzten Mal: Ich werde auf deiner Hochzeit

kein durchsichtiges Kleid tragen, Tante Isobel!«, fiel Susan ihr unwirsch ins Wort.

»Isobel, wie wäre es, wenn wir die Entscheidung bezüglich des Kleides nach der Geburt treffen«, schlug Vincent mit einem bestechenden Lächeln vor. »Wir wollen die werdende Mutter doch unter gar keinen Umständen aufregen. Das wäre nicht gut für das Baby. Und Susan hatte gestern Abend schon genug Aufregung.«

»Du hast ja so recht, Darling.« Isobel Burton schenkte ihrem Zukünftigen ein strahlendes Lächeln. »Du bist ein so rücksichtsvoller und wunderbarer Mann. Ich bin die glücklichste Frau auf der Welt, dich zu haben.«

Susan wandte sich entnervt ab. Dabei fiel ihr Blick auf ein ungleiches Paar, das ihnen kichernd und grinsend entgegenkam. Sie zwinkerte ungläubig.

»Sind das nicht Frau Hackelgruber und Pfarrer Schmalzengruber?«

Susan machte das turtelnde Paar an ihrer Seite auf die beiden aufmerksam. Die Haushälterin des Pfarrers winkte, als sie und ihr Arbeitgeber offenbar gut gelaunt auf die drei zukamen.

»Was haben die beiden denn?«, kam es ungläubig über Dornbergs Lippen. »Pfarrer Schmalzengruber wirkt so gelöst und fröhlich. So kenne ich ihn gar nicht!«

»Also, wenn ich es nicht besser wüsste, könnte ich tatsächlich den Eindruck gewinnen, die beiden seien betrunken«, meinte Isobel völlig verdutzt. Einen kurzen Moment lang schien es der englischen Lady die Sprache zu verschlagen. Susan musste gegen ihren Willen grinsen.

»Sie werden von Tag zu Tag runder, Frau Hirschberg«, lachte Therese, als sie Susans Hand ergriff und schüttelte. »G'fällt Ihnen mei neue Frisur?«, fragte sie an Isobel gewandt. »I war gestern beim Friseur.«

»Sie waren beim Friseur?« Die Farbe wich aus Isobels Gesicht. »Und das ist das Ergebnis? Das ist ja grauenvoll! Ich bin mir sicher, den Prozess gewinnen Sie, Frau Hackelgruber!«, entfuhr es Susans Patentante nahezu hysterisch. »Welcher Scherenschlächter hat Ihnen das denn angetan? Wer auch immer das war, er muss dafür zur Rechenschaft gezogen werden!« Sie kramte ihr Smartphone aus ihrer Handtasche. »Ich mache jetzt ein paar Aufnahmen und werde sie dann gleich an meinen Anwalt mailen. Er wird mit Ihnen Kontakt aufnehmen. Ich bin mir sicher, Sie werden eine Schmerzensgeldzahlung erhalten, die sich gewaschen hat! Wie kommt überhaupt jemand dazu, so etwas einen Haarschnitt zu nennen?« Sie deutete auf das nach oben hin kurz geschnittene braungefärbte Haar. »Ihr Haar mag ja ein wenig zu dünn sein, um es wachsen zu lassen, aber das hier ist der reinste Anstaltshaarschnitt. Die dilettantische Arbeit Ihres Friseurs sieht aus wie das Ergebnis einer fehlgeschlagenen Enthauptung!«

»Enthauptung!« Pfarrer Schmalzengruber prustete los und wandte sich an seine Haushälterin. »Wenn Sie nicht aufpassen, Frau Hackelgruber, werden Sie noch zur Märtyrerin!«

»Ich bitte Sie, Herr Pfarrer. Das ist Ihre Haushälterin doch bereits«, erklärte ihm Isobel ungeduldig, während sie ein Foto von Therese Hackelgrubers Hinterkopf schoss. »Frau Hackelgruber arbeitet schließlich für Sie.«

»Tante Isobel, hör sofort auf, zu fotografieren!«

Susan wehrte verzweifelt die Haushälterin des Pfarrers ab, die Anstalten machte, ihren Bauch zu tätscheln, und das Ungeborene befragte, wann es denn endlich herauskäme.

»Was ich Ihnen immer schon sagen wollte, Mrs. Burton«, grinste der Pfarrer, »Ihr Vorbau ist nicht zu verachten. Sie sind ein richtig heißer Feger!«

»Das ist offensichtlich, Herr Pfarrer«, entgegnete Isobel sachlich, während Susan ihn mit offenem Mund anstarrte. Das würde ihr kein Mensch glauben, schoss es ihr durch den Kopf.

»Das Zölibat hat Ihrem Augenlicht also nicht geschadet.« Dornberg lächelte wohlwollend. »Ich muss gestehen, Susan, wenn ich sehe, wie attraktiv andere Männer deine Tante finden, wirkt das auf mich wie ein potentes Aphrodisiakum.«

»Vincent, wenn ich dich so etwas sagen höre, kann ich es überhaupt nicht mehr erwarten, deine Frau zu werden.« Isobel bedachte ihn mit einem schmachtenden Blick. »Du bist wirklich der wunderbarste Mann, der mir jemals begegnet ist!«, schwärmte sie. Frau Hackelgrubers geschändetes Haupthaar war vergessen.

»Tante Isobel! Vincent! Merkt ihr beide denn nicht, dass hier irgendetwas nicht stimmt?«, rief Susan. Ihre Stimme nahm einen hysterischen Klang an. »Könnt ihr nicht später übereinander herfallen?«

»Hatten Sie immer schon einen so breiten Hintern, Frau Hackelgruber?«, fragte Schmalzengruber, bevor er lachend ausholte, und seine Handfläche auf der Sitzfläche einer kichernden Therese landete.

»Herr Pfarrer, ich hätte niemals geglaubt, dass ich das jemals würde zu Ihnen sagen müssen, aber mäßigen Sie sich!«, rief Dornberg. Schmalzengrubers Dreistigkeit holte ihn und Isobel von Wolke sieben wieder zurück auf die Erde, dachte Susan erleichtert. »Frau Hackelgruber ist immerhin eine verheiratete Frau.«

»Was ist denn in Sie beide gefahren? Haben Sie etwa irgendetwas zu sich genommen?«

Susans unschöner Verdacht bestätigte sich, als sie in die roten, glasigen Augen des Pfarrers blickte.

»Aber Darling, das ist doch ganz offensichtlich«, antwortete Isobel in nüchternem Tonfall. »Weißt du, als Vincent und ich letztens in Amsterdam waren, haben wir diese wirklich köstlichen Haschplätzchen gekostet. Ich kam mir wieder vor wie in meiner Jugend! Wenn ich nur an die Partys denke ...« Ein verklärtes Lächeln erhellte ihre Züge, bevor sie wieder ernst wurde. »Wenn man allerdings das erste Mal damit experimentiert – und ich gehe davon aus, dass das hier der Fall ist –, kann man sich leicht in der Dosis verschätzen. Der gelegentliche Becher Messwein bereitet den Körper keineswegs auf einen derartigen Rauschzustand vor«, fügte sie an einen grinsenden Pfarrer Schmalzengruber gewandt hinzu. »Auch wenn ich Ihren unerwarteten Wandel hin zu den sinnlichen Freuden durchaus begrüße, Herr Pfarrer, müssen Sie doch ein wenig verantwortungsbewusster mit den Substanzen umgehen. Haben Sie das Cannabis geraucht oder gegessen?«

»Tante Isobel, ich glaube nicht, dass Pfarrer Schmalzengruber und Frau Hackelgruber freiwillig in diesem Zustand sind!«, rief Susan verzweifelt.

Schmalzengruber würde sich niemals so berauschen und sich dann in der Öffentlichkeit eine solche Blöße geben. Irgendjemand musste ihm und seiner Haushälterin das Zeug untergejubelt haben, vermutete die werdende Mutter.

»Ach?« Isobel blickte zwischen den beiden hin und her. »Na, das erklärt ja so einiges ...«, fügte sie naserümpfend und sichtlich enttäuscht hinzu.

»Rauchen gefährdet die Gesundheit«, riefen Pfarrer und Haushälterin wie aus einem Mund und brachen in schallendes Gelächter aus.

»Dann haben Sie also Plätzchen gegessen? Oder waren es vielleicht doch Psilocybin-Pilze?«, fühlte Dornberg den beiden auf den Zahn. »Es ist doch hoffentlich nicht Ihre Angewohnheit, Speisen und Getränke von zwielichtigen Gestalten anzunehmen? In der heutigen Zeit kann man nicht vorsichtig genug sein!«, betonte er mit erhobenem Zeigefinger.

»Brownies!« Pfarrer Schmalzengruber lachte, und die Lachtränen kullerten unkontrolliert über seine Wangen. »Das beste Gebäck der Welt. Ich habe noch nie etwas so Gutes gegessen!«

»Herr Pfarrer.« Susan kämpfte mit aller Macht gegen ihre plötzlichen Zwerchfellzuckungen an. Die Situation mochte ja durchaus ernst sein, aber eine gewisse Komik war nicht zu leugnen. »Woher hatten Sie denn die Brownies?«

»Von diesen wunderbaren Kindern. Sie wollten mir eine Freude machen. Ist das nicht rührend? Aber sagen Sie, Herr Dornberg, war das Rathaus eigentlich immer schon so schief?«

Susan begriff und stöhnte innerlich, als sie ihr Smartphone aus ihrer Jackentasche hervorzog.

»Sind diese Kinder net goldig?«, hörte sie Therese sagen, als Susan in der Anrufliste auf den Namen ihres Ehemanns tippte.

»Alex, du kommst besser sofort her. Der Pfarrer und seine Haushälterin sind völlig zugedröhnt.« Ihre Mundwinkel zuckten. Die Ermittlungen fraßen ihren Mann zwar auf, aber er würde es ihr sicherlich nie verzeihen, wenn sie ihm das hier vorenthielt, dachte sie grinsend bei sich.

21.

Louisa Hansen nieste mehrmals kräftig. Sie blickte ihr Gegenüber entschuldigend an und begann in ihrer Handtasche nach einer Packung Taschentücher zu kramen.

»Gesundheit!« Kommissarin Anja Fichtl grinste und zog ihre Schreibtischschublade auf. Sie reichte Hansen eine Packung Taschentücher und bedachte sie mit einem mitfühlenden Blick. »Die Bazillen sind hartnäckig dieses Jahr. Mein Sohn kam gestern aus dem Kindergarten und hat sich erst einmal übergeben. Wenn sie so klein sind, schleppen sie alles an, und die ganze Familie macht das dann erst einmal durch.«

Hansen schnäuzte geräuschvoll und musterte die Kommissarin verstohlen. Anja Fichtls Gesicht erinnerte Hansen an eine Porzellanpuppe aus dem neunzehnten Jahrhundert. Heller Teint, große Augen, eine Stupsnase und ein herzförmiger Mund. Blonde Locken umrahmten ihr Gesicht. Obwohl sie nicht besonders groß war, hegte Hansen nicht die geringsten Zweifel an ihrer Durchsetzungsfähigkeit. Kommissarin Fichtl war jene natürliche Autorität eigen, die in ihrem Beruf unerlässlich war.

»Mein Chef und seine Frau sind gerade schwanger.« Hansen erwiderte ihr Grinsen und stellte fest, dass sich ihre Nasenflügel mittlerweile entzündet und rau anfühlten. Die Forderung ihres Körpers, sich endlich ins Bett zu legen wurde von Stunde zu Stunde lauter, doch Hansen wollte durchhalten. Ihr Jagdinstinkt würde ihr ohnehin keine Ruhe lassen, wusste sie. »Das wird jetzt alles auf sie zukommen. Und auch wenn wir noch keine Kinder haben, hat es meinen Mann in diesem Jahr richtig erwischt. Er liegt mit eitrigen Mandeln zu Hause im Bett.«

»Also haben Sie doch ein Kind zu Hause!«, lachte Kommissarin Fichtl. »Mein Mann hatte kurz vor Weihnachten eine fiese Erkältung. Wissen Sie, was er eines Abends, als ich ihm die Wärmeflasche gebracht habe, gesagt hat?« Ihre Augen blitzten schelmisch. »Ruf meine Mutter an! Ein eins neunzig großer, durchtrainierter Gerichtsvollzieher verlangt nach seiner Mutter, weil er Halsschmerzen hat. Können Sie sich das vorstellen?«

»Nein!« Hansen lachte und hustete sogleich.

»Doch! Dabei sagt meine Schwiegermutter immer, dass sie sein Gewinsel, sobald er einen kleinen Schnupfen hat, nicht ertragen kann! Sie ist froh, dass er jetzt mein Problem ist! Bei der letzten Grippewelle hat sie mich daran erinnert, dass mir der Standesbeamte vor sieben Jahren das Sorgerecht für ihren Sohn zugesprochen hat. Das gelte nun selbstverständlich auch im Krankheitsfall.«

»Dann scheinen Sie ja alle Hände voll zu tun haben! Allerdings muss ich meinen Mann loben. Er ist sehr handzahm, auch wenn er krank ist. Und so schlimm wie dieses Jahr hat es ihn zuvor noch nie erwischt. Wir sind die sibirischen Temperaturen hier nicht gewöhnt.«

»Sie sind nicht von hier, oder?« Fichtl nickte. »Aus dem preußischen Ausland, nehme ich an?« Sie lachte gutgelaunt. »Sie wissen ja: Alles, was über Rosenheim hinausgeht ...«

»Ja, ich weiß.« Hansens Lachen klang wie ein heiseres Krächzen. »Wir sind aus Düsseldorf. Mein Mann hat ein sehr gutes Jobangebot in München bekommen, deshalb der Ortswechsel. Und während mein Mann sich nun in

München auskuriert, muss ich hier einen wildgewordenen Mörder fangen.«

»Und dabei braucht das LKA meine Hilfe?« Sanfte Ironie schlich sich in Fichtls Stimme.

»Der zukünftige Herr Landrat hat darauf bestanden, dass wir die Ermittlungen übernehmen. Außerdem hat der Exmann des ersten Opfers wohl Kontakte zum organisierten Verbrechen und ...«

»Ist schon gut, Frau Kollegin!« Anja Fichtl hob lachend die Hand. »Ich bin nicht kleinlich, was die Zuständigkeiten angeht. Um ehrlich zu sein, sind ich und die Kollegen ganz froh, dass wir uns nicht mit Seitlbach rumschlagen und jeden Tag durch Krindelsdorf stapfen müssen. Meine Großmutter stammte aus Krindelsdorf, und ich weiß, dass die Bewohner sehr zugeknöpft sein können. Und wenn sie selbst unter Verdacht stehen, macht das die Ermittlungen bestimmt nicht einfacher, oder?«

»Nein, nicht unbedingt.« Louisa schniefte.

»Wobei kann ich Ihnen denn nun helfen?«

»Es geht um den Mord an einem Jungen namens Ludwig. Er muss sich Anfang der siebziger Jahre in Krindelsdorf ereignet haben. Ich weiß leider auch nicht mehr, aber ich dachte vielleicht gibt es ja alte Polizeiakten ...«

»Sie glauben, dass dieser alte Mordfall etwas mit Ihren jetzigen Ermittlungen zu tun hat?«, erkundigte sich Kommissarin Fichtl. Sie lehnte sich auf ihrem Schreibtischstuhl zurück und musterte Hansen aufmerksam.

»Wir gehen davon aus, ja. Herr Wegener, das zweite Opfer, hat in letzter Zeit wohl immer von dieser Tragödie, wie er es nannte, gesprochen. Daher haben wir Grund zu der Annahme, dass es irgendeine Verbindung zu dem Mord von damals gibt.«

»Verstehe.« Kommissarin Fichtl nickte. In ihrem Gesicht begann es sichtbar zu arbeiten.

»Allerdings wissen wir nicht, wie der Junge mit Nachnamen heißt. Niemand, den wir bisher befragt haben, erinnert sich an ihn. Daher bin ich jetzt hier, um mich durch alte Fallakten zu quälen.« Sie warf ihr einen resignierten Blick zu. »Sofern sie noch irgendwo hier lagern.«

»Ich hätte da einen besseren Vorschlag.« Kommissarin Fichtl stand grinsend auf und bat Hansen, sie einen Moment zu entschuldigen. Hirschbergs Kollegin blickte ihr ein wenig verdutzt hinterher und hustete. Ihre Wangen glühten. Sie warf einen Blick auf die Uhr an ihrem Handgelenk. Die Wirkung der Medikamente ließ langsam nach. Seufzend kramte sie die Packung hervor und griff nach dem Glas Wasser, das Kommissarin Fichtl ihr angeboten hatte.

»Kommissarin Hansen, das ist der Kollege Steigner.« Ein älterer Herr mit grauem Haarkranz folgte Fichtl in ihr Büro und streckte Hansen lächelnd die Hand entgegen. Seine dunklen Augen musterten sie neugierig. »Sie haben großes Glück! Ralf geht nächsten Monat in Pension. Und dabei ist er doch unser wandelndes Archiv.« Sie zwinkerte Hansen zu. »Ralf, kannst du dich an den Mord an einem Jungen Anfang der siebziger Jahre in Krindelsdorf erinnern?«

»Ja, natürlich!«, rief er und zog überrascht die Augenbrauen nach oben. »Ich war da gerade mit meiner Ausbildung fertig. Ich war zwar natürlich nicht in die Ermittlungen eingebunden, aber ich komme ja aus der Gegend. So etwas spricht sich hier in Windeseile herum«, ließ er sie wissen. »Der Kollege Lachmann war zuständig. Er ist natürlich längst in Pension, aber er wird sicher gern mit Ihnen sprechen, wenn nötig.«

»Das ist großartig! Wissen Sie vielleicht noch, wie der Junge hieß und was genau damals geschehen ist?« Hansens Puls beschleunigte sich.

»Sicher. Der Junge hieß Ludwig Schwindhofer. Er ist auf dem Heimweg von der Schule am Krindelsdorfer Fluss erschlagen worden. Der Täter hat vermutlich einen Stein benutzt, aber gefunden hat man die Tatwaffe nie. Der Mord ist nie aufgeklärt worden.«

»Und seine Familie? Haben Sie eine Ahnung, wohin sie gezogen sein könnten?«

»Die Schwindhofers waren nicht von hier«, erinnerte sich Steigner. »Ich glaube, sie waren aus Schliersee. Nachdem das mit ihrem Jungen passiert ist, sind sie auch wieder dorthin zurückgezogen, soweit ich weiß. Es ist ja mehr als nur verständlich, dass sie nicht dort bleiben wollten, nachdem …« Steigners Stimme verebbte.

»Dann könnten seine Eltern vielleicht noch dort leben?« Hansen blickte ihn hoffnungsvoll an. Die Schwindhofers mussten sicherlich um die achtzig Jahre alt, wenn nicht gar älter sein, kalkulierte sie.

»Seine Schwester mit Sicherheit. Sie war damals noch ein Baby, als ihr Bruder ermordet wurde. Ich glaube, sie hieß Anna … Nein! Annette! Ihr Name war Annette! So hat der Kollege Lachmann sie damals genannt.« Ralf Steigner grinste triumphierend. »Aber ob sie natürlich noch Schwindhofer heißt oder geheiratet hat …«

»Das finde ich schon heraus.« Hansen starrte ihn verblüfft an.

»Ralf vergisst nie etwas.« Kommissarin Fichtl grinste. »Wenn er eines Tages, der hoffentlich noch lange auf sich warten lässt, stirbt, dann muss man sein Gedächtnis extra erschlagen.«

»Das behauptet zumindest meine Frau«, grinste

Steigner. »Ich bin auch der einzige Ehemann in unserem Bekanntenkreis, der nie seinen Hochzeitstag vergisst!«

»Passen Sie auf, Frau Kollegin.« Fichtl setzte sich wieder an ihren Schreibtisch, nachdem Steigner sich verabschiedet hatte. »Ich habe eine sehr gute Freundin beim Einwohnermeldeamt. Ich werde jetzt eben versuchen, sie zu erreichen. Wenn Ludwig Schwindhofer noch Verwandte in Schliersee hat, dann werden wir es umgehend herausfinden.«

Eine halbe Stunde später verabschiedete sich eine innerlich triumphierende Hansen von Kommissarin Fichtl.

»Chef?« Louisa unterdrückte ein Husten, als Hirschberg sich meldete. »Ich war gerade bei den Kollegen wegen des alten Falls. Es wird Sie freuen zu hören, dass sie uns die aktuelle Ermittlung nicht neiden«, bemerkte sie trocken. »Kommissarin Fichtl war sehr kooperativ. Ihr Kollege hat sich sogar an den Namen des Jungen erinnert. Er hieß Ludwig Schwindhofer und hatte eine Schwester namens Annette. Offenbar hat sie einen Herrn König geheiratet und dessen Namen angenommen. Sie lebt mit ihrer Familie in Schliersee. Ich habe sie gerade angerufen, und sie hätte heute Nachmittag Zeit für mich. Ich würde mich jetzt dann gleich auf den Weg machen.«

»Machen Sie das, Frau Kollegin.« Hirschberg klang zufrieden. »Das war gute Arbeit! Haben Sie sonst noch etwas herausgefunden?«

»Ja, der damals für den Fall Schwindhofer zuständige Kommissar heißt Lachmann. Ich maile Ihnen seine Adresse. Ich nehme an, Sie möchten sich mit ihm in Verbindung setzen.«

»Auf jeden Fall! Ich bin sehr froh, dass wir jetzt endlich ein wenig weiterkommen.«

»Haben Sie Neuigkeiten?«

»Nicht wirklich. Außer, dass ich gerade mit dem Kollegen Zöllner von der Drogenfahndung auf dem Weg in die Gaststätte bin. Es scheint an der Zeit, dass den Jugendlichen ihre Grenzen aufgezeigt werden. Einige von ihnen haben Pfarrer Schmalzengruber und seiner Haushälterin tatsächlich Haschbrownies untergejubelt! Die beiden sind daraufhin in fröhlichem Zustand durch den Ort und direkt in die Arme meiner Frau gelaufen.«

»Bitte sagen Sie mir, dass es davon ein Video gibt!« Ein heiseres Lachen entfuhr ihrer Kehle. »Ich habe mir das so sehr verdient!«

»Wollen Sie zu mir, Herr Hauptkommissar?«

Martin Schreiber kam mit steinerner Miene auf Hirschberg zu, als dieser zusammen mit Kommissar Nick Zöllner die Gaststätte betrat. Der Bauleiter fürchtete wohl, er könne erneut bohrende Fragen wegen seines wackeligen Alibis stellen, vermutete Hirschberg. Die beiden Streifenpolizisten, die sich hinter ihnen in den Raum schoben, könnten ihn sogar noch Schlimmeres vermuten lassen. Schreiber blickte ihn herausfordernd an.

»Nein, Herr Schreiber, diesmal nicht«, lächelte Hirschberg und sah, wie der Angesprochene sich entspannte. »Mein Kollege und ich möchten zu Herrn Angelsberger und Herrn Preston. Können Sie mir sagen, wo ich die beiden finde?«

Nach Susans Anruf hatte Hirschberg die Kollegen der Drogenfahndung verständigt. Der Zustand des Pfarrers und seiner Haushälterin war zwar von hohem Unterhaltungswert, aber dennoch hatten die Jugendlichen nicht nur gegen das Betäubungsmittelgesetz verstoßen, sondern sich auch noch der Körperverletzung schuldig gemacht. Es war notwendig, dass den Browniebäckern eine Lektion erteilt wurde, fand Hirschberg.

»Kann ich Ihnen helfen, Herr Hauptkommissar?« Stefan Angelsberger erschien hinter Schreiber und blickte die beiden fragend an.

»Herr Angelsberger, das hier ist mein Kollege Kommissar Zöllner vom Drogendezernat. Sie waren heute Morgen mit Herrn Preston und drei Ihrer Schützlinge bei Pfarrer Schmalzengruber?«

»Das ist richtig«, nickte Angelsberger mit einem wachsamen Ausdruck in seinen Augen. »Wir haben die Jugendlichen aber nicht einen Moment lang aus den Augen gelassen. Sie wollten dem Pfarrer nur selbstgebackene Brownies als Zeichen des guten Willens vorbeibringen. Sie haben bestimmt nichts …«

»Holen Sie die drei bitte her. Sofort!«

»Meine Herren, ist etwas passiert?« Ein verhalten lächelnder Jo Preston kam auf sie zu, während Angelsberger sich auf die Suche nach Clayton, Kelly und Bruno machte.

»Allerdings«, antwortete Hirschberg knapp und ignorierte den dauerlächelnden Designeranzug.

»Hier sind die drei, Herr Hauptkommissar.« Angelsberger warf den drei Teenagern einen strengen Blick zu.

Kelly senkte ihren Kopf, während die Jungs die beiden Beamten aufmüpfig anblickten. Die Wangen des Mädchens glühten, und ihre Hände verknoteten sich ineinander. Es war offensichtlich, dass sie etwas ausgefressen hatten.

»Ihr habt Pfarrer Schmalzengruber und seiner Haushälterin heute Morgen selbstgebackene Brownies vorbeigebracht.« Hirschbergs Stimme klang gefährlich ruhig.

»Ja, ist das nicht ein wunderbares Friedensangebot ...« Prestons Stimme klang salbungsvoll.

»An Ihrer Stelle, Herr Preston, würde ich jetzt still sein«, unterbrach ihn Hirschberg und sah, wie der Produzent erbleichte.

»Der Herr Pfarrer und seine Haushälterin haben zwar ein paar davon gegessen, aber die restlichen Brownies sind vor einer Stunde sichergestellt worden und auf dem Weg ins Labor«, erklärte ihm Zöllner. »Wir sind uns ziemlich sicher, dass wir interessante Zutaten finden werden.« Der Drogenfahnder machte einen Schritt auf die beiden trotzig dreinblickenden Jungen zu.

Hirschberg grinste verstohlen, als sie vor seinem muskelbepackten Kollegen zurückwichen.

»Was habt ihr drei euch geleistet?«, erkundigte sich Angelsberger mit gefährlich leiser Stimme. Auch er schien sich ungern an der Nase herumführen zu lassen.

»Es wird jetzt folgendermaßen ablaufen«, begann Zöllner mit einem eisigen Lächeln. »Ihr seid alle drei dran wegen Verstoßes gegen das Betäubungsmittelgesetz und Körperverletzung. Für denjenigen von euch, der seinen Mund zuerst aufmacht, werde ich mich beim Jugendrichter stark machen. Die anderen fahren womöglich – bedenkt man die Vorstrafen – erst einmal ein.« Er wandte sich an Bruno Schuster. »Ja, Bruno, auch du bist kein unbeschriebenes Blatt, wie ich vorhin herausgefunden habe. Also?«

»Mann, es war alles seine Idee!«, platzte Kelly heraus und deutete auf Clayton.

»Halt's Maul, Kelly«, herrschte Clayton sie an und machte Anstalten, auf sie loszugehen.

»Vorsicht, Kleiner!« Zöllner packte ihn am Kragen. »Du steckst schon tief genug in der Scheiße, als dass du dir noch irgendetwas leisten könntest. Du hast ab jetzt

Sendepause.« Er blickte sich um. »Im wahrsten Sinn des Wortes. Und ich wäre an deiner Stelle von jetzt an sehr vorsichtig, was ich sage oder tue.«

»Was genau ist passiert, Kelly?«, fragte Hirschberg ruhig. Während Clayton und Bruno eine härtere Gangart benötigten, mussten sie bei dem Mädchen sanftere Töne anschlagen. Sie schien ihm nicht die Rädelsführerin der Aktion gewesen zu sein.

»Die zwei haben mich dabei erwischt, als ich mich letzte Nacht rausgeschlichen habe, um meinen Freund zu treffen.« Sie seufzte und vermied es, Angelsberger anzusehen. »Er ist extra aus München hergekommen.«

»Kelly, du weißt, dass du ihn nicht sehen darfst!«, rief Angelsberger. »Er tut dir nicht gut! Wegen ihm bist du doch erst in den ganzen Schlammassel hineingeraten.« Er wandte sich an die beiden Beamten. »Der Jugendrichter hat eine Kontaktsperre verhängt. Wenn ich ihn hier gesehen hätte, hätte ich die Polizei gerufen.«

»Ja, ich weiß.« Das Mädchen blickte ihn zerknirscht an. »Und es war auch nur das eine Mal. Ich schwöre! Ich habe ihm auch klipp und klar gesagt, dass es vorbei ist, dass er nicht mehr kommen soll und dass ich ihn nicht mehr sehen will.« Sie deutete einen anklagenden Finger auf Bruno und Clayton. »Aber die zwei Penner da haben uns vom Fenster aus beobachtet und mich dann abgefangen, als ich wieder in mein Zimmer gehen wollte. Dann haben sie mich gezwungen, die Brownies zu backen, weil der blöde Weihrauchschnüffler lockerer werden sollte. Ich wollte das nicht! Aber wenn ich mich geweigert hätte, dann hätten sie es dir erzählt, Stefan, und ich wäre rausgeflogen. Aber mir macht das Kochen und Backen Spaß hier«, beteuerte sie. »Zwar nicht mit diesem versoffenen Fettsack, aber mit Chrissy.« Kelly holte tief Luft und schien eine Entscheidung zu treffen. »Dieser

Rangler ist zum rückwärts essen!«, entfuhr es ihr bitter, bevor sie sich an Preston wandte. »Merken Sie denn gar nicht, dass dieser sogenannte Starkoch ohne Chrissy völlig aufgeschmissen ist? Mein Vater ist Alkoholiker. Ich erkenne einen Suchti, wenn ich einen sehe. Das können Sie mir ruhig glauben!«, rief sie, und Preston erbleichte.

Hirschberg warf ihr einen bewundernden Blick zu. Ihre Ehrlichkeit verdiente Respekt.

»Der Kerl ist doch schon seit einer Ewigkeit nicht mehr nüchtern gewesen.«

Preston versuchte auf Kellys Worte hin, ruhig zu atmen. Hirschberg beobachtete beunruhigt, wie er verstohlen nach seinem Puls tastete. Auch sein Kollege Zöllner musterte Preston besorgt.

»Wie kommst du denn darauf, dass er ein Alkoholproblem hat, Kelly?«, räusperte sich Preston. »Ich glaube, Herr Rangler ist einfach nur ein wenig überarbeitet und nervlich überreizt …«

»Ich habe ihn jetzt fast jede Nacht an meinem Zimmer vorbeitorkeln hören«, fiel Kelly ihm ins Wort. Ihr Gesichtsausdruck besagte, dass sie es hasste, wenn ihr nicht geglaubt wurde.

Hirschberg warf ihr einen nachdenklichen Blick zu. Er war von ihrer Aufrichtigkeit überzeugt. Auch Quirin Heimerl hatte Rangler schließlich als versoffenes Weinfass bezeichnet. Preston schien auf jeden Fall vermeiden zu wollen, dass das Projekt scheiterte oder es zu einem Skandal kam.

Er wandte sich um, als ihm jemand auf die Schulter klopfte. Lars Baumann begrüßte ihn und deutete lächelnd auf Kelly.

»Ich bin gerade gekommen, um zu sehen, wie die Arbeiten vorangehen. Da habe ich gehört, was Kelly gesagt hat, und ich muss ihr recht geben, Alex«, meinte Baumann und warf Preston einen vielsagenden Blick zu. »Ich bezweifle stark, dass Herr Rangler auch nur einen Moment lang nüchtern war, seit seiner Ankunft hier. Bei allem Respekt, Herr Preston, aber das können Sie nicht einfach so leugnen.«

Ermutigt von Baumanns Worten fuhr Kelly fort.

»Sehen Sie, ich bin nicht die Einzige, der das auffällt! Er ist schon mehr als einmal mitten in der Nacht vor meiner Zimmertür hingeflogen und hat rumgeflucht. Und dann kann ich nicht mehr einschlafen.« Kelly blickte Preston herausfordernd an. »Sie haben keine Ahnung, wie oft mein Vater in dem Zustand nach Hause kommt!«

Der Produzent sah aus, als wollte er sich jeden Moment übergeben. Hirschberg, Baumann und sein Kollege wechselten einen vielsagenden Blick. Dieses Projekt hier war eine Farce.

»Herr Seitlbach wird nicht begeistert sein«, flüsterte Baumann Hirschberg ironisch zu, bevor er sich mit Schreiber zurückzog.

»Woher hattet ihr die Drogen?«, wollte Zöllner von Bruno und Clayton wissen. Unter seinem bohrenden Blick wäre selbst Superman eingeknickt, dachte Hirschberg zufrieden bei sich.

»Von ihm.« Clayton deutete auf Bruno, der gleichgültig mit den Schultern zuckte und die Augen verdrehte. »Er hat sich in München mit Moritz noch was besorgt, bevor er abhauen musste, weil Moritz' Mami und Papi ihn nicht mögen. Der Weihwasserpisser sollte doch einfach nur ein bisschen chilliger werden! Und außerdem tut er so, als wären wir Abschaum.« Er klang verbittert. »Es war doch alles nur ein Spaß!«

»Spaß?« Zöllner blickte von einem zum anderen. »So nennt ihr das also. Damit ihr begreift, dass das kein Spaß ist, kommt ihr jetzt alle drei mit.« Zöllner winkte den uniformierten Beamten, die Hirschberg und ihn begleitet hatten. »Ich bin schon sehr gespannt, was der Jugendrichter von eurem sogenannten Spaß hält. Ihr habt großes Glück, dass Pfarrer Schmalzengruber und Frau Hackelgruber nichts weiter zugestoßen ist.«

»Mir ist das alles furchtbar unangenehm«, beteuerte Preston und warf Angelsberger einen vorwurfsvollen Blick zu. »Das hätte niemals passieren dürfen!«

»Ich werde die drei begleiten.« Der Sozialpädagoge folgte den Beamten und seinen Schützlingen nach draußen.

»Herr Preston, ich will Ihnen zwar keine Angst machen, aber es wird in nächster Zeit bestimmt noch viel unangenehmer für Sie werden«, erklärte ihm Hirschberg trocken. »Sehen Sie, der gute Herr Pfarrer ist nicht einfach nur ein römisch-katholischer Wald-und-Wiesen-Prediger. Pfarrer Schmalzengruber ist der Kommandant der oberbayerischen katholischen Miliz und im Nebenjob Exorzist bei der Inquisition. Glauben Sie mir, sobald er wieder klar denken kann, wird er mit aller Macht gegen Sie und Ihr Projekt hier ins Feld ziehen. Seien Sie also auf den Ritter Gottes vorbereitet.«

»Und wer bitte schön macht jetzt den Zucchinisalat mit getrockneten Tomaten und das Holunderparfait? Die Erdbeeren müssen auch noch glasiert werden.« Rangler erschien auf unsteten Beinen und mit missmutigem Gesichtsausdruck in der Tür zum Gastraum.

»Sie werden jemand anderen für die Arbeiten einteilen müssen, Herr Rangler.« Preston hastete auf den Sternekoch zu und zog ihn am Arm zurück in die Küche.

Hirschberg blickte ihnen mit zusammengekniffenen Augen hinterher. Er hatte das merkwürdige Gefühl eines Déjà-vu. Irgendetwas an Rangler kam ihm sehr bekannt vor.

22.

Kommissarin Hansen parkte ihren Dienstwagen vor dem hölzernen Gartenzaun, der das Seegrundstück von Familie König umgab. Obstbäume, die im Sommer den nötigen Schatten spendeten, streckten ihre Äste nun kahl dem Himmel entgegen. Schnee lag auf der dichten Thujenhecke, welche die Bewohner des Hauses vor neugierigen Blicken schützte. Die steinernen Platten, die vom Eingangstor zum Haus führten, waren sorgfältig von Schnee und Eis befreit. Das große Haus mit dem schneebedeckten Walmdach schien wie aus einem Märchen.

Das Haus vereinte all das, was sich der Rest Deutschlands unter einem gemütlichen alpenländischen Domizil vorstellte, dachte sie bei sich, als sie die Klingel am Eingangstor drückte. Die Kommissarin wartete, bis die Haustür geöffnet wurde, bevor sie das Grundstück betrat.

Ein weihnachtlich anmutender Kranz zierte noch immer die Eingangstür, an der Annette König sie mit einem neugierigen Lächeln empfing. Ein Schatten verdüsterte ihre rehbraunen Augen, doch die Lachfältchen zeugten von einem sonnigen Gemüt, trotz des Schicksalsschlags, der ihre Familie vor über vier Jahrzehnten aus Krindelsdorf vertrieben hatte.

Louisa blickte sie fasziniert an. Dunkelbraune Haare umrahmten ihr dezent geschminktes Gesicht, dessen Wangenknochen Hirschbergs Kollegin an eine ägyptische Pharaonin erinnerten. Nofretetes Gesicht, deren makelloses Antlitz sie vor einiger Zeit in Berlin bestaunt hatte, tauchte vor ihrem inneren Auge auf. Wäre Annette König Schauspielerin gewesen, hätte sie Kleopatra verkörpern können, dachte Louisa fast ein wenig neidisch bei sich. Trotz ihrer legeren Jeans und dem warmen Pullover umgab sie etwas Glamouröses. Ihre fünfundvierzig Jahre waren ihr keineswegs anzusehen.

»Kommissarin Hansen, nehme ich an.« Annette König schüttelte lächelnd ihre Hand und trat beiseite, um sie einzulassen.

»Genau. Vielen Dank, Frau König, dass Sie sich die Zeit nehmen.« Hansen folgte ihr in das helle Wohnzimmer. »Es ist wirklich wichtig.«

Der Blick durch die Terrassentür im Wohnzimmer raubte Louisa fast den Atem. Ein winterlicher Schliersee erstreckte sich vor ihren Augen. Sie konnte sich gut vorstellen, wie schön es hier im Sommer sein musste. Im Kamin prasselte ein Feuer. Auf dem Esstisch vor der offenen Küche stand Annettes aufgeklappter Laptop.

»Schon gut«, lächelte sie und bot ihr an, Platz zu nehmen. »Sie sehen ja, dass ich von zu Hause aus arbeite. Wenn ich keine dringenden Termine habe, bin ich dann auch meistens hier, wenn die Kinder aus der Schule kommen. Und ich bin flexibel genug, das LKA zu empfangen, wenn es Fragen an mich hat. Und heute haben wir auch Glück! Die Zwillinge haben Nachmittagsunterricht, daher werden sie vor halb fünf nicht nach Hause kommen. Und mein ältester Sohn ist im Skilager.« Sie grinste. »Wir können uns also ungestört unterhalten. Darf ich Ihnen eine Tasse Kaffee anbieten? Wenn ich arbeite, trinke ich leider viel zu viel davon. Wenn Sie also auch eine Tasse trinken, ist mein schlechtes Gewissen weniger groß.«

»Wenn das so ist, dann nehme ich eine Tasse«, lachte Louisa, und sie sah sich um. Ihr Blick fiel auf eine Fotografie auf der Anrichte. »Sind das Ihre Eltern, Frau König?«

»Ja.« Ihre Gastgeberin kam mit einem Tablett zurück an den Tisch. »Keine Sorge!« Sie zwinkerte ihr gutgelaunt zu. »Die Kekse sind von meiner Nachbarin gebacken. Ich würde niemanden mit meinen mangelhaften Backkünsten foltern.«

Louisa erwiderte ihr Lachen und war froh über das emotionale Tauwetter. Annette König war sicherlich angespannt. Louisa hasste es, alte Wunden aufreißen zu müssen.

»Meine Eltern leben seit einigen Jahren auf Teneriffa«, erklärte sie der Kommissarin. »Aber das haben Sie ja bestimmt bereits herausgefunden. Sie sind nur noch selten in Deutschland.« Sie nippte an ihrem Kaffee, während ihr Blick in die Ferne zu schweifen schien. »Ich glaube, sie versuchen noch immer, der Erinnerung an meinen Bruder und an das, was damals passiert ist, zu entfliehen. Obwohl es nun schon so lange her ist.«

»Sie haben Krindelsdorf sehr schnell verlassen, nachdem man Ihren Bruder damals am Fluss gefunden hat«, nickte Hansen verständnisvoll.

»Wir hätten nicht weiter dort leben können. Die Situation war für meine Eltern ungemein belastend. Ich selbst habe keine Erinnerungen mehr an Krindelsdorf, weil ich ja noch sehr klein war. Ich habe übrigens vorhin noch mit meinen Eltern geskypt und ihnen gesagt, dass Sie auf dem Weg hierher sind. Es war das erste Mal, seit ich denken kann, dass wir richtig über Ludwig gesprochen haben.«

»Das erste Mal?« Hansens Stimme klang ungläubig.

»Ich war ein knappes Jahr alt, als das mit Ludwig passiert ist, Frau Kommissar.« Sie stützte sich mit ihren Ellbogen auf dem Tisch auf. »Ich habe keinerlei Erinnerung an meinen Bruder. Alles, was ich weiß, ist aus zweiter Hand, wenn Sie so wollen. Meine Eltern haben so gut wie nie über ihn gesprochen. An seinem Geburtstag und an seinem Todestag sind wir zwar immer an sein Grab gegangen, um eine Kerze anzuzünden, aber für mich war er lange Jahre ein Mysterium. Meine Eltern hielten selbst seine Sachen und Fotos unter Verschluss.«

»War es zu schmerzlich für Sie, sein Andenken zu erhalten?«

»Lange Zeit habe ich genau das geglaubt, Frau Kommissar«, antwortete Annette. »Schließlich gibt es Eltern, die nach dem Verlust ihres Kindes nicht einmal sein Zimmer ausräumen können. Aber dann, als ich fünfzehn war, habe ich meine Oma einmal allein im Altenheim besucht. Sie hatte damals beginnende Alzheimer. Es war einer der Gründe, warum ich vor einigen Jahren einen ausführlichen Artikel über diese Krankheit geschrieben habe. Oma fing plötzlich an, über die Vergangenheit zu sprechen. Die Gegenwart existierte für sie auf einmal nur noch bruchstückhaft. Und dann hat sie mich unvermittelt gefragt, ob Ludwig immer noch so böse sei.« Annette runzelte die Stirn und kaute gedankenverloren auf ihrer Unterlippe. »Ich habe dann ein wenig nachgebohrt, wie sie das denn meine. Glauben Sie mir, Frau Kommissar, ich hätte lieber nicht gehört, was für ein kleiner Tyrann mein Bruder gewesen ist.« Die Journalistin warf ihr einen düsteren Blick zu. »Ich spreche nicht davon, dass er einfach nur frech war. Ludwig muss ein äußerst aggressives und boshaftes Kind gewesen sein. An diesem Nachmittag habe ich von meiner Großmutter einige sehr unschöne Dinge erfahren.« Annette hielt einen Augenblick lang inne. »Meine Eltern wollten mich nie mit Ludwig allein lassen. Sie hatten Angst, er könne mir etwas antun. Sein Verhalten ging weit über die normale geschwisterliche Eifersucht hinaus.«

»Ich verstehe.« Louisa begann zu frösteln.

Ludwigs Eltern trauerten vermutlich nicht um ihn, sondern hatten das Gefühl, endlich frei zu sein. Es musste damals wesentlich schwieriger gewesen sein als heute, angemessene Hilfe zu bekommen, wenn Kinder aus dem Rahmen fielen. Erst recht in ländlichen Gefilden, wo es noch wichtiger war, sich einzufügen und nicht aufzufallen.

»Heute würde man in Ludwigs Fall Psychiater und Psychologen zu Rate ziehen«, meinte Annette, als hätte sie ihre Gedanken erraten. »Aber damals, in diesen engstirnigen ländlichen Verhältnissen, wussten sich meine Eltern nicht zu helfen.« Sie seufzte. »Es war schlimm für mich, all das zu erfahren. Als mein ältester Sohn auf die Welt gekommen ist, habe ich mich dabei ertappt, wie ich jede seiner Gefühlsregungen beobachtet habe, um mich zu vergewissern, dass kein kleiner Ludwig in ihm steckt.« Annette lächelte. »Allem Anschein nach hatte ich aber drei Mal großes Glück.«

»Haben Ihre Eltern Ihnen ein wenig von Ludwig erzählt, als Sie mit Ihnen gesprochen haben?«

»Es war schwierig, aber nachdem ich Sie damit konfrontiert habe, dass ich doch ein wenig mehr weiß, als ihnen jemals lieb war, sind sie mit der Sprache herausgerückt«, nickte Annette und griff nach einem Keks. »Sie fühlen sich schlecht, weil sie einfach keinen Groll gegen den Mörder meines Bruders hegen können. Ludwig muss überaus intelligent gewesen sein und hat für seine Lehrer den Musterschüler gespielt, während er seine Klassenkameraden terrorisiert hat«, berichtete sie. »Einem Mädchen in seiner Klasse hat er sogar einmal mit der Bastelschere die Zöpfe abgeschnitten. Zu Hause hat er Möbel demoliert. Einmal muss er sogar mit einem Kochlöffel auf meine Mutter losgegangen sein.« Sie schüttelte den Kopf. »Meine Mutter hat zugegeben, dass sie zum Zeitpunkt seiner Ermordung nicht mehr wussten, wie sie den Schein aufrechterhalten sollten. Sie haben tatsächlich überlegt, ihn in ein Heim zu geben.«

»Frau König, haben Ihre Eltern Ihnen vielleicht ein paar Namen genannt von Kindern, denen er besonders übel mitgespielt hat?«

Die Liste derer, die Ludwig Schwindhofer drangsaliert hatte, musste unglaublich lang sein, schoss es Louisa durch den Kopf. Zwar war er zum Zeitpunkt seiner Ermordung noch ein Kind gewesen, aber was für ein Erwachsener wäre wohl aus ihm geworden?

»Warten Sie, Frau Kommissar.« Sie stand auf und kehrte einen Augenblick später mit einem Pappkarton zurück. »Meine Eltern haben vor ihrem Umzug nach Teneriffa ein paar Sachen bei uns auf dem Dachboden deponiert. Sie konnten nicht alles mitnehmen. In dem Karton hier sind die Dinge, die meine Eltern von meinem Bruder aufbewahrt haben. Es müssten auch ein paar Zeitungsberichte über seine Ermordung dabei sein. Sie haben ihn nicht richtig ›entsorgen‹ können, wenn Sie so wollen.« Sie zog die Augenbrauen nach oben und markierte Anführungsstriche in der Luft. »Aber sie konnten die Erinnerung an ihn zumindest wegschließen.«

»Haben Sie schon einen Blick hineingeworfen?«

»Nein«, entgegnete Annette kopfschüttelnd. »Und das will ich auch nicht. Nehmen Sie den Karton bitte mit und behalten Sie ihn. Ich hoffe, der Inhalt bringt Sie weiter. Meine Eltern und ich haben vorhin beschlossen, dass es längst an der Zeit ist, loszulassen.«

»Ich kann nicht sagen, wie lange ich nach Hause brauchen werde, Chef.«

»Fahren Sie vorsichtig, Frau Kollegin!« Hirschberg warf einen besorgten Blick aus dem Fenster. »Hier schneit es schon wieder.«

»Hier auch. Die Straßen sehen nicht gut aus. Es ist zwar die reinste Wintermärchenlandschaft, und auf dem zugefrorenen See wird eisgelaufen, aber die Fahrt wird sicher nicht lustig.« Sie seufzte.

»Kann ich mir vorstellen. Passen Sie auf sich auf! Hat sich Ihr Ausflug an den Schliersee gelohnt?«

»Ja, er ist die Strapazen definitiv wert.« Hirschberg konnte seine junge Kollegin lächeln hören. Ihre Stimme klang noch immer sehr verschnupft, aber die hartnäckige Erkältung schien ihrer Laune nichts anhaben zu können. »Es ist wirklich ein sehr schönes Fleckchen. Ich bin auch an einem herrlichen Café vorbeigekommen! Sie sollten die Torten sehen! Ich hätte die halbe Vitrine leerkaufen können!«

»Das freut mich sehr, Frau Kollegin«, grinste Hirschberg. »Aber wie war denn Ihr Gespräch mit Annette König? Konnte sie uns weiterhelfen?«

»Na ja, sie und ihre Eltern haben so gut wie nie über ihren Bruder gesprochen. Sie wollten ihn wohl irgendwie vergessen. So traurig sich das auch anhört. Ludwig Schwindhofer muss ein richtiger kleiner Teufel gewesen sein. Er hat seine Umgebung tyrannisiert, aber Ähnliches hat Ihnen ja auch schon Frau Moosberger gesagt, oder?«

»Ja, sie meinte, dass er auf jedes Kind an der Grundschule irgendwann einmal losgegangen sei.« Hirschberg blätterte in seinen Notizen vor ihm auf dem Schreibtisch. »Er muss unglaublich aggressiv und boshaft gewesen sein.«

»Annette König hat mir erzählt, dass er einem Mädchen in seiner Klasse sogar die Zöpfe abgeschnitten hat.« Sie hustete. »Aber sie konnte sich nicht an den Namen des Mädchens erinnern. Auch sonst konnte sie mir nicht sagen, ob es ein Kind gegeben hat, auf dem ihr Bruder besonders herumgehackt hat. Sie war schließlich noch ein Baby, und ihre Eltern haben wohl sehr viel verdrängt.«

»Es ist ja auch schon sehr lange her«, entgegnete Hirschberg und lehnte sich auf seinem Schreibtischstuhl zurück. »Die meisten, die ihn noch kannten, waren damals eben noch sehr jung. Die ältere Generation erinnert sich auch kaum noch an etwas. Außer daran, dass er ein aggressiver Bully war.« Hirschberg seufzte. »Ich treffe mich morgen mit dem zuständigen Ermittler von damals. Vielleicht kann er uns ja doch ein wenig weiterbringen. Womöglich fällt ihm ja jetzt etwas ein, was ihm damals nicht aufgefallen ist.« Er massierte nachdenklich sein Kinn. »Falls tatsächlich jemand Ludwig im Affekt und aus plötzlicher Wut heraus erschlagen hat, dann hatten und haben viele am Ort bestimmt Verständnis für denjenigen. Daher werden auch die wenigsten über den Mord reden. Nur Georg Wegener hat auf seine alten Tage den Fall scheinbar wieder aufwärmen wollen.«

»Annette König meinte, dass selbst ihre Eltern dem Mörder ihres Bruders nicht böse sein können«, hörte er Hansen sagen. »Das macht den beiden wohl sehr zu schaffen. Außerdem haben sie ihr erzählt, dass sie kurz vor seiner Ermordung tatsächlich mit dem Gedanken gespielt haben, ihn in ein Heim zu geben.«

»Sie wollten ihren Sohn loswerden?« Hirschberg griff nach der Akte.

»Sie waren überfordert, Chef. Ich glaube nicht, dass sie etwas mit seiner Ermordung zu tun hatten.« Hansens heiseres Krächzen klang überzeugt. »Sie wussten nicht, woher sie hätten Hilfe bekommen können. Heute ist das ganz anders, aber damals …« Sie ließ den Satz unvollendet. »Annette König hat mir berichtet, dass ihre Eltern sie nicht einmal mit ihrem Bruder allein lassen wollten. Sie hatten Angst, er würde ihr etwas antun. Auch ein Neun- oder Zehnjähriger kann einem Baby gefährlich werden.«

Ihre Worte ließen Hirschberg erschaudern. Einen kurzen Moment lang fragte er sich, was er tun würde, wenn sein Sohn sich als ein Ludwig Schwindhofer entpuppte. Auch Ludwigs Eltern hatten sich ihren Nachwuchs nicht aussuchen können. Doch vermutlich wurde der Kleine eher Pornofilmer, wenn Dornberg zu einem starken männlichen Vorbild für ihn wurde, hallte eine ironische Stimme in seinem Hinterkopf.

»In den Akten steht auch, dass beide Elternteile ein wasserdichtes Alibi hatten. Ich bin aber trotzdem gespannt, was Herr Lachmann berichtet. Was er für einen Eindruck von den Schwindhofers hatte.«

»Vielleicht fällt ihm ja tatsächlich noch etwas ein.« Louisas Stimme klang hoffnungsvoll. »Ich halte es auch nicht für ausgeschlossen, dass man im Nachhinein nach einer gewissen zeitlichen Distanz plötzlich auf eine Ungereimtheit oder so etwas stößt.«

»Ja, vielleicht.«

»Ich werde mir auf jeden Fall Ludwigs Sachen vornehmen.« Sie berichtete Hirschberg von der Schachtel, die Annette König ihr überlassen hatte. »Vielleicht stoße ich da noch auf etwas Interessantes.«

»Machen Sie das, Hansen. Und fahren Sie gleich nach Hause und kurieren sich ein wenig aus. Ich mache mich jetzt auch auf den Heimweg. Von mir wird erwartet, dass ich pünktlich zum Abendessen erscheine. Wir machen morgen weiter.«

23.

Hirschberg manövrierte seinen Wagen in eine Parklücke. Er fröstelte trotz der strahlenden Morgensonne, als er die Wagentür öffnete, und griff nach seiner Winterjacke auf dem Rücksitz. Mit raschen Schritten überquerte er die Hauptstraße und steuerte auf ein blaugestrichenes Einfamilienhaus zu. Briefkasten und Klingel waren an der schneebedeckten Gartenmauer angebracht.

»Hauptkommissar Hirschberg?«

Eine ältere Dame mit brünett gefärbtem Haar öffnete ihm die Tür. Dunkelgrüne Augen blickten ihm neugierig entgegen, und Marisa Lachmann reichte ihm lächelnd die Hand. Trotz ihres vorgerückten Alters umgab sie ein fast mädchenhafter Charme. So sehr er sich auch bemühte, er konnte gerade einmal vereinzelte attraktive Lachfältchen auf ihrem Gesicht ausmachen. Ihre Stupsnase war perfekt gepudert, und ihre Lippen waren dezent geschminkt. Die blaue Jeans saß wie angegossen, was ihm klar vor Augen führte, dass ihre Bewegungen, als sie ihm voran ins Wohnzimmer ging, so geschmeidig wie die einer Dreißigjährigen waren. Seine Gastgeberin musste bereits Mitte siebzig sein, konnte ihr hohes Alter aber gut verbergen, dachte der Hauptkommissar fasziniert.

»Ah, Herr Hirschberg, nehme ich an.« Albert Lachmann, der seiner Frau in körperlicher Hinsicht in nichts nachstand, erhob sich von der Couch, als Hirschberg den Raum betrat. Auch er trug legere Bluejeans, während sein schwarzes Hemd seinen durchtrainierten

Oberkörper betonte. Hirschberg hatte von Lachmanns ehemaliger Dienststelle erfahren, dass das Ehepaar sehr aktiv war und von vier Enkeln auf Trab gehalten wurde.

Auch Albert Lachmanns Züge waren beneidenswert jugendlich. Der Hauptkommissar vermutete, dass seinen aufmerksam dreinblickenden Augen nicht das Geringste entging. Lachmanns spitz zulaufende Nase dominierte sein Gesicht, dessen sorgfältige Rasur das Grübchen in der Mitte seines Kinns hervorhob und damit seine maskuline Ausstrahlung unterstrich. Vermutlich hatte er sich in seiner Jugend vor Verehrerinnen kaum retten können, schätzte Hirschberg.

»Setzen Sie sich doch.« Er schüttelte Hirschbergs ausgestreckte Hand, bevor er sich wieder auf die cremefarbene Couch fallen ließ. Auf dem gläsernen Wohnzimmertisch stand ein Tablett mit drei Tassen und einem bereits vorgeschnittenen Marmorkuchen. Die Gastgeberin erschien mit einer Kanne frischem Kaffee.

»Wir dürfen Ihnen doch etwas anbieten? Ich backe mindestens drei Mal in der Woche, müssen Sie wissen«, erklärte sie einem dankbar nickenden Hirschberg, dessen Frühstück zu Vincents Missfallen an diesem Morgen nur aus einer mickrigen Tasse Kaffee bestand. »Unsere Enkel haben nämlich die Angewohnheit, hereinzuschneien, wann es ihnen passt, und Sie glauben ja gar nicht, was halbwüchsige Jungs alles vertilgen können.«

»Oh, das kann ich mir gut vorstellen. Ich war selbst mal einer.«

»Haben Sie Kinder, Herr Hirschberg?«, erkundigte sich Lachmann interessiert.

»Fast«, grinste er. »Meine Frau und ich bekommen in gut zwei Wochen unseren ersten Sohn.«

»Herzlichen Glückwunsch!«, lachte Marisa und lehnte sich mit der Kaffeetasse in der Hand auf ihrem Sessel zurück. »Aber dann ist es erst einmal vorbei mit der Ruhe! Das muss Ihnen klar sein.«

»Aber was genau kann ich denn für Sie tun, Herr Hirschberg?«, wollte Lachmann wissen, nachdem auch er ihm gratuliert hatte. »Sie sagten am Telefon, es gehe um einen alten Fall.«

»Allerdings. Ich hoffe auch sehr, dass Sie mir helfen können, denn meine Kollegin und ich tappen momentan sehr im Dunkeln. Sie haben ja sicher von den beiden Morden in Krindelsdorf gehört.«

»Natürlich«, beide Lachmanns nickten.

»Wir haben Grund zu der Annahme, dass die beiden aktuellen Mordfälle mit einem Mord in Verbindung stehen, der vor über vierzig Jahren begangen worden ist. Das Opfer war ein zehnjähriger Junge namens Ludwig Schwindhofer. Er ist 1972 unter der Brücke am Fluss erschlagen aufgefunden worden. Sie erinnern sich bestimmt. Sie waren schließlich mit den Ermittlungen betraut.«

»Ludwig Schwindhofer.« Ein Schatten schlich sich in Lachmanns Augen. »Wie könnte ich diesen Fall nur jemals vergessen? Es war ein grauenvolles Verbrechen. Der Mord an einem Kind ist immer schrecklich. Aber erst recht dann, wenn man ihn nicht aufklären kann.«

»Wie jetzt bei Ihnen, war damals unser erster Sohn unterwegs, Herr Hirschberg«, erklärte Marisa und warf ihm einen bedeutungsvollen Blick zu. »Es war deshalb für Albert natürlich noch schwieriger, im Mord an einem Zehnjährigen zu ermitteln. Man betrachtet einen solchen Fall dann mit ganz anderen Augen. Unweigerlich stellt man sich immer wieder die Frage, wie es einem ergehen würde, wenn so etwas dem eigenen Kind zustößt.«

»Das kann ich mir gut vorstellen.« Hirschberg nickte düster. Sein Sohn war noch nicht einmal geboren, und schon jetzt trieb ihn die Angst um, was dem Kleinen alles zustoßen konnte, wenn er und Susan nur einen kurzen Augenblick lang nicht hinsahen. »Wie Sie ja gerade erwähnt haben, ist der Fall nie aufgeklärt worden, und die Ermittlungen sind im Sand verlaufen. Das habe ich zumindest den Akten entnommen.«

»Wie kommen Sie eigentlich darauf, dass der Mord an dem Jungen mit den beiden Fällen jetzt zusammenhängen könnte?«, erkundigte sich Lachmann, ohne auf seine Frage einzugehen. »Es ist doch nun schon so lange her.«

»Eigentlich sind wir erst durch unser zweites Opfer, Georg Wegener, auf den Mord an Ludwig Schwindhofer aufmerksam geworden. Die Nachbarin des ersten Opfers hat mich gleich alarmiert, als sie die Leiche gefunden hat. Zunächst ging unsere Ermittlung in eine andere Richtung«, berichtete Hirschberg seinem ehemaligen Kollegen. »Der Exmann der Ermordeten scheint zwielichtige Kontakte zum organisierten Verbrechen zu haben. Deshalb hielt es mein Vorgesetzter für besser, wenn wir – also das LKA – die Ermittlungen aufnehmen. Außerdem wohne ich ja praktischerweise dort, weshalb Bürgermeister Seitlbach darauf bestanden hat. Allerdings hatten wir von Anfang an unsere Zweifel, dass der Exmann der Ermordeten etwas mit ihrem Tod zu hat.«

»Verstehe. Und nun stoßen Sie in Krindelsdorf sicher auf eine Mauer des Schweigens. Sind die Krindelsdorfer immer noch so zugeknöpft?«

»Viele sind nicht sehr freigiebig mit Informationen, falls Sie das meinen«, entgegnete Hirschberg grinsend. »Ich gehe davon aus, dass Sie nach der Ermordung des Jungen auch Schwierigkeiten hatten, an Informationen zu kommen.«

»Das kann man so sagen. Niemand wollte etwas bemerkt oder gesehen haben. Und erschwerend kam hinzu, dass die Mordwaffe nie gefunden wurde und die Kriminaltechnik damals auch nicht die Möglichkeiten hatte wie heute. Besonders viel werde ich Ihnen also nicht sagen können«, bedauerte er.

»Meine Kollegin war gestern in Schliersee und hat sich mit Ludwigs jüngerer Schwester unterhalten«, meinte Hirschberg. »Wussten Sie, dass der Junge als sehr schwierig und aggressiv galt?«

»Einige der Einwohner, die mein Chef und ich damals befragt haben, waren zumindest dahingehend recht gesprächig, also ja. Manche Nachbarn haben zwar von einer Tragödie gesprochen, aber auch von himmlischer Gerechtigkeit. Ihr zweites Opfer Georg Wegener, der damalige Konrektor der Grundschule, hat ausgesagt, dass Ludwig Schwindhofer viele der anderen Kinder schikaniert habe. Er sei gern auf Kleinere und Schwächere losgegangen.« Er schüttelte traurig den Kopf. »Er und der Direktor wollten damals aber nicht mehr sagen – aus Rücksicht auf Ludwigs Eltern. Ist es sicher, dass Wegener ermordet worden ist?«

»Es deutet alles darauf hin, dass er mit einem Couchkissen erstickt worden ist«, bestätigte Hirschberg.

»Das ist ja schrecklich«, hauchte Marisa, während ihr Mann fassungslos den Kopf schüttelte.

»Sein Neffe hat ausgesagt, dass er vor einigen Tagen urplötzlich anfing, von irgendeiner Tragödie zu sprechen. Er muss immer wieder gesagt haben, dass der Junge so ein Schicksal trotz allem nicht verdient habe. Sie verstehen also, warum ich hier bin.« Der Hauptkommissar blickte Lachmann eindringlich an. »Es sind zwei Morde in Krindelsdorf geschehen, und es ist durchaus möglich, dass beide etwas mit dem Mord an dem Jungen vor über vierzig Jahren zu tun haben.«

»Großer Gott«, entfuhr es Lachmann. »Ich sehe, worauf Sie hinauswollen, Herr Hirschberg.« Er runzelte sorgenvoll die Stirn. »Das Verhalten von Ludwigs Eltern kam mir zu Anfang sehr merkwürdig vor. Zunächst dachte ich, die beiden wären in einer Art Schockstarre gefangen, als wir ihnen die Nachricht vom Tod ihres Sohns überbracht haben, aber dann habe ich ganz allmählich begriffen, dass vielmehr eine große Last von ihnen abgefallen ist. Natürlich haben mein Chef und ich uns über das familiäre Leben der Schwindhofers erkundigt. Viele waren uns gegenüber zwar sehr verschlossen, aber wir haben letztlich herausgefunden, dass Ludwig unter starken Stimmungsschwankungen und heftigen Wutausbrüchen gelitten hat. Eine Nachbarin war sich sogar sicher, dass Ludwig ihre Katze erdrosselt hat.« Lachmann verzog sein Gesicht zu einer schmerzverzerrten Grimasse. »Eines Morgens hat sie das arme Tier mit einem Seil um den Hals in ihrem Garten im Gebüsch gefunden. Aber natürlich konnte sie ihren Verdacht nicht beweisen. Ludwigs Mutter war am Rand eines Nervenzusammenbruchs. Die Sekretärin des damaligen Krindelsdorfer Arztes hat mir das hinter vorgehaltener Hand erzählt. Dr. Brenner – ich glaube, sein Sohn hat seine Praxis übernommen«, vergewisserte er sich, und Hirschberg nickte. »Dr. Brenner hat ihr wohl starke Beruhigungsmittel verschrieben und gemeint, ihr Sohn müsse sich einfach nur austoben. Heute würde man damit ganz anders umgehen.« »Halten Sie es für möglich, dass Ludwigs Eltern etwas mit seiner Ermordung zu tun hatten?«

»Die Aussagen der Nachbarn und der Arzthelferin gaben den Eltern natürlich zunächst ein Motiv«, antwortete Lachmann mit nach oben gezogenen Augenbrauen. »Allerdings hatten beide ein Alibi, wie Sie den Akten sicher entnommen haben. Sein Vater war zum Tatzeitpunkt in München bei der Arbeit. Dafür gab es mehr als genug Zeugen. Und Frau Schwindhofer hatte zur Tatzeit einen Zahnarzttermin. Laut dem Zahnarzt ist sie furchtbar nervös gewesen, aus Angst, nicht rechtzeitig nach Hause zu kommen. Sie wollte unbedingt vor Ludwig zu Hause sein. Er hatte zwar einen Schlüssel, aber er war nun einmal kein Kind, das man unbeaufsichtigt zu Hause lassen konnte.« Er leerte seine Tasse. »Keiner der beiden hätte Ludwig also töten können. Außerdem habe ich nach und nach von ihnen erfahren, dass sie sich Hilfe suchen wollten oder vielmehr, dass sie Ludwig in ein Heim für schwer erziehbare Kinder geben wollten. Die beiden sind einfach nicht mehr mit ihm fertig geworden. Und sie haben sich dafür verachtet, Herr Hirschberg. Zu allem Überfluss waren sie der festen Überzeugung, als Eltern völlig versagt zu haben. Hinzu kam dann die Unfähigkeit, um den eigenen Sohn, der kein Quell der Freude, sondern stattdessen der Belastung war, zu trauern. Und je mehr ich erfahren habe, desto mehr habe ich mich geschämt, weil ich die Schwindhofers vorverurteilt habe. Ich bedaure den Tod des Jungen zwar zutiefst, aber das Zusammenleben mit ihm muss die Hölle gewesen sein.«

»Das meinte auch Ludwigs Schwester gegenüber meiner Kollegin. Aber was genau war mit Wegener? Hatten Sie den Eindruck, dass er vielleicht ein wenig mehr wusste?«

»Ich bin mir sicher, dass Herr Wegener zumindest einen starken Verdacht hatte, was oder wer hinter Ludwigs Ermordung gesteckt hat«, nickte Lachmann düster. »Ich habe immer geglaubt, dass er uns irgendetwas verschwiegen hat. Aber ich konnte ihn einfach nicht zum Reden bringen. Er war damals Konrektor und sehr beliebt bei den Kindern«, erinnerte er sich. »Das lag daran, dass er sich wirklich für sie interessiert hat. Auch zu den Eltern hatte er ein sehr gutes Verhältnis. Er muss etwas gewusst haben. Und wenn es nur eine kleine Bemerkung war, die er irgendwo aufgeschnappt hat.«

»Was wissen Sie von den Kindern, die Ludwig tyrannisiert hat?«, erkundigte sich Hirschberg und lud sich zu Marisas Freude ein zweites Stück Kuchen auf seinen Teller.

»Nun ja, einige hat er verdroschen, das Pausenbrot weggenommen, das Übliche eben.«

»Ja, Albert, aber es gab zwei Kinder, zu denen er wohl besonders gemein war.« Marisa drückte seinen Arm. »Da war doch dieser Junge, den er immer wegen seines Namens aufgezogen hat. Furtzner hieß das arme Kind, ich weiß es noch genau. Und dann dieses Mädchen, dem er die Zöpfe abgeschnitten hat.« Sie warf ihrem Mann einen aufgeregten Blick zu. »Ich weiß leider nicht mehr, wie ihr richtiger Name war, Herr Hirschberg, aber ich bin mir sicher, dass ihr Spitzname Nitti war. Ich fand den Spitznamen damals so ungewöhnlich, deswegen habe ich ihn mir wohl auch gemerkt.«

»Die Korbmacher Nitti und der Furtzner Alois, ja.« Lachmann nickte zustimmend. »Aber wir haben die beiden nie befragt. Sie waren ja schließlich noch Kinder.«

Auch Kinder konnten aber durchaus zu Mördern werden, wenn man sie zu weit trieb, dachte Hirschberg traurig bei sich. Er wollte gerade nach seiner Tasse greifen, als er plötzlich innehielt. Ein Gedanke schoss ihm blitzartig durch den Kopf. Er sprang auf.

»Ich muss Ihnen dringend etwas zeigen!«, erklärte er seinen verdutzt dreinblickenden Gastgebern. Er ging mit raschen Schritten an die Garderobe und zog die alten Fotos, die er in Renate Piero-Schusters Haus gefunden hatte, aus seiner Jackentasche hervor.

24.

Hirschberg startete seinen Wagen und rief Hansens Nummer in den Kontakten seines Handys auf.

»Chef, ich wollte Sie gerade anrufen.« Hansens heisere Stimme hallte durch den Wagen. »Ich bin schon auf dem Weg nach Krindelsdorf. Ich war heute sehr früh im Büro und habe einiges ausgegraben«, krächzte sie.

»Gibt es Neuigkeiten?«

»Das kann man wohl sagen.« Ihre Stimme nahm einen triumphierenden Tonfall an. »Dr. Meißner sagt, Wegener ist eindeutig erstickt worden. Er geht davon aus, dass er tatsächlich mit dem Couchkissen ermordet worden ist. Er hat Fasern in seiner Luftröhre gefunden, die er schon ins Labor geschickt hat. Außerdem hat der Täter, anders als bei der Mutter des Jahres, ungewollt Spuren hinterlassen«, hörte er sie mit ironischem Unterton sagen, und sein Puls beschleunigte sich. »Das Labor hat das Kissen untersucht und hat einen winzigen Blutfleck an einer der Nähte gefunden. Auf die DNS-Auswertung müssen wir zwar noch warten, aber das Blut stammt auf gar keinen Fall von Wegener. Die festgestellte Blutgruppe stimmt nicht mit seiner überein. Wegener hatte Blutgruppe A positiv und die des Tropfens ist 0 negativ. Schäfer weiß zwar nicht, ob jemand in seiner Familie diese Blutgruppe hat, aber sie stünden alle für Tests zur Verfügung, wenn es sein muss. Und Frau Moosberger meinte, ihre Blutgruppe sei B positiv, wir dürften aber jederzeit Dr. Brenner fragen. Sie will ihn diesbezüglich von seiner Schweigepflicht entbinden.«

»Dann könnte das Blut also durchaus vom Täter sein«, vermutete Hirschberg. »Hat Wegener ihn irgendwie verletzt?«

»Also, Dr. Meißner hält es durchaus für möglich, dass der Mörder Nasenbluten hatte. Die eisigen Temperaturen und die körperliche Anstrengung beim Ersticken von Wegener können durchaus dazu geführt haben.« Sie hustete. »Dr. Meißner meint, dass Wegener körperlich recht fit war für sein Alter. Es kann also gut sein, dass er sich doch ein wenig gewehrt und unverhofft Widerstand geleistet hat. Vielleicht leidet der Täter auch an einer Grunderkrankung wie Bluthochdruck oder dergleichen, durch die es ebenfalls leicht zu Nasenbluten kommen kann.«

»Wenigstens haben wir jetzt Material für einen eventuellen DNS-Abgleich«, entgegnete Hirschberg zufrieden.

»Das ist aber noch nicht alles, Chef«, fuhr seine Kollegin fort. »Ich habe mir gestern Abend nach einem ausgiebigen Erkältungsbad noch den Karton mit Ludwigs Sachen vorgenommen. Es gibt sehr viele alte Fotos. Die Schwindhofers haben außerdem sämtliche Zeitungsberichte über den Mord an ihrem Sohn aufgehoben. In einem der Zeitungsberichte bin ich auf ein Interview mit einer gewissen Elfriede Korbmacher gestoßen. Sie hat kein Blatt vor den Mund genommen, Chef«, ließ ihn seine Kollegin wissen. »Ihre Worte waren für den Reporter ein gefundenes Fressen. Sie hat Ludwig als einen gemeingefährlichen Jungen dargestellt, der von Anfang an hinter Schloss und Riegel gehörte. Er habe sämtliche Kinder schikaniert, und ihrer Tochter Nitti habe er sogar die Zöpfe abgeschnitten. Sein Verlust sei ein Gewinn für die friedliche Gemeinschaft. Sie hat die Vermutung angestellt, dass selbst seine Eltern für diese himmlische Gnade dankbar seien.«

»Dass er seine Umgebung schikaniert hat, wussten wir ja schon.«

»Ja, aber wir wussten noch nicht, dass Elfriede Korbmacher mit ihrer Tochter gerade einmal zwei Monate nach Ludwigs Ermordung aus Krindelsdorf weggezogen und nie wieder zurückgekehrt ist. Ich habe heute Morgen noch mal Kommissarin Fichtl angerufen. Ich glaube, sie verflucht den schwachen Moment, in dem sie mir ihre Hilfe angeboten und mir ihre Handynummer gegeben hat.« Ein krächzendes Lachen kam über ihre Lippen. »Sie hat eine Freundin beim Einwohnermeldeamt. Deshalb konnte ich dann sehr schnell etwas über Frau Korbmachers Ortswechsel in Erfahrung bringen.«

»Sie wissen, wo die beiden abgeblieben sind?« Seine Bewunderung war unüberhörbar.

»Das und noch einiges mehr. Nittis Vater ist noch vor ihrer Geburt bei einem Autounfall ums Leben gekommen, das stand beiläufig in einem der Zeitungsberichte. Im September 1972 hat ihre Mutter eine Stelle als Sekretärin in einem kleinen Autohaus in München angenommen. Ich nehme an, sie wollte raus aus Krindelsdorf«, meinte sie geflissentlich. »Und dort hat sie dann auch ihren zweiten Ehemann getroffen, den sie 1974 geheiratet hat. Sein Name war – man höre und staune – Erich Schuster.«

»Sie meinen, wie in Renate Piero-Schuster?«

»Ganz genau«, antwortete sie. »Aus Nitti Korbmacher wurde zunächst Renate Schuster und dann Renate Piero-Schuster. Für sie muss sich ein Kreis geschlossen haben, als sie nach Krindelsdorf zurückgekehrt ist. Es ist wohl eine Ironie des Schicksals, dass sie dort letztlich auch den Tod finden musste.«

»Oder eine Ironie des Mörders«, kam es trocken über Hirschbergs Lippen.

»Oder so«, entgegnete Louisa. »Erich Schuster hat Renate nach der Eheschließung mit ihrer Mutter adoptiert. Bis zum Tod ihres Stiefvaters – oder vielmehr Vaters – hat sie mit ihrer Mutter in seinem Haus in Olching gewohnt. Nach dem Tod ihres Ehemanns hat Elfriede Schuster dieses Haus verkauft, und Mutter und Tochter sind zurück nach München gezogen. Renate hat dann nach ihrem Schulabschluss einen Job als Sachbearbeiterin in irgendeiner Münchener Spedition gefunden.« Sie hustete. »Die Spedition gibt es heute aber nicht mehr. Und über irgendwelche Männer oder Affären vor Massimo Piero konnte ich leider nichts in Erfahrung bringen.« Ihre Stimme klang bedauernd. »Ich habe vorhin beim Standesamt zur Sicherheit noch einmal nachgefragt. Als Bruno auf die Welt kam, hat sie in seiner Geburtsurkunde tatsächlich keinen Vater angegeben. Da ich aber nun einmal eine pflichtbewusste Beamtin bin, habe ich mir ihre Anrufdaten noch einmal vorgenommen. Und ich bin auf eine Nummer gestoßen, die sie vor drei Monaten exakt zwei Mal angerufen hat. Da bin ich dann doch neugierig geworden.« An dieser Stelle legte Hansen eine theatralische Pause ein.

»Nun lassen Sie sich doch nicht alles aus der Nase ziehen, Hansen!«, rief Hirschberg, als der Krindelsdorfer Bahnübergang am Ortseingang in Sichtweite kam.

»Es ist die Nummer eines Labors, das Vaterschaftstests durchführt.«

»Ach, schau einer an!« Die Puzzleteile ergaben nach und nach ein Ganzes. »Bruno meinte doch zu mir, dass seine Mutter ihm noch kurz vor ihrem Tod versprochen habe, ihr Leben würde sich von Grund auf ändern. Vor allem seins. Vielleicht wollte sie ihm ja endlich sagen, wer sein Vater ist.«

»Mag sein. Womöglich wollte sie Brunos Vater aber auch nur ein wenig unwirsch an seine Pflichten erinnern. Manche Männer fühlen sich angesichts einer drohenden Vaterschaft so, als kämen sie von einem angenehmen Sommernieseln in den sauren Regen«, entfuhr es ihrer heiseren Kehle zynisch. »Aber einmal abgesehen von Nitti gab es auch noch einen anderen Jungen, der ständig von Ludwig wegen seines Namens schikaniert worden ist: Alois Furtzner. Und unter uns gesagt, Chef, der Name kommt auf jedem Schulhof einer Kreuzigung gleich. Der Junge konnte einem echt leidtun.«

»Ja, von dem Jungen haben mir Herr Lachmann und seine Frau vorhin auch erzählt.« Der alltägliche Besuch der Schule musste ein Spießrutenlauf für Alois gewesen sein, schoss es dem Hauptkommissar mitfühlend durch den Kopf. Die zweifellos bösartigen Kommentare konnten einen gequälten kindlichen Geist durchaus über die Klinge springen lassen, vermutete er.

»Haben sie Ihnen auch gesagt, was aus ihm geworden ist?«

»Die beiden wussten es nicht, aber nachdem wir uns ein paar alte Fotos angesehen haben, die ich in Nittis Schmuckkästchen gefunden habe, haben wir wohl auch die richtigen Schlüsse gezogen«, entgegnete er trocken. »Ich nehme an, Sie haben einiges über Alois Furtzner ausgegraben?«

»Allerdings. Ist er auf diesen Fotos auch zu sehen?«

»Ja, es gibt drei Fotos mit ihm. Zwei davon sind wohl von Nittis und seiner gemeinsamen Kommunion. Sie halten Händchen und sehen auf beiden aus wie ein kleines Ehepaar. Das andere zeigt sie beim Spielen in einem Garten. Es wurmt mich, Hansen, dass der Täter die ganze Zeit vor unserer Nase war, und wir ihn einfach nicht gesehen haben! Wenn ich die Fotos nur früher gefunden und unter die Lupe genommen hätte, wäre Wegener vielleicht noch am Leben!« Er fluchte innerlich.

»Es nutzt nichts, sich im Nachhinein Vorwürfe zu machen, Chef. Wichtig ist jetzt nur, dass wir Alois Furtzner schnellstmöglich finden.«

»Sie haben recht, Hansen. Ich fahre jetzt in die Gaststätte. Ich muss dringend nochmal mit Clayton sprechen. Ich möchte das, was er Ihnen gegenüber ausgesagt hat, noch einmal ganz genau mit ihm durchgehen.«

»Verstehe. Wenn der zeitliche Ablauf, und alles, was er mir gesagt hat, tatsächlich so stimmt, dann …«

»Dann haben wir etwas ganz Wesentliches übersehen.« Er schwieg einen Moment lang, während die Puzzleteile langsam an ihren Platz wanderten. »Wissen Sie, Hansen, ich bin mir im Übrigen ganz sicher, dass Alois Furtzner Brunos Vater ist.«

25.

»Herr Hackelgruber, Sie müssen mir glauben!« Schmalzengrubers Stimme hallte mit flehendem Unterton durch die Gaststätte. »Ich muss mich in aller Form bei Ihnen und auch bei Ihrer Frau entschuldigen! Ich kann Ihnen versichern, dass alles, was geschehen ist, unter dem Einfluss dämonischer Substanzen seinen Lauf nahm. Und ich bin hergekommen, um diesem verwerflichen Treiben ein für alle Mal ein Ende zu setzen! Sie wissen, ich habe den größten Respekt vor Ihrer Frau, Herr Hackelgruber, und das heilige Sakrament der Ehe ist mir auch tatsächlich heilig! Ich kann Ihnen daher aufrichtig versichern, dass ich Ihre Frau nicht im Mindesten anziehend oder erotisch finde! Das Zölibat verbietet mir …«

»Ja, glaubn denn Sie, i tu das?«, rief Hackelgruber. Seine Hände zitterten, als er den katholischen Geistlichen mit weit aufgerissenen Augen anblickte. »Aber Sie müssen jetzt mit mir mitkommen und mit meiner Frau reden, Herr Pfarrer! Sie … Sie will einfach nimmer ausm Bett aufstehn und …«

»Was ist denn hier los?« Hirschberg stand wie angewurzelt in der Tür und blickte sich verwundert um.

Die Handwerker hatten ihre Arbeit unterbrochen und ließen Schmalzengruber und Hackelgruber nicht aus den Augen. Sie konnten ihr Gelächter nur schwer unterdrücken, Tränen rannen in Sturzbächen über ihre erhitzten Wangen. Auch das Fernsehteam starrte gebannt in ihre Richtung. So etwas bekamen sie hinter den Kulissen selten zu sehen, schätzte Hirschberg.

»Ah, Herr Hauptkommissar!« Schreiber kam prustend auf ihn zu. »Der Herr Pfarrer ist hier, um die Jugendlichen für ihre Schandtaten Buße tun zu lassen.«

»Herr Hauptkommissar!« Pfarrer Schmalzengruber marschierte ihm im Stechschritt entgegen. »Ich fordere Sie in aller Form auf, endlich Ihren beruflichen Pflichten nachzukommen und etwas zu unternehmen! Nehmen Sie gefälligst diese Giftmischer fest, die der armen Frau Hackelgruber und mir das angetan haben!«

»Die Frau will nimma ausm Haus gehn«, winselte Josef Hackelgruber an der Seite des aufgebrachten Pfarrers. »Sie müssn was tun, Herr Hauptkommissar!« Er hielt seine Hände flehend vor Hirschbergs Gesicht. »I kann die net den ganzen Tag um mi haben!« Er wandte sich an Schmalzengruber. »Herr Pfarrer, Sie müssn mit ihr redn!«

»Die Jungs werden bereits zur Verantwortung gezogen. Sie stehen von nun an unter noch strikterer Aufsicht. Sie werden sich dafür verantworten müssen«, erklärte Hirschberg den beiden. »Es gibt hier nichts für Sie zu tun. Gehen Sie nach Hause zu Ihrer Frau, Herr Hackelgruber. Und Sie, Herr Pfarrer, begleiten ihn. Sehen Sie zu, dass Sie mit Ihrer Haushälterin sprechen und sie beruhigen. Es ist ja schließlich nichts weiter passiert.« Hirschberg hielt sich die Hand vor den Mund und räusperte sich, als schallendes Gelächter drohte, aus ihm herauszubrechen. »Ich bin mir sicher, Sie finden wie immer die richtigen ermutigenden Worte, Herr Pfarrer«, fügte er lächelnd hinzu, bevor er sich an Angelsberger wandte. »Ich muss dringend mit Clayton sprechen. Ist er in der Küche?«

»Ja. Sie können sicher sein, dass wir ihn und Bruno nicht mehr aus den Augen lassen. Und, wie Sie ja selbst sagten, werden sie sich für die Aktion noch verantworten müssen. Wenn es also um die Brownies geht ...«

»Nein.« Hirschberg schüttelte den Kopf. »Es geht nicht um die Brownies, Herr Angelsberger, sondern um Mord.«

»Dann sind also doch die Jugendlichen ...«, hob Schmalzengruber triumphierend an, bevor er von Hirschberg unwirsch unterbrochen wurde.

»Nein, die Jugendlichen sind nicht!« Er bedachte ihn mit einem warnenden Blick, woraufhin der Geistliche zu seiner Genugtuung einen Schritt zurückwich. »Auch wenn Ihnen das nur allzu gut in den Kram passen würde. Die Jugendlichen haben, wie es aussieht, nichts mit den Morden zu tun. Clayton muss mir lediglich etwas bestätigen. Und jetzt gehen Sie endlich und kümmern sich um Frau Hackelgruber! Sie haben Ihre Arbeit zu machen und ich meine!«

Ohne ein weiteres Wort folgte Hirschberg Angelsberger in die Küche.

»Clayton?« Er warf dem gleichgültig dreinblickenden Jungen, der gerade Kartoffeln schälte, einen ernsten Blick zu. »Ich muss noch einmal kurz mit Ihnen sprechen. Über etwas, was Sie gegenüber meiner Kollegin Kommissarin Hansen ausgesagt haben.«

»Was denn noch?« Er verdrehte die Augen. »Was wollen Sie mir jetzt anlasten? Habe ich vielleicht in den Beichtstuhl gepisst?«, brach es ironisch aus ihm heraus.

»Haben Sie?«

»Nein!«

»Dann können wir ja langsam zur Sache kommen und ...«

»Herr Hauptkommissar, Clayton hat nichts mehr angestellt«, kam Ranglers Assistentin Chrissy dem Jungen zu Hilfe. »Die Aktion mit den Brownies war ganz sicher nicht okay, aber Clayton könnte doch ein recht guter Koch werden, wenn er endlich einmal nachdenken würde, *bevor* er Mist baut und nicht erst hinterher.« Sie blickte ihn mit nach oben gezogenen Augenbrauen an und stemmte die Hände in die Hüften. »Und ich glaube ihm, wenn er sagt, dass er so etwas nie wieder tun wird. Auch der größte Vollpfosten kann aus seinen Fehlern lernen.«

»Danke, Chrissy!« Clayton grinste sie ironisch, aber ohne jeden Zorn an. Er schien mehr Respekt vor Ranglers zierlicher Assistentin zu haben als vor Angelsberger, dachte Hirschberg innerlich schmunzelnd bei sich.

»Es geht nicht um die Brownies«, erklärte Hirschberg in beschwichtigendem Tonfall. »Clayton, das hier ist jetzt sehr wichtig. Wenn Sie jetzt endlich anfangen, sich auf die richtige Seite zu schlagen und mir aufrichtig und ehrlich helfen, dann lege ich ein gutes Wort beim Richter für Sie ein, verstanden?« Er wartete, bis Clayton nickte. »Sie sagten, Ihnen ist in der Nacht, als der Mord passiert ist, Rangler auf dem Flur begegnet«, begann er. »Bitte erzählen Sie mir jetzt alles noch einmal ganz genau, Clayton, und sagen Sie mir bitte, welchen Eindruck er auf Sie gemacht hat.«

»Herr Preston!«

Hauptkommissar Hirschberg klopfte an die Tür des Fremdenzimmers in der Gaststätte der Brandls. Er lauschte, doch nichts rührte sich hinter der verschlossenen Tür.

Laut Angelsberger habe der Produzent am vergangenen Abend einen Migräneschub erlitten und fühle sich noch immer unpässlich. Er wolle daher erst gegen später in die Gaststätte kommen. Ferner habe er ein ausführliches Telefonat mit seinem Therapeuten führen wollen. Dem Sozialpädagogen schien langsam zu dämmern, dass das Projekt aus dem Ruder lief. Die Entwicklung würde dem zukünftigen Herrn Landrat nicht gefallen, vermutete der Hauptkommissar mit fast so etwas wie Schadenfreude.

»Herr Preston, hier ist Hauptkommissar Hirschberg. Außerdem meine Kollegin Kommissarin Hansen.« Er klopfte erneut. Dieses Mal ein wenig ungeduldiger. »Öffnen Sie bitte die Tür, wir müssen dringend mit Ihnen sprechen.«

»Herr Hauptkommissar, kann das vielleicht warten?«

Ein leichenblasser Preston öffnete den beiden kurz darauf die Tür und blickte sie erschöpft an. Seine Hand verkrampfte sich um einen feuchten Waschlappen, den er sich wohl zur Linderung seiner Migräne auf die Stirn gelegt hatte.

»Ich habe seit gestern Abend sehr starke Migräne, müssen Sie wissen, und Dr. Jahn, mein Therapeut, meinte vorhin, ich stünde zudem am Rande eines Burnouts. Ich solle mir dringend eine Auszeit nehmen.« Er drückte Hirschberg zerstreut den feuchten Waschlappen in die Hand. »Außerdem hat er mir ausdrücklich dazu geraten, mehr Quality Time mit meinem Lebensgefährten zu verbringen. Ich habe Oskar deshalb gleich angerufen, um ihm einen Antrag zu machen. Es wird bestimmt eine wunderschöne Hochzeit!« In seinen Augen erschien ein entrückter Ausdruck. »Und sie ist längst überfällig. Nach fast fünfundzwanzig Jahren sollte man Nägel mit Köpfen machen. Finden Sie nicht auch? Mein Therapeut hält das jedenfalls für eine hervorragende Idee. Dr. Jahn nannte es einen bemerkenswerten Durchbruch. Ich mache Fortschritte, meint er.« Preston strahlte die beiden Beamten an. »Sie sind selbstverständlich alle auf unsere Hochzeit eingeladen! Am besten lade ich gleich den ganzen Ort ein, da Sie mir alle bei dieser Entscheidungsfindung so behilflich waren. Pfarrer Schmalzengruber wird uns trauen, und das Hochzeitsmenü kocht unser lieber Herr Rangler!« Preston begann, unkontrolliert zu kichern. »Und zum Nachtisch gibt es Brownies!«

Hirschberg und Hansen wechselten einen bedeutungsvollen Blick. Der Stress der vergangenen Tage musste Preston zu Kopf gestiegen sein. Der Produzent schien am Rand eines Nervenzusammenbruchs.

»Herr Preston, vielleicht wäre es besser, wenn Sie sich setzen«, schlug Hirschberg vor und führte ihn sanft zurück in sein Zimmer. »Ihr Therapeut hat recht. Sie brauchen vermutlich wirklich einen ausgedehnten Urlaub. Sie hatten doch sehr viel Stress in letzter Zeit. Gönnen Sie sich eine längere Auszeit. Wie wäre es denn mit ausgedehnten Flitterwochen?« Seine Worte zauberten ein verträumtes Lächeln auf Prestons Gesicht.

»Sizilien«, säuselte er. »Oskar und ich wollen schon seit einer Ewigkeit nach Sizilien.«

»Das klingt doch wunderbar, Herr Preston! Und Sie können sich jetzt auch gleich wieder hinlegen und weiter ausruhen.« Hirschbergs Stimme klang, als unterhielte er sich mit einem zurückgebliebenen Kleinkind. »Sie müssen uns nur sagen, wo Herr Rangler sich derzeit aufhält.«

»Ist er tot?« Preston strahlte über das ganze Gesicht. »Hat er den Kochlöffel abgeben müssen, wie die beiden anderen? Herr Brandl freut sich übrigens schon sehr auf die vielen Abenteurer, die die Tatorte sehen möchten. Er meint, noch ein paar Morde, und er und seine Frau könnten sich zur Ruhe setzen.«

»Nein, Herr Rangler ist unserem Wissen nach nicht tot. Wir müssten nur wissen, wo er ist. Auf seinem Zimmer in der Gaststätte ist er jedenfalls nicht, und auch nicht am Set. Wir müssen aber dringend mit ihm sprechen.«

»Um diese Uhrzeit sollte er normalerweise aber auf seinem Zimmer sein, um seinen Rausch auszuschlafen, bevor er wieder am Herd stehen muss«, antwortete der Produzent mit sich verdüsternden Zügen. »Wenn nicht, ist er vielleicht noch in dieser Kneipe am Bahnhof. Sind Sie auch wirklich ganz sicher, dass er nicht tot ist?« Er blickte zwischen Hirschberg und Hansen hin und her. »Seine Leber pfeift nämlich schon längst ›Spiel mir das Lied vom Tod‹.«

»Hansen, rufen Sie sofort diesen Dr. Jahn an«, wies Hirschberg sie an, als sie Brandls Gaststätte verließen, nachdem sie Preston wieder zu Bett gebracht hatten. »Die Aussicht auf Ranglers Ableben stimmt mir den Produzenten etwas zu euphorisch für meinen Geschmack.«

»Kann es sein, dass er einen Nervenzusammenbruch hat?«, fragte seine Kollegin alarmiert, bevor sie sich von der Auskunft mit Dr. Jahn verbinden ließ, während Hirschberg Verstärkung anforderte.

»Sieht ganz danach aus«, befürchtete Hirschberg. »Auf jeden Fall macht er keinen mental gesunden Eindruck auf mich.« Er seufzte. »Die Verstärkung ist unterwegs. Wir versuchen es jetzt in der Bahnhofskneipe. Wenn Rangler dort nicht ist, dann fahren wir noch mal zu den Brandls. Aber wir müssen ihn schnellstmöglich finden!«

»Herr Brandl, ich brauche Ihre Hilfe.« Hirschberg ging mit raschen Schritten auf den Tresen zu, hinter dem der Gastwirt mit missmutigem Gesichtsausdruck Gläser spülte. »Haben Sie Herrn Rangler gesehen? Er ist nicht in der Kneipe am Bahnhof und ...«

»Das wundert mi net!«, rief Brandl. »Der Herr Rangler ist Besseres gwöhnt! Hat er zumindest gsagt! Von meinem Leberkas, hat er gsagt, war's ihm wie in den Magen gschissen! Da könnt i jemanden damit ermorden! Und mein Rührei, hat er gmeint, schaut aus wie ...«

»Herr Brandl!«, rief Hirschberg. »Ich bin mir sicher, Ihr Leberkäse und Ihr Rührei sind erstklassig, aber ...«

»Von den Fernsehleuten ist doch oana bleeder wie der andere!« Der Gastwirt beugte sich nach vorne. »Und wenn's mi fragen, Herr Hauptkommissar, dann fließt durch die Adern von dem Rangler koa Blut, sondern Bier und Schnaps! Dass der überhaupt no am Herd stehn ko! Der versoffene Depp!«

»Wir müssen Herrn Rangler schnellstens finden, Herr Brandl! Haben Sie eine Ahnung, wo er sein könnte? Auf seinem Zimmer ist er nicht. Da haben wir eben noch mal nachgesehen.«

»Würd mi a schwer wundern, wenn er in seinem Suff den Heimweg problemlos findet!«

»Herr Brandl ...«

»Chef.« Hansen erschien in der Tür zum Gastraum. »Ich habe gerade mit Frau Brandl gesprochen. Herr Rangler war vor ungefähr einer Viertelstunde hier. Sie hat ihm gesagt, dass wir nach ihm suchen, und da hat er ganz merkwürdig reagiert.«

»Inwiefern merkwürdig?«

»Er wollte eigentlich auf sein Zimmer gehen. Laut Frau Brandl ist er mehr getorkelt als gegangen.« Sie zog vielsagend die Augenbrauen nach oben. »Aber als er gehört hat, dass wir nach ihm suchen, hat er plötzlich kehrtgemacht und ist aus der Gaststätte gestürmt. Sie hat sich noch gewundert, weil er ja nicht gut zu Fuß war, und …«

»Aber wo könnte er hin sein?« Hirschberg schüttelte verwirrt den Kopf. »In seinem Zustand kann er bestimmt nicht weit kommen. Frau Brandl?« Hirschberg ging aus der Gaststube in den Flur und blickte sich suchend um.

»Ja?« Die Frau des Gastwirts kam mit raschen Schritten die Treppen nach unten. Ihr graumelierter Dutt wippte hin und her, und ihr ausladender Rock erzeugte ein raschelndes Geräusch. Sie war offenbar auf dem Weg in den Waschkeller und stellte den Wäschekorb auf den Boden, bevor sie Hirschberg fragend anblickte. »Brauchen Sie no was? I hab alles gsagt, was …«

»Frau Brandl, haben Sie zufällig gesehen, wo Herr Rangler hingegangen ist? Denken Sie bitte nach! Es ist wirklich wichtig!«

»Na! I spionier doch meinen Gästen net nach! Außerdem hab i gnug zu tun. Allein mit dem Preston oder wie der hoast. Sie glaubn ja gar net, wie der spinnt!« Sie schüttelte den Kopf. »Der Mann hat Ansprüch! Und jetzt dreht er komplett durch! Hat uns auf sei Hochzeit eingladen! Der Rangler sauft wenigstens bloß, aber …«

»Frau Brandl.« Hirschberg verlor langsam die Geduld mit dem Gastwirtehepaar. »Wir ermitteln in zwei Morden! Wir müssen wissen, wo Herr Rangler sein könnte! Hat er denn gar nichts gesagt, als er die Gaststätte verlassen hat?«

»Scho, aber das hat überhaupt koan Sinn gmacht.«
Sie zuckten mit den Schultern.

»Was, Frau Brandl, was hat er gesagt?« Der Hauptkommissar widerstand nur mit Mühe dem Drang, sie an
den Schultern zu packen und kräftig zu schütteln.

»Warten's.« Sie schnitt eine angestrengte Grimasse.
»Dem Rotzlöffel hat's doch net anders ghört ...« Sie zögerte einen Augenblick, bevor sie nickte. »Ja, das hat er
gsagt. Und dass er jetzt den anderen holen und ihm den
Ort zeigen muss, wo er sich befreit hat.« Frau Brandl
blickte die beiden verständnislos an. »Ich hab koa Ahnung, was er damit gmeint hat. So bsoffen wie er war.«

»Wir schon. Hansen, benachrichtigen sie die Kollegen!« Die Kommissarin zückte ihr Smartphone und folgte Hirschberg nach draußen.

»Oh nein! Nicht jetzt!«, rief er, als sein Handy zu vi-
brieren begann.

»Die Verwandtschaft?«, erkundigte sich Hansen grinsend mit dem Handy an ihrem Ohr.

»Die Patentante meiner Frau hat das zweifelhafte Talent, immer dann anzurufen, wenn es gerade überhaupt
nicht passt! Ich hoffe, wir sind nicht zu spät, Hansen!«

Die Krinn, der Fluss, der sich durch den Ort schlängelte
und an heißen Sommertagen zum Wassertreten einlud,
war zugefroren. Beide Seiten des Ufers waren von einer
zentimeterdicken Schneeschicht bedeckt. Hirschberg
parkte den Wagen vor der Brücke, und er und Hansen
stiegen aus. Er verriegelte die Tür, als sein Handy ein
weiteres Mal vibrierte. Er fluchte leise. Vermutlich wollte

Isobel ihn daran erinnern, mehrere Flaschen Gin zu besorgen, nachdem er sein nutzloses Tagwerk verrichtet hatte, schoss es ihm ironisch durch den Kopf.

Vorsichtig, um nicht auf der unbefestigten Böschung auszurutschen oder zu stürzen, setzten die beiden Ermittler, gefolgt von zwei uniformierten Beamten, einen Fuß vor den anderen. Hirschberg war erleichtert, als er die beiden Gestalten am Ufer des zugefrorenen Flusses erblickte. Beide schienen unversehrt. Sie blickten auf das Eis. Ihre aufgeregten Stimmen hallten zu den Polizisten herüber.

»Was sollen wir denn hier?« Bruno Schuster warf die Hände in die Luft. »Ich dachte, ich sollte Kartoffelgratin machen! Und jetzt stehen wir hier am Fluss, weil Sie mir dringend etwas sagen wollen?«

»Du sollst wissen, dass ich keine Wahl hatte.« Roman Rangler lallte und schwankte.

»Sich ins Koma zu saufen?« Brunos Stimme klang höhnisch.

»Nein, Bruno«, rief Hirschberg. »Herr Rangler hatte keine Wahl, was den Mord an Ihrer Mutter angeht.« Die beiden fuhren herum, als Hirschberg durch den Schnee stapfend auf sie zukam.

»Was?« Der Junge blickte verwirrt von Rangler zu Hirschberg. »Wie meinen Sie das?«

»Herr Rangler hat sich mit Ihrer Mutter am Abend ihrer Ermordung verabredet und sie erschlagen, nicht wahr, Herr Rangler?« Der Hauptkommissar wartete seine Antwort nicht ab. »Sie wusste etwas, was auf gar keinen Fall an die Öffentlichkeit dringen sollte. Sie hat Sie erpresst. So war es doch, oder?«

»Ich habe gedacht, wenn ich ihr ein Foto mit einem Kreuz auf ihrem Gesicht schicke, eine anonyme Drohung, dass sie dann Ruhe gibt! Dass sie Angst bekommt!«, rief Rangler. »Aber sie hat ja nicht aufgehört! Was hätte ich denn machen sollen?«

»Erpresst? Womit denn?« Bruno starrte Hirschberg und Rangler fassungslos an. »Um was geht es hier eigentlich?«

»Bruno, vielleicht sollten Sie …«, hob Hansen an.

»Nein! Ich will jetzt wissen, was hier los ist!«, rief er. »Seit ich in die Gaststätte zu den anderen gezogen bin, habe ich das Gefühl, dass der Kerl hier ständig um mich herumschleicht! Ich will jetzt endlich wissen, was das alles soll!«

»Ich bin dein Vater.« Ranglers Stimme klang leise und ausdruckslos. Er starrte Bruno aus blutunterlaufenen Augen an. »Sie hat mir erst vor ein paar Monaten gesagt, dass es dich gibt.«

»Sie? Mein Vater?« Bruno schien wie erstarrt.

»Es ist wahr, Bruno.« Hirschbergs Stimme klang sanft. »Herr Rangler wollte nur nicht, dass es öffentlich wird. Und vermutlich wollte er auch keine Verantwortung übernehmen.«

»Ist das wahr?«

»Bruno …« Rangler machte einen Schritt auf ihn zu, woraufhin der Junge mit angewidertem Gesichtsausdruck zurückwich.

»Ist das wahr?«

»Es stimmt schon. Zunächst wollte ich dich nicht kennenlernen. Wollte nichts mit dir zu tun haben«, gab Rangler zu. »Ich habe diesen Nachmittag an der Isar und erst recht die darauffolgende Nacht verflucht. Ich hatte gerade mein erstes Restaurant eröffnet und wollte mit zwei Freunden an der Isar feiern und grillen. Es war ein echt heißer Sommertag. Und da stand dann deine Mutter nach dieser Ewigkeit plötzlich vor mir. Es war irgendwie so nostalgisch, Nitti nach so langer Zeit wiederzusehen. Da bin ich einfach schwach geworden.« Der Starkoch ließ die Schultern hängen und seufzte. Er schwankte. Hirschberg konnte sehen, wie Rangler zu zittern begann. »Es war eine einmalige Sache. Wir haben uns schon am nächsten Tag wieder aus den Augen verloren. Ich hätte damals keine Zeit gehabt für eine Freundin. Und ich hatte wirklich keine Ahnung, dass sie dich bekommen hat, Bruno. Als sie dann vor ein paar Monaten in meinem Restaurant in Bogenhausen aufgetaucht ist und mir von dir erzählt hat, war ich geschockt. Was sollte ich denn mit einem Sohn? Aber dann habe ich dich kennengelernt und gesehen, wie du dich am Herd anstellst. Du hast Talent. *Mein* Talent!«, rief er. »Und wenn ich dich ansehe, dann ist es fast, als würde ich in einen Spiegel sehen und mein jüngeres Ich darin erkennen.«

Hirschberg nickte, als Bruno ihn verwirrt anblickte. Jetzt, als er Vater und Sohn nebeneinander sah, war die Ähnlichkeit nicht mehr zu verleugnen.

»Du warst nie für mich da«, hauchte der Junge ungläubig.

»Weil ich doch bis vor ein paar Monaten gar nicht gewusst habe, dass es dich gibt! Aber jetzt …«

»Jetzt werden Sie auch nicht für ihn da sein können!«, fiel Hirschberg ihm ins Wort. »Sie haben leider die falsche Wahl getroffen, Herr Rangler.«

»Du hast sie umgebracht.« Brunos Stimme klang wie ein Flüstern. »Aber warum? Nur weil du für mich keine Verantwortung übernehmen wolltest?«

»Bruno, du musst …«, begann Rangler und machte einen weiteren Schritt auf seinen Sohn zu, der ihn entsetzt anstarrte.

»Das war nicht der einzige Grund, Bruno.« Hirschberg legte ihm die Hand auf den Arm und stellte sich zwischen ihn und Rangler. »Ihre Mutter hat Herrn Rangler erpresst. Sie wusste etwas, was niemals ans Tageslicht kommen sollte. Womöglich hätte sie seine Karriere zerstört.«

»Aber wie? Was …«

»Wie war das damals mit Ludwig Schwindhofer, Herr Rangler? Oder soll ich Herr Furtzner sagen?«

»Furtzner?« Bruno blickte Rangler verständnislos an.

»Der Name war so demütigend lächerlich, dass es kein Problem war, ihn offiziell ändern zu lassen, als ich volljährig war! Alois Furtzner ist schon lange tot!«, rief Rangler. Er schwankte nun so stark, dass er beinahe umgefallen wäre.

»Aber nicht so tot wie Ludwig Schwindhofer.« Hirschbergs Stimme klang hart. »Wollen *Sie* Ihrem Sohn sagen, was damals geschehen ist, oder soll ich es tun?« Der Hauptkommissar blickte in Ranglers resigniertes Gesicht. Der Starkoch schien zu wissen, dass er am Ende war. Zu lange hatte er dieses düstere Geheimnis mit sich herumgetragen, hatte zwei Mal gemordet, um es zu wahren, und nun brach seine Welt zusammen.

»Sie glauben ja gar nicht, wie er uns schikaniert hat!« Rangler spie die Worte regelrecht aus. »Deiner Mutter, Bruno, hat er die Zöpfe abgeschnitten! Und mich hat er jeden Tag schikaniert! Nur weil mein Name Furtzner war! Und dann ist er uns eines Tages nach der Schule hinterhergelaufen, nur um uns zu drangsalieren.« Seine Augen schienen in weite Ferne zu starren. »Nitti und ich wollten nach der Schule noch ein wenig am Fluss sitzen und die Füße ins Wasser halten. Genau an der Stelle hier. Es war Sommer, und es war heiß … So wahnsinnig heiß … Und dann kam Ludwig. Dieser kleine Bastard. Er wollte Nitti ins Wasser schubsen, da habe ich diesen Stein genommen.« Er hielt einen Augenblick lang inne und starrte vor sich hin. Ein sanftes Lächeln um seinen

Mund ließ Hirschberg erschauern. »Und dann hat er nichts mehr gesagt. Er hat nie wieder jemanden schikaniert. Den blutigen Stein habe ich einfach hier ins Wasser geworfen.« Ein krächzendes Lachen entfuhr seiner Kehle. »Deine Mutter und ich haben uns damals geschworen, nie darüber zu reden. Aber jetzt nach ihrer Scheidung musste sie sich eine neue Geldquelle suchen. Sie wollte schließlich versorgt sein. Sie hat mir sogar den Vorschlag gemacht, sie zu heiraten. Schließlich hätten wir ja einen gemeinsamen Sohn. Aber ich bin nun einmal eingefleischter Junggeselle. Ich wollte keine Frau und erst recht keine Familie!« Er blickte Bruno zornig an. »Deine Mutter war ein berechnendes Miststück! Aber das weißt du ja selbst! Als sie nicht bekommen hat, was sie wollte, hat sie mir gedroht, nicht nur publik zu machen, dass ich einen unehelichen Sohn habe, sondern auch die Sache mit Ludwig. Als sie eure Wohnung in München verkauft hat und mit dir hierhergezogen ist, hat sie mir ein Ultimatum gestellt. Ich wusste nicht, was ich machen sollte. Und dann kam der Sender auf die Idee mit diesem Projekt hier – was für eine bescheuerte Idee! Aber dass ich ausgerechnet hier in Krindelsdorf, wo alles begonnen hat, mit euch arbeiten sollte, war doch eine glückliche Fügung.« Sein Mund verzog sich zu einem humorlosen Grinsen. »So konnte ich Nitti im Auge behalten und zur Not handeln. Und sie hat mir nun einmal keine Wahl gelassen! Hat mir die Pistole auf die Brust gesetzt! Da habe ich mich mit ihr verabredet, um noch mal mit ihr zu sprechen. Sie hat tatsächlich geglaubt, ich hätte es mir überlegt und doch Interesse an ihr, und wir hätten eine gemeinsame Zukunft. Sie hat allen Ernstes geglaubt, mich verführen zu können! Aber nicht einmal mit der Kohlenzange hätte ich sie angefasst!« Er lachte hämisch. »Dass die Ziegelsteine vor ihrer Haustür lagen, war wie ein weiteres Zeichen von oben! Bei Ludwig hat es schließlich auch ein Stein getan.«

»Das reicht, Herr Rangler!« Hansen ergriff sanft Brunos Arm.

»Du hast meine Mutter umgebracht?« Bruno wollte sich losreißen und sich auf Rangler stürzen, doch Hirschberg und Hansen hielten ihn zurück. »Wie konntest du nur? Sie war immerhin meine Mutter!«, rief er.

»Bruno, du …«

»Und Wegener?«, fiel Hirschberg ihm ins Wort, während Hansen Bruno beruhigte und zu ihrem Wagen führte. »Was war mit ihm?«

»Er war damals Konrektor, als ich Ludwig erschlagen habe.« Rangler sank erschöpft auf die Knie. Sein Zittern wurde immer stärker. Hirschberg fragte sich, ob es nur an der Kälte lag, oder ob er schon wieder einen Drink brauchte. »Ich habe ihn zufällig auf der Straße gesehen. Er hat mich sofort erkannt. Und dann hat er gesagt, dass Ludwig zwar ein böser Junge war, aber dass er das nicht verdient habe, und …« Er blickte auf. »Ich konnte doch nicht zulassen, dass er irgendetwas sagt! Ich musste ihn zum Schweigen bringen! Und er war so berechenbar. Der Zweitschlüssel für sein Haus war noch immer da, wo er und seine Frau ihn schon aufbewahrt hatten, als ich noch hier in der Grundschule war. Alte Gewohnheiten wird man nur schwer los.« Ein düsterer Ausdruck erschien auf Ranglers Gesicht. »Ich weiß, dass er meiner Mutter damals schon von seinem Verdacht gegen mich erzählt hat. Deswegen sind wir dann Hals über Kopf nach Niederbayern gezogen. Mein Vater hat dort die Gaststätte von meinem Großvater übernommen. Ich habe mir dann nie wieder etwas zu Schulden kommen lassen. Das müssen Sie mir glauben! Aber dieser kleine

Bastard hatte es verdient«, presste er hervor. »Und Nitti hätte wissen sollen, dass ich mich nicht so einfach erpressen lasse!«

Hirschberg gab den uniformierten Beamten ein Zeichen. Sie ergriffen Ranglers Arme und zogen ihn auf seine Füße.

»Herr Rangler, ich nehme sie fest wegen des Mordes an Renate Piero-Schuster, Georg Wegener und Ludwig Schwindhofer.« Er wandte sich an die beiden Beamten. »Bringen Sie ihn weg.«

»Kann ich einen Drink haben?«, hörte er Rangler lallen, als er sein erneut vibrierendes Smartphone hervorzog.

»Isobel, ich bin mitten in einer Festnahme! Was gibt es denn so Dringendes, dass du …«

»Komm gefälligst ins Krankenhaus, Alex!«, kreischte sie. »Während du nach irgendwelchen unbedeutenden Provinzkillern jagst, versucht deine Frau mit der Geburt deines Sohns zu warten, bis du endlich hier bist!«

26.

»Meine Güte, Alex, wo bleibst du denn?«, rief eine hän-
deringende Isobel, als Hirschberg eine gute Stunde später auf die Entbindungsstation der Münchener Uniklinik
hetzte. Ein Bienenschwarm raste durch sein Inneres, und
er hatte das Gefühl, glühende Stricknadeln würden sich
in seinen Nacken bohren. »Weißt du, wie oft ich dir auf
die Mailbox gesprochen habe?«, herrschte sie ihn an.
»Deine Frau bekommt ein Kind, und du treibst dich
weiß Gott wo herum!«

»Sechs Mal, Isobel!«, rief er nervös. »Du hast mir
sechs Mal auf die Mailbox gesprochen. Und ob du es
glaubst oder nicht, ich habe einen dreifachen Mörder
verhört und dingfest gemacht!« Schweiß drang schwall-
artig aus jeder Pore seines Körpers. Das hier war nerven-
aufreibender als jede Mordermittlung, schoss es ihm
durch den Kopf. »Und jetzt möchte ich zu meiner Frau.
Wo ist Susan, und wie geht es ihr?«

»Auf ihrem Zimmer, aber du wirst noch ein wenig
warten müssen. Sie bekommt gerade ihre PDA«, antwortete Dornberg, der nervös hin und her lief. Er hielt
die obligatorische Zigarre in seiner Hand. »Ich dachte
schon, wir würden es nicht mehr rechtzeitig schaffen«,
kam es gestresst über seine Lippen. »Ich musste fahren
wie ein Wahnsinniger. Und das bei diesen Straßenver-
hältnissen! Aber wir konnten ja nicht zulassen, dass der
Kleine in irgendeinem Provinzkrankenhaus auf die Welt
kommt!«, rief er. »Ich hätte Susan unter allen Umständen

in die Uniklinik gebracht, und wenn ich sie hätte hier-
hertragen müssen!«

»Du bist mein absoluter Held, Darling«, flötete Isobel
ihn an, bevor sie sich wieder vorwurfsvoll an Hirschberg
wandte. »Vincent hat sich für Susan und deinen Sohn
heute selbst übertroffen, während du dich mit irgendwelchen Mördern herumtreibst!«

»Das ist nun einmal mein Job«, presste Hirschberg
hervor und fuhr sich mit der Hand durch sein vom
Schnee feuchtes Haar. Warum dauerte das denn so lange? Er wollte zu seiner Frau! »Außerdem sollte es doch
erst in zweieinhalb Wochen so weit sein! Ich konnte
doch nicht damit rechnen, dass es so früh schon losgeht!«

»Glaubst du denn allen Ernstes, einen Freigeist aus
unserem Adelsgeschlecht interessiert ein errechneter Geburtstermin?«, kam es spöttisch über Isobels Lippen.
»Ein Datum ist für einen großen Charakter doch völlig
bedeutungslos.«

»Er ist ein Baby!«, rief Hirschberg und warf verzweifelt die Hände in die Luft. »Außer Hunger, Durst und
gefüllten Windeln wird für ihn zunächst einmal gar
nichts von Bedeutung sein!«

»Wie kannst du denn nur so von deinem Sohn sprechen, Alex?« Dornberg blickte ihn geschockt an. »Es
steht doch außer Zweifel, dass auch Babys bereits kleine,
starke Persönlichkeiten sind. Ich bin mir sicher, euer
Sohn wird zu einem bemerkenswerten und charismati-
schen Charakter heranwachsen.«

»Vincent …«

»Herr Hirschberg.« Eine Schwester kam aus einem
der Zimmer rechts von ihm. »Sie dürfen jetzt zu Ihrer
Frau. Sie wartet schon auf Sie.« Ihre Mundwinkel zuckten. Sie musste zumindest einen Teil des Gesprächs mit-

bekommen haben, vermutete Hirschberg. »Sie beide müssen leider draußen warten«, fügte sie an Isobel und Dornberg gewandt hinzu. »Wir fahren Ihre Nichte jetzt ohnehin gleich in den Kreißsaal. Da darf sie nur ihr Ehemann begleiten.«

»Kann man hier dann wenigstens einen Gin Tonic bekommen?«, hörte Hirschberg Isobel ungeduldig fragen, bevor sich die Tür hinter ihm schloss.

»Endlich bist du da!« Susan war blass, aber sie brachte ein kleines Lächeln zustande. »Bereit für deinen Sohn?«

Es wurde eine lange Nacht für Hirschberg und seine Frau. Zwar hatte ihr Sohn sich entschlossen, ein wenig früher auf die Welt zu kommen, doch auf der Zielgeraden ließ Julian sich Zeit. Während die Stunden vergingen, erkannte Hirschberg, dass berufliche Nachtschichten bei Weitem schmerzfreier waren als die Geburt eines Kindes. Bis zu dieser Nacht war ihm nicht klar gewesen, zu welch kräftigem Händedruck seine Frau fähig war. Einige Male beschlich ihn gar das Gefühl, die werdende Mutter würde ihm die Finger brechen. Mit dem ersten Schrei seines Sohnes aber war all das vergessen. Es stimmte also, was die Leute sagten, dachte Hirschberg erleichtert, als er die Nabelschnur durchtrennte. Die kräftigen Stimmbänder des Nachwuchses nahmen jeder noch so zähen Geburt schlagartig den Schrecken.

»Ist er nicht süß?«, lächelte Susan fasziniert, als ihr Sohn sie mit großen blauen Augen anblickte und seine Händchen nach ihr ausstreckte. »Unser Julian. Tante Isobel ist mit dem Namen übrigens einverstanden. Sie meint, er klinge aristokratisch genug.« Sie zwinkerte ihrem Mann zu.

»Wo ist er?«

Isobel Burton riss mit einer Flasche Champagner bewaffnet die Tür zu Susans Zimmer auf. Dornberg folgte ihr mit einem übergroßen Teddybären und zwei silbrig glänzenden Luftballons mit der Aufschrift »It's a boy!«.

»Wo habt ihr denn diesen Monsterteddy her?«, fragte Hirschberg grinsend.

»Oh, er liegt schon seit Tagen zusammen mit den Luftballons im Kofferraum unseres Wagens«, lächelte Vincent. »Isobel hatte so ein Gefühl, dass der Kleine früher kommen würde, und ihr wisst ja, wie intuitiv sie ist. Wir sind wirklich sehr froh, dass wir nicht auf die Malediven geflogen sind. Nicht auszudenken, wäre Susan allein zu Hause gewesen.«

»Da muss ich dir recht geben, Vincent.« Der frischgebackene Vater stand auf und klopfte ihm dankbar auf die Schulter. »Ich bin sehr froh, dass ihr beide da wart.«

»Immer wieder gern«, lächelte Dornberg. »Da ich plane, hier in München ein Restaurant mit angegliederter erotischer Kochschule zu eröffnen, werden wir uns bestimmt öfter sehen.«

»Wie schön.« Hirschberg zwang sich zu lächeln. Sie würden die beiden nie wieder loswerden, schoss es ihm panisch durch den Kopf.

»Außerdem war uns klar, dass du ganz sicher nicht adäquat auf das freudige Ereignis vorbereitet sein würdest.« Isobel zog vielsagend die Augenbrauen nach oben. »Deshalb wollten wir dafür sorgen, dass Julian standesgemäß empfangen wird. Die Blumensträuße müssten auch jeden Moment eintreffen«, meinte sie mit einem Blick auf die Uhr. »Es ist immerhin schon fast neun.«

»Die Blumensträuße?«, fragten Hirschberg und Susan wie aus einem Mund.

»Na, die von euren Eltern und von uns und natürlich noch ein paar von der Verwandtschaft. Ich habe die Gratulanten aber gebeten, die Babygeschenke in den nächsten Tagen direkt zu euch nach Hause liefern zu lassen. Wir können schließlich nicht alles ins Auto laden, wenn du mit Julian nach Hause darfst, Susan.«

»Und eure Eltern kommen übrigens heute am frühen Abend in München an«, freute sich Vincent. »Sie können es kaum erwarten, ihren ersten Enkel zu sehen.«

»Heute Abend schon ist die ganze Familie bei euch versammelt«, strahlte Isobel und strich dem Kleinen über die Wange. »Ist das nicht großartig, Julian?«

Hirschberg und Susan wechselten einen resignierten Blick und nickten zustimmend, während ihr Sohn ohrenbetäubendes Geschrei anstimmte.

Epilog

»Sie sehen erschöpft aus, Chef, wenn ich so frei sein darf, das zu sagen.«

Louisa Hansen blickte grinsend auf, als Hauptkommissar Hirschberg die Tür zu ihrem Büro öffnete. Seine Bewegungen waren langsamer als sonst, und er unterdrückte ein Gähnen. Der zweiwöchige Urlaub nach der Geburt seines Sohnes hatte ihm keine Erholung gebracht.

»Warten Sie nur, bis Sie und Ihr Mann Eltern werden, Frau Kollegin.« Hirschberg erwiderte ihr Grinsen und griff nach einer Tasse. Sein Körper schrie nach Koffein. »Mein Sohn hat wirklich die abenteuerlichsten Schlaf- und Wachzeiten. Und er hat kräftige Stimmbänder. Aber er ist das süßeste Baby, das jemals geboren wurde.«

»Ja, das ist er. Das Foto, das Sie mir geschickt haben, ist wirklich entzückend!« Hansen lächelte. »Wie geht es Ihrer Frau? Hat sie die Geburt und alles andere gut überstanden?«

»Sie spielen auf die Heimsuchung unserer Familien an?« Ein ironisches Grinsen umspielte seinen Mund.

»Wenn Sie es so ausdrücken wollen.«

»Nach einer Woche sind sie wieder gefahren. Jetzt ist endlich Ruhe eingekehrt. Selbst Julian scheint jetzt besser zu schlafen«, fügte er mit ironisch nach oben gezogenen Augenbrauen hinzu. »Aber Isobel und Vincent haben bereits ihren nächsten Besuch angedroht. Der umtriebige Herr Dornberg plant nämlich, in München ein Restaurant mit angegliederter Kochschule zu eröffnen.« Er zog vielsagend die Augenbrauen nach oben. »Er möchte erotische Kochkurse für Paare und auch Singles dort anbieten und im Restaurant Speeddating-Events veranstalten. Es müsse ja nicht gleich ein Bordell oder ein Swingerklub sein. Isobel und er möchten sich baldmöglichst auf die Suche nach geeigneten Räumlichkeiten machen.«

»Herr Dornberg steckt voller Überraschungen, wie mir scheint.« Hansen grinste.

»Da muss ich Ihnen recht geben. Er ist sogar der perfekte Hausmann. Dank seinen Kochkünsten habe ich zwei Kilo zugenommen. Aber bevor ich es vergessen: Ich soll Ihnen von meiner Frau sagen, dass Sie und Ihr Mann uns gerne mal besuchen kommen können. Sie möchten doch sicher den Kleinen kennenlernen. Außerdem schulde ich Ihnen eine Entschädigung dafür, dass Sie mir den ganzen Papierkram abgenommen haben.«

»Sagen Sie nur, wann, und wir bringen den Wein mit!«

»So machen wir das!« Hirschberg lachte und nahm einen großen Schluck Kaffee. »Gibt es hier etwas Neues? Habe ich viel verpasst?«

»Wie Sie sehen, ich bin wieder fit! Das ist natürlich das Wichtigste!« Die Kommissarin grinste schelmisch. »Rangler ist bis zur Verhandlung natürlich in Haft und wohl auch auf Entzug, wie ich gehört habe. Es wird einfach, meint der Staatsanwalt. Er hat schließlich ein volles Geständnis abgelegt. Bei Wegener hat er obendrein auch noch seine DNS hinterlassen. Der Blutfleck auf dem Kissen stammt ja zweifelsfrei von ihm. Apropos, er hat noch zur Sicherheit einen Vaterschaftstest machen lassen. Er ist tatsächlich Brunos Vater.«

»Wie nimmt der Junge es auf?«

»Er ist in Therapie, mittlerweile sträubt er sich auch

nicht mehr dagegen. Daumen hoch!« Hansen unterstrich ihre Bemerkung mit der entsprechenden Geste. »Er hat Rangler auch schon einmal im Gefängnis besucht, zusammen mit seinem Therapeuten.«

»Hat er ihm verziehen?« Hirschberg blickte sie aufmerksam an.

»Ich weiß es nicht. Aber allem Anschein nach möchte er seinen Vater trotz allem kennenlernen, was ja doch auch verständlich ist. Und Rangler scheint seine Vaterrolle auch nicht mehr abzulehnen. Er kann zwar nicht viel für ihn tun oder sich um ihn kümmern, aber er möchte, dass Bruno in seine Wohnung in Bogenhausen zieht, sobald er achtzehn ist. Das dauert ja nicht mehr lange. Bis dahin bleibt Bruno in einer sozialpädagogischen Wohngruppe. Angelsberger hat wohl ein paar Strippen gezogen und ihn sehr schnell trotz langer Wartelisten dort untergebracht.«

»Nach Krindelsdorf zieht es Bruno ja verständlicherweise nicht zurück.« Hirschberg nickte. »Rosina, also Frau Baumann meinte, dass Annika Blasius ihm das Haus abgekauft hat. So werden am Ende doch noch einige glücklich, wie mir scheint. Und dieses Projekt hatte letztlich auch noch sein Gutes. Alessandro geht jetzt bei Schreiber in die Lehre, und außerdem hat Lars Baumann ihn mit einem Graffitikünstler bekannt gemacht, mit dem er in seiner Freizeit ganz legal sprühen kann. Clayton, Kelly und Leni haben auch alle einen Ausbildungsplatz gefunden. Ich hoffe sehr, dass die drei es schaffen. Der Richter war recht milde mit Clayton.« Hirschberg zwinkerte ihr zu.

»Sie haben mit dem Richter gesprochen?«

»Ich habe ein gutes Wort für ihn eingelegt, und er muss jetzt noch ein paar Sozialstunden ableisten. Pfarrer

Schmalzengruber war natürlich empört.« Er lachte schallend, und Hansen stimmte mit ein.

»Was passiert jetzt mit der Gaststätte und der Brauerei?«

»Soweit ich weiß, interessiert sich ein aufstrebender Gourmetkoch aus dem Chiemgau für das Restaurant. Das Fernsehen hat wohl auch schon bei ihm angeklopft, denn man sucht ja nach einem würdigen Nachfolger für Rangler. Und die Brauerei übernimmt Brandls Sohn. Das stimmt seinen alten Herrn milde, denn der freut sich natürlich nicht über die Konkurrenz ...«

»Das kann ich verstehen. Nur um Herrn Wegener und seine Familie tut es mir wirklich leid. Aber so hat dann ja alles doch noch ein einigermaßen gutes Ende genommen.«

»Nicht ganz, Hansen.« Seine Miene verdüsterte sich. »Denken Sie an die Briefe. Die meisten haben wohl keine große Bedeutung und sind vermutlich von irgendwelchen Nachbarn aus Wut heraus geschrieben worden, aber dieser eine: ›Ich weiß, wer du bist‹ bereitet mir Kopfzerbrechen. Ich muss unbedingt herausfinden, wer dieser ominöse Briefschreiber ist, bevor er noch mehr Unfrieden stiften kann. Denn ein Giftschreiber ist das Letzte, was der Ort braucht!«

»Sie sehen sich schon ganz als Krindelsdorfer, nicht wahr, Chef?«

»Vorsicht, Frau Kollegin! Werden Sie nur nicht übermütig ...«

Danksagung

Dass Hauptkommissar Alexander Hirschberg ein weiteres Mal in Krindelsdorf ermitteln kann und nicht einfach nur in meinem Kopf oder einem ungelesenen Manuskript sein Dasein fristen muss, ist nicht allein mein Verdienst. Deshalb möchte ich diejenigen nicht unerwähnt lassen, mit deren Unterstützung er nun auch seinen zweiten verzwickten Fall lösen kann.

Auch dieses Mal geht ein ganz großes Dankeschön an meine Agentin Stefanie Kruschandl, Literarische Agentur Kossack, und an Bastei Lübbe sowie Weltbild. Besonders dankbar bin ich wie immer meinem Lektor Lukas Weidenbach für seine Anregungen, Impulse und die großartige Zusammenarbeit. Großer Dank gebührt ebenfalls Andreas Zinßer, der »Leberkäs und Hackebeil« den letzten Feinschliff gegeben hat.

Zu guter Letzt möchte ich meiner Familie und meinen Freunden danken. Eure uneingeschränkte Unterstützung und Ermutigung haben Hauptkommissar Hirschberg und Krindelsdorf erst so richtig zum Leben erweckt. Ihr seid großartig!

Herzlichen Dank allen Beteiligten,
Jessica Müller